LE DÉSHONNEUR D'UN PÈRE

DU MÊME AUTEUR
CHEZ LE MÊME ÉDITEUR

Un village pourtant si tranquille
Les Yeux de Manon
Emma
L'Enfant traqué
Le Chemin de Jean
L'Enfant du Trièves

Brigitte Varel

LE DÉSHONNEUR D'UN PÈRE

Roman

Production Jeannine Balland
Romans Terres de France

PRESSES DE LA CITÉ

ISBN 2-258-05958-5

A mes enfants, Cécile et Patrice, à mon mari, Paul,
pour le soutien qu'ils m'apportent,
et que j'aime tant.

Ce n'est pas toujours parmi les criminels qu'il faut chercher les gredins, mais souvent parmi ceux qui ne commettent rien.

Nietzsche

1

Talloires (Haute-Savoie), le 25 octobre 1970

A 7 h 35, ce matin frileux d'automne, naquit Georges Socrate, pour le plus grand bonheur de ses parents ; il avait été attendu si longtemps.

Dans la belle maison bourgeoise qui surplombait le lac d'Annecy, aux abords de Talloires, régnait une activité fébrile. Eugène Socrate, n'imaginant pas une seconde d'autre lieu pour accueillir cet enfant qui perpétuerait la lignée de ses ancêtres, avait fait aménager pour l'événement la chambre dans laquelle lui-même avait vu le jour.

Présents depuis la veille, le médecin de famille, Constant Robin, et son infirmière se relayaient au chevet de la mère exténuée, tandis que le futur père ne lâchait pas la main crispée de son épouse, tentant de lui dissimuler sa propre nervosité.

Grande fille fragile au regard clair, Elisabeth Socrate s'accrochait à son époux, partageant avec lui ce moment si intense de leur vie, consciente de sa lutte contre l'ancestrale appréhension et de l'inutilité de l'homme écarté de la douleur de l'accouchement. Le miracle de la naissance avait lieu, tétanisant le père qui culpabilisait, témoin de la souffrance inscrite sur les traits de sa femme. Il en accaparait une partie et en aurait souhaité tellement plus, lorsque les ongles d'Elisabeth s'enfonçaient dans la chair de ses paumes. Le prodige les unissait l'un et l'autre au-delà des mots, sous l'œil attendri du docteur Robin qui connaissait la passion mutuelle de ce beau couple. L'expulsion fut longue, pénible et délicate. La carrure du nouveau-né impressionna son père, tandis que la découverte du sexe mâle l'emplissait de fierté. Les yeux noyés de larmes, Eugène Socrate caressa tendrement les cheveux humides de sa femme ; geste dans lequel passait un flot d'amour, cet amour jamais démenti au cours de dix années de vie commune. L'enfant n'exhala pas un cri timoré, mais rugit tel un fauve au réveil, ce qui fit prédire au médecin qu'il aurait du tempérament. De longs doigts diaphanes, encore visqueux, vinrent s'enrouler autour de ceux de l'homme, qui accompagna son fils lorsque l'infirmière le posa, tout nu, sur la poitrine de sa mère.

Maintenant, la mère et l'enfant reposaient dans la chambre aux fenêtres à carreaux biseautés. La clarté du jour était filtrée par les lourds voilages blancs. Le silence qui régnait était total, la maison se trouvant éloignée de tout voisinage immédiat. Seuls quelques bruits assourdis provenaient d'en bas, de la cuisine où Anna devait confectionner dans la joie des plats destinés à redonner des forces à la jeune accouchée.

Eugène Socrate s'extirpa doucement du haut fauteuil de velours dans lequel il s'était assoupi et s'approcha du lit, prenant soin de rester sur le tapis tissé pour amortir ses pas. L'émotion qui l'avait étreint à l'apparition de la tête blonde n'avait pas faibli. La gorge nouée, il regarda Elisabeth dont la pâleur l'alarma, et les mots de Constant Robin lui revinrent à l'esprit : « Elle n'était pas vraiment constituée pour cela. » Eugène se pencha vers le nouveau-né, émerveillé de ce cadeau du ciel, conscient du miracle de la vie. Sûr de son bonheur, même s'il sentait poindre, au milieu de son bouleversement, un lourd regret dispensé par cette chambre même, pièce parentale aux souvenirs si vivaces encore ; regret de ne plus avoir les siens auprès de lui pour savourer ces moments pleins de grâce.

En proie à mille pensées bouillonnantes, comme tout homme confronté à sa paternité, Eugène éprouva le besoin de sortir dans le jardin. Après avoir refermé doucement la porte de la chambre, il descendit les marches de vieux chêne habillées d'un chemin de laine grenat, évita que la lourde porte d'entrée ne claque – ce qui occasionnait des protestations de la part d'Anna –, et ses pas l'amenèrent au bord du lac où l'eau froide clapotait contre l'appontement. Il vit, sur la gauche, Adrien, le mari d'Anna, occupé à rassembler au râteau les feuilles brun et or qui jonchaient la pelouse, au milieu des charmes et des érables centenaires. Il entendit, venant de la propriété voisine, au-delà d'une haute haie de thuyas, une tondeuse couper l'herbe encore grasse et verte. Le soleil investissait le ciel, s'extirpant des filaments nuageux accrochés en masse abondante au sommet de la Tournette, et tempérait la fraîcheur, même si sa chaleur déclinait de jour en jour. Ici, aux abords de l'eau, l'humidité matinale imprégnait l'air et faisait frissonner. Eugène releva le col de son pull-over et s'installa sur un banc de pierre, face aux reflets miroitants du lac, attentif à son propre désordre interne.

S'il fallait définir le bonheur ou l'amour, ou bien la satisfaction de soi ou encore l'homme face à ses responsabilités, Eugène Socrate n'avait qu'à puiser dans ses sources personnelles et aussi dans les cours qu'il donnait au lycée Fontaine, à Annecy. « Nous avons un nom prédestiné, même si nous avons été jusqu'à présent notaires de père en fils », lui avait dit son père en cachant au mieux sa déception, lorsque Eugène lui eut avoué son penchant pour la philosophie. « Tâche de faire ton métier aussi bien que nous nous sommes évertués à faire le nôtre », avait-il ajouté en posant une main sur son épaule.

Talloires, perle du lac d'Annecy, situé à 450 mètres d'altitude, village plein de charme, à l'abri des vents entre lac et montagnes, baigné de soleil matin et soir, bénéficiant d'un microclimat d'une extrême douceur. Talloires, havre de la famille Socrate depuis plusieurs générations, haut lieu de création et de réflexion. Talloires, pour lequel Eugène ressentait, comme ses père et aïeux avant lui, une attirance mystérieuse et indéfinissable.

Quittant du regard les barques de pêcheurs qui se balançaient mollement au milieu du lac, le nouveau père leva les yeux vers le château de Duingt, majestueusement dressé sur sa presqu'île, les cimes des Bauges, l'Arcalod et le Trélod, et buta sur le Roc de Chère célébré par Theuriet, qui s'avance comme un cap séparant la baie de Talloires de celle de Menthon, derrière lequel Annecy s'étalait au loin, sur la droite, de l'autre côté de la grande étendue d'eau. Annecy, dont le lac était renommé pour être le plus pur d'Europe. Annecy, dominée par le mont Blanc, voisine de la Suisse et de l'Italie, Venise savoyarde classée depuis 1960 en tête du palmarès du Prix national des villes fleuries, si séduisante aux yeux du touriste mais ressemblant si peu à ce que fut la cité des siècles durant.

Eugène Socrate remercia le ciel d'avoir exaucé ses vœux. Après dix ans de patience, l'enfant qui reposait contre le sein de sa mère, dans la chambre au mobilier précieux, parait l'amour du couple d'une aura miraculeuse.

On dit qu'il est de ces passions indestructibles, absolues, qui se nourrissent de regards, de caresses et de pensées. Celle qui unissait Eugène et Elisabeth Socrate n'avait rien à leur envier et faisait l'admiration de tous.

Bel homme à la stature d'athlète, à la prestance aristocratique, Eugène correspondait à l'idée que l'on se fait d'un héritage racé. Son front, haut et large, s'harmonisait à la carrure du visage aux traits affirmés, sa bouche aux lèvres pleines ajoutait au charme viril. Un fort amour des livres complétait une excellente culture générale, et si sa passion pour la philosophie l'avait un peu démarqué des siens, jusque-là tous adeptes des lois, en bonne intelligence chacun avait accepté ce changement de voie. Et, ce qui ne gâtait rien, Eugène était pourvu de générosité et d'humour.

Tombé amoureux fou d'Elisabeth, il avait tout de suite été convaincu qu'elle était la femme de sa vie. Ses yeux gris acier plongés dans le regard clair de la jeune étudiante de son âge, il lui avait juré fidélité, amour et protection, pour le meilleur et pour le pire, bien avant que leur mariage fût célébré.

Elisabeth avait découvert l'univers d'Eugène avec appréhension ; cependant, la famille Socrate avait su rester simple malgré son passé de notables et, en dépit d'une once de préciosité, l'accueil de ses beaux-parents avait été chaleureux. La maison, trop grande, n'attendait que de nouveaux hôtes. Pour eux, l'arrivée de cette belle et douce jeune femme ne faisait que précéder des rires et des cris d'enfants. Adrien et Anna, respectivement jardinier et cuisinière des Socrate depuis plus de quinze ans, avaient tout de suite aimé cette Annecienne qui rendait heureux leur « petit Monsieur ». Ils logeaient dans une maisonnette indépendante, de l'autre côté du portail, faisant aussi office de gardiens.

La maison des Socrate avait deux entrées. L'une d'elles, à l'arrière, cachée par un énorme lilas mauve, proche du bureau notarial, était réservée aux clients de maître Socrate qui exerçait toujours sa profession et dont l'appartement se situait au rez-de-chaussée. L'autre, côté jardin et lac, était commune à toute la famille et à ses visiteurs, et s'ouvrait sur un vaste hall d'où partait un magnifique escalier ouvragé en fer forgé qui menait à l'étage fraîchement transformé en appartement pour le jeune couple. Même si la plupart des repas allaient se prendre en commun, l'indépendance de chacun serait sauvegardée et les relations ne s'en porteraient que mieux.

Elisabeth avait parcouru la propriété et découvert ses charmes surannés au bras d'Eugène, attentive à ses mots, attendrie par sa façon si fière de lui présenter la maison de ses ancêtres et de lui raconter son passé. Elle avait succombé à l'attrait des hautes pièces aux plinthes lambrissées, à la séduction des vaisselles et figurines de porcelaine, à l'enchantement d'un décor à l'ancienne, à la parfaite harmonie qui régnait dans le jardin fleuri de roses, de géraniums et de rhododendrons. Le mariage du lac avec les montagnes proches conférait à l'ensemble une atmosphère enchanteresse qui correspondait à son caractère à la fois romantique et secret. « Son allure ne semble-t-elle pas s'adapter aux lieux ? Cet endroit a l'air fait pour elle », avait dit avec ravissement madame Socrate mère à son époux. Tous deux, cachés derrière les rideaux de brocart du salon, avaient examiné d'un air satisfait leur bru évoluant auprès d'Eugène à travers les allées odorantes.

Ils avaient tenu à fêter l'événement chez leur ami, le

père Bise, célèbre aubergiste à Talloires entre les deux guerres, chez qui nombre de souverains et hommes d'Etat de l'époque étaient venus goûter les gratins de queues d'écrevisse, la poularde braisée à la crème d'estragon ou les fraises Cardinal. Winston Churchill, que l'on pouvait également voir à Annecy, assis devant son chevalet de peintre au bord du Thiou, fut l'un de ses convives. On raconte aussi qu'un jour, Cézanne aurait proposé un tableau au père Bise en guise de paiement, et que celui-ci aurait refusé, préférant l'argent liquide. Les parents Socrate étaient des clients assidus du restaurant.

Elisabeth avait adopté sans retenue Talloires et les alentours – à l'image du poète Albert Samain qui avait écrit : « Je me suis grisé là de sensations de nature », après un séjour ici même. Elle aimait aussi l'idée de savoir ses parents tout proches, à quelques encablures de son rivage, de l'autre côté du lac aux ondes changeantes. Elle pourrait aisément les imaginer dans la boulangerie dont ils étaient propriétaires, rue du Lac. Les deux familles avaient sympathisé, mais les parents d'Elisabeth étaient moins à l'aise que leur fille dans la belle propriété des Socrate.

Elisabeth avait facilement abandonné l'idée de faire carrière dans l'enseignement pour se consacrer à Eugène. Elle s'investissait aussi dans la vie associative et apportait sa contribution à diverses œuvres ; sa compétence, assortie d'une grande discrétion, était aussi louée que celle de son époux au sein du lycée Fontaine, et bon nombre d'Anneciens se vantaient d'être de leurs amis ou souhaitaient en faire partie.

Leur vie de couple commença avec beaucoup d'amour et se poursuivit de même, ponctuée d'embrassements, de sorties amoureuses. Leur entente faisait plaisir à voir et ravissait leur entourage. Leurs tête-à-tête étaient riches d'échanges et de tendresse, comme de silences étrangement complices. Ils se comprenaient d'un simple regard, faisant économie de gestes ou de mots superflus, ou bien se prenaient à disserter de longues heures, sur autant de sujets divers et variés. En société, lorsqu'ils étaient éloignés l'un de l'autre, des ondes passaient entre eux, une partie de leur âme fusionnait au-delà des têtes et des rires, au-delà des conversations. De discrets sourires de connivence étaient parfois captés, et commentés après les fins de soirée par quelques envieux.

Une gloriette aux aériennes structures métalliques avait été aménagée en bordure de la propriété, près du lac, pour Elisabeth qui aimait lire et peindre. La jeune femme passait de longues heures à tenter de saisir au bout de ses pinceaux le déclin des couleurs. Le merveilleux site se prêtait à l'inspiration de l'artiste qui préférait, entre tous, les tons doux et intimes de l'automne. A cette époque, le lac même était d'un gris insondable et froid, qui la fascinait tout en la faisant frissonner malgré elle.

Sept années s'étaient ainsi écoulées, au gré des saisons et d'une vie agréable. Jusqu'au drame venu endeuiller la famille Socrate.

En juillet 1967, le terrible accident de voiture, dans lequel avaient péri les parents d'Eugène, avait fait la une locale. Emporté par sa trop grande vitesse, un poids lourd s'était renversé dans un virage, écrasant leur véhicule qui venait en sens inverse.

Eugène souffrit beaucoup de cette disparition tragique. Et un regret supplémentaire avait alourdi sa souffrance : celui de n'avoir pas comblé ses chers parents avec une progéniture nombreuse et joyeuse.

Il avait longtemps arpenté les vastes pièces abandonnées, où rien ne le laissait indifférent aujourd'hui encore, à la recherche d'un passé douloureusement revécu. Il avait eu beaucoup de mal à prendre la décision qui s'imposait maintenant : abandonner l'étage pour lui redonner sa fonction de chambres et emménager en bas. L'amour et la sensibilité d'Elisabeth avaient amorti la violence d'une telle perte, mais une ride supplémentaire était venue marquer le large front, et la maison avait paru bien trop grande.

Sans constamment en parler entre eux, chacun savait bien à quoi l'autre pensait. A trente-deux ans, Elisabeth pouvait-elle encore être mère ? Des examens qu'ils avaient tous deux subis leur avaient appris la patience et avaient entretenu leurs espoirs. Mais, depuis, Eugène avait toujours ressenti une espèce de crainte chez sa femme, lorsqu'il leur arrivait d'évoquer la chose. Crainte aussitôt masquée par une attitude si fataliste et un tel regain de tendresse à son encontre, qu'il éprouvait quelques remords de paraître l'accabler par son désir exprimé d'être père.

Huit mois après l'accident, un soir où il se concentrait sur les copies d'une classe de terminale, Elisabeth était venue sans bruit, comme à son habitude, s'installer à son bureau, face à lui. Son air mystérieux l'avait intrigué, tandis qu'elle dépliait lentement un papier, prenant son temps pour le défroisser de ses longs doigts fins d'artiste. Il avait retenu un sourire, connaissant cette façon de le faire languir avant de le soumettre à réflexion. Qu'avait-elle encore acheté ? Ou bien, à qui devaient-ils leur prochaine invitation ?

Il avait repoussé les feuilles qu'il annotait et patiemment attendu la fin de cette petite mise en scène. Elisabeth avait machinalement pris l'une des copies et lu le sujet à voix basse : « L'illusion religieuse, produit du désir humain ? »

« Je sais que parfois tu sombres dans l'athéisme, et tu adhères à l'idée que Dieu est une hypothèse dont on se passe, avait-elle exposé, mutine, sans le regarder franchement. Je me souviens aussi de nos cours sur Nietzsche, qui prétendait expulser Dieu comme le scandaleux rival de l'homme libre et fort, afin que ce dernier puisse s'accomplir pleinement. Et puis ton Spinoza professait que nous sommes des parties de Dieu et non pas ses créatures, et d'autres encore de tes philosophes ont voulu démontrer l'idéal et non la réalité de Dieu. Pourtant... »

A cet instant, elle avait planté son beau regard lumineux dans le sien, ne lui autorisant aucune diversion.

« ... je garde mes propres illusions sur le sujet, mon chéri... »

Eugène s'était demandé si sa chère épouse n'était pas en train de perdre la tête, puis avait pensé qu'elle cherchait à le provoquer dans l'un de leurs habituels débats. Il allait lui demander d'attendre la fin de ses corrections, mais elle avait levé la main pour le faire taire, conservant un air impénétrable alors que ses prunelles irradiaient.

« ... si Dieu le veut... nous câlinerons bientôt un petit Socrate. »

Avant qu'Eugène eût retrouvé sa voix, Elisabeth s'était relevée et avait tourné les talons, comme si elle venait juste de lui annoncer le passage du facteur ou que le dîner était servi. Incapable de proférer un son, Eugène avait senti une énorme boule lui obstruer la gorge, tandis qu'il suivait des yeux la silhouette gracile, autour de laquelle voletaient les longs pans d'une robe en dentelle.

Il avait remarqué la feuille abandonnée au milieu de ses copies, l'avait amenée jusqu'à lui et avait enfin compris.

Les derniers examens d'Elisabeth étaient on ne peut plus normaux. Des mots rajoutés à la plume complétaient le diagnostic optimiste : « A notre amour et à la nature de se mettre à l'unisson. »

Ce matin-là, la naissance de son fils plongeait Eugène Socrate dans un monde d'interrogations, au sujet de ces choses de la vie qu'il analysait quotidiennement avec ses élèves, en faisant référence à des maîtres.

S'il ne doutait pas de sa joie, à l'instant même, il ne pouvait cependant se défendre d'une sourde angoisse, venue des tréfonds de sa conscience, venue de si loin qu'il ne pouvait en saisir la plus infime raison, et qui gâchait un peu son bonheur. Comme une étrange peur, inconsciente, de perdre ce qu'il venait d'acquérir ou de n'en pas profiter assez... Le contrecoup, sans doute, de la nuit qu'il venait de vivre.

Alors il balaya l'incompréhensible prescience d'un danger pour se consacrer à l'extase que lui procurait la vision emportée de la chambre. Un travail les attendait, sa chère Elisabeth et lui : il leur fallait construire un avenir à leur fils, l'aider à accomplir son destin.

2

Grenoble (Isère), le 25 janvier 2002

« Seigneur ! »

L'étrange langueur qui l'avait terrassée, depuis qu'elle avait bu ce thé au goût bizarre dans un bar, s'était volatilisée au contact du froid glacial. Surgies à la vitesse de l'éclair, des images d'autrefois percutèrent l'esprit terrifié d'Anne Baup, tandis qu'elle perdait le souffle. L'eau noire et glacée lui envahissait les yeux, les narines et la bouche. Anne Baup allait mourir sous la main cruelle. Encore et encore, quitte à se démolir le cou et les épaules, elle tenta désespérément de libérer ses bras garrottés le long de son corps, mais la poigne qui la maintenait sous l'eau était terrible. Le froid l'avait déjà saisie. Son épouvante n'avait plus de nom. La terreur qui l'avait assaillie dès qu'elle avait compris le but de son agresseur l'avait emportée au seuil de la folie. Avait-elle bien entendu les mots que son assassin lui avait déversés d'une voix rauque dans l'oreille, avant de la plonger dans son bain mortel ? Des mots ! Un nom ! Qu'elle n'avait pas eu le temps d'assimiler avant que la panique n'emmêle tout en elle. Ses derniers « pourquoi » n'auraient pas d'autre réponse que cet horrible visage penché sur elle pour la regarder mourir. Elle rua sous l'eau, se tordit dans tous les sens, consciente de sa fin imminente. Les images qui avaient resurgi de son passé s'en étaient allées, son cerveau ne pouvant plus rien analyser ni contrôler. Ne restait plus que ce masque flou qui semblait sourire à travers l'eau tremblotante. Par désespoir, elle focalisa le reste de son esprit sur un point lumineux, reflet lointain et haché, ultime lien avec la vie, depuis son tombeau transparent. Hélas, par ce froid la lumière du dernier lampadaire du quai n'attirait personne sur les berges de l'Isère. Elle se débattit encore longtemps, sentant ses forces inexorablement l'abandonner, mais l'homme avait tout son temps et la poigne requise pour accomplir sa mission. Il l'enfonça davantage dans la profondeur de la rivière. Lorsqu'elle ouvrit finalement la bouche, avide d'air, un torrent d'eau gelée dévala dans ses bronches.

Quand son bourreau le jugea bon, il ramena son corps inerte jusqu'à lui et s'empara du couteau qu'il avait déposé tout près. Prenant garde de ne pas abîmer le manteau, il trancha les larges bandes du ruban adhésif qui avait servi à saucissonner sa victime, et les fourra dans l'une de ses poches. Son travail était terminé. Il regarda une dernière fois les yeux révulsés d'horreur, et d'un geste déterminé, repoussa le corps dans l'Isère glacée.

3

Le 25 janvier 2002

L'homme respira profondément, hésita une dernière seconde, et puis tourna le loquet de porcelaine blanche.

L'odeur, toujours la même, alourdie de relents de pharmacie, de Javel et de soupe, lui assaillit les narines, déclenchant l'habituelle hésitation. Mais il se raidit, conscient de la vivacité de l'œil, un des rares points encore vivants, rescapés du corps enfoui dans le grand lit.

— Me voilà, fit-il, bien que les mots prononcés d'aussi loin fussent inutiles.

Six pas mesurés, presque franchis sur la pointe des pieds, comme s'il avait craint de perturber le silence monacal, et il prit place au chevet du grabataire, se tournant vers l'œil qui luisait dans la pénombre.

— Me voilà, reprit-il avec une tendresse émue.

— Il devait sentir votre visite, il refuse de dormir, fit une voix au fort accent suisse dans son dos.

L'homme sursauta. Il n'avait pas vu la forme blanche avachie dans un fauteuil.

— Il est très agité ces temps-ci, mais il recrache systématiquement les médicaments qui pourraient le calmer.

L'homme acquiesça. Il savait.

L'infirmière, la soixantaine plantureuse et la permanente grise, s'extirpa avec difficulté des profondeurs du fauteuil. Pour lui laisser le temps de quitter les lieux, et avant d'affronter l'impatience du malade, l'homme laissa courir son regard sur les coins et contours de la chambre, effleurant tout l'attirail médical quotidiennement utilisé. Le corps fragile nécessitait des soins constants, une assistance qualifiée, une surveillance de tous les instants.

Lors de ses dernières visites, l'homme s'était pris à redouter que l'invalide ne s'affaiblisse davantage. Il lui fallait tenir encore. Encore un peu.

— La vie n'aurait-elle pas dû quitter cette enveloppe de chair cent fois déjà ? avaient commenté des médecins incrédules.

— J'aimerais connaître ses motivations. Contre quoi peut-il lutter ? Ou pour quoi ? avait dit l'un d'eux.

— « Avec quoi ? » voulez-vous dire, avait protesté un autre. Quels sont ses moyens de survie ?

Mais lui, le visiteur, savait bien que l'esprit du grabataire, alimenté par une haine mortelle, se projetait depuis des années vers un seul but. Et lui-même, ne le rejoignait-il pas dans sa haine du genre humain ?

Il le regarda et, se penchant enfin sur cette vie sacrifiée, dérisoire et désespérée, s'empara de la main déformée qui frémit. Il ne fut pas nécessaire à l'infirme d'utiliser la craie et l'ardoise posées à ses côtés. Sa question, l'éternelle question – son carburant de vie – comme tous ces mots qui ne franchiraient plus ses lèvres à jamais closes, se devinait dans la pupille dilatée.

Alors l'homme s'abaissa davantage.

Les mots glissés à l'oreille du malade lui apportèrent du bonheur. L'œil unique s'agrandit démesurément et un soupir fusa de la poitrine creuse. Un tremblement s'empara du maigre corps, tandis que des larmes se mettaient à couler, rouler en zigzaguant sur la peau parcheminée, avant de se perdre dans l'oreiller de plumes.

L'homme se dirigea vers le grand calendrier qui trônait face au lit, cloué contre le mur sans souci d'endommager la boiserie de valeur. Se servant d'un marqueur qu'il avait sorti de sa poche, il entoura d'un gros trait orange la date du jour même : 25 janvier. Il se tourna vers le lit, regarda la main. Celle-ci fit le mouvement qu'il attendait. Tous deux avaient leur code. Ils se comprenaient. L'invalide venait d'acquiescer, de ses doigts recroquevillés. Il pouvait continuer. Un second trait entoura la date du 25 avril, un troisième vint encercler celle du 25 novembre.

Cette dernière date de l'année 2002 scellerait l'aboutissement de leur vengeance.

4

Grenoble, le 26 janvier 2002

Debout, les bras croisés sur la poitrine, Florence observait Jacques assis dans l'étroit canapé à deux places, seul mobilier neuf du studio. Lui-même regardait sa compagne, avec cet air faussement contrit et stupéfait qu'ont les hommes face à des propos empreints de jalousie.

Le jeune homme ne pouvait nier que Florence, en lui reprochant ses longues absences, en formulant ses doutes sur ses soirées en célibataire, eût des raisons de s'énerver, mais il ne pouvait l'admettre sans mettre son indépendance en danger.

Son travail de VRP le gardait à l'abri de ce qu'il appelait l'esclavage domestique.

Sa relation avec Florence était récente et, en égoïste, il semblait n'y accorder que l'importance du moment. La jeune fille avait tout de suite senti l'individualisme et l'autonomie de ce grand garçon aux cheveux clairs, au regard froid, et ce fut le pari de l'amender qui l'avait emporté finalement sur ses hésitations à poursuivre une relation, même si ce jour-là ses paroles le démentaient.

Elle le dévisagea longuement en se mordillant le coin

de la bouche, se retint de mollir face à l'air un rien candide qui adoucissait l'éclat de ses pupilles. On était samedi, elle ne l'avait pas revu depuis mardi soir. Ses tournées l'amenaient loin de Grenoble et de façon irrégulière... Finalement elle capitula, trop consciente qu'elle ne gagnerait rien à le braquer. Elle avait toujours su, sans avoir besoin de conseils, que des mots ou des étreintes ne suffiraient pas à retenir un tel garçon.

— Tant que tu feras ce métier...

— Tant que je ferai ce métier, la coupa-t-il, ses yeux envahissant les siens, je gagnerai beaucoup d'argent, et nous nous installerons définitivement dans de meilleures conditions.

— Oui, mais...

— Oui, mais ce temps ne va plus tarder. Pour l'instant, tes examens t'accaparent et mes absences ne peuvent que t'être bénéfiques.

Tout en parlant, Jacques s'était levé et arpentait pieds nus l'espace restreint.

— Allons, tu sais ce que je pense de ce genre d'argument, répliqua Florence, d'un ton maintenant sans conviction, en s'asseyant à son bureau encombré de livres et de notes.

Le jeune homme revint vers son amie pour s'agenouiller devant elle. Il connaissait le moyen de rétablir sa bonne humeur.

— Je sais, fit-il avec ce sourire qui lui avait toujours permis de clore les discussions délicates.

Ses deux mains se faufilèrent sous le pull-over de la jeune femme qui se tortilla en gloussant.

— Tu te défiles toujours de la même manière, soufflat-elle, la gorge renversée.

— Mais tu aimes ça, avoue, fit-il en lui mordillant l'oreille.

— Mmh... c'est bien mon drame.

— Alors pourquoi ne pas vivre sans toujours se projeter dans l'avenir ? L'homme ne sait jamais s'arrêter au présent pour le déguster. On n'est pas bien comme ça, tous les deux ?

— Je voudrais te voir plus souvent, que tu t'installes définitivement ici, avec moi, pour commencer...

— Chut, l'interrompit-il en l'embrassant sur la bouche.

Ils firent l'amour fougueusement sur les coussins à fleurs du sofa, leurs jeunes corps enfiévrés. Il lui promit de mieux aménager son emploi du temps, elle s'engagea à plus de patience.

Ils étaient tellement différents.

Ils s'étaient rencontrés par hasard, trois mois plus tôt, sur le domaine universitaire de Saint-Martin-d'Hères, dans la banlieue de Grenoble. Parmi la foule des étudiants qui étaient venus au forum, Jacques avait malencontreusement bousculé Christine, une amie de Florence. S'excusant de sa maladresse, et se baissant pour aider les deux amies à ramasser un sac d'où s'était échappé un bric-à-brac féminin, il avait senti le sien glisser de son épaule et le résultat avait été identique, à cela près que ce qui s'en était déversé l'avait immédiatement distingué de tous les habitants du campus. Les filles s'étaient mises à rire.

« Un extraterrestre ! s'était exclamée Christine.

— Un sauvage ! avait surenchéri Florence.

— Un Martien qui s'excuse, mesdemoiselles, avait répliqué Jacques, rougissant presque. J'avais bien raison de vouloir me tenir à l'écart d'un rassemblement pareil.

— Vous avez plus la tête d'un prof que d'un étudiant », avait répliqué Christine, en récupérant à pleines mains les vis et les boulons qui s'étaient répandus et avaient roulé tout autour d'eux.

Les deux filles avaient apprécié les vêtements, sobres mais de qualité. La peau, rasée de frais, était du meilleur effet à côté des joues souvent ombrées de leurs camarades.

« Je ne suis ni l'un ni l'autre, je viens d'accompagner un jeune cousin. Rassurez-vous, avait-il ajouté en sondant un peu trop longtemps le regard de Florence, je quitte l'endroit, j'y ai fait assez de dégâts. »

Sans se l'avouer, Florence avait ressenti de l'émoi devant le sourire provocant, le menton volontaire, mais son visage avait conservé un masque indifférent. Elle était plus mûre que la moyenne, et ses vingt ans lui conféraient un air un peu supérieur qui n'avait pour but que d'éloigner les soupirants en quête d'aventure facile. Son objectif principal était ses études. Elle était en troisième année de médecine et se refusait tout redoublement, n'étant pas du genre à perdre son temps à de simples amourettes.

Les trois jeunes gens s'étaient quittés sur ces mots, et l'incident avait été oublié après que Christine eut vanté les qualités physiques apparentes du jeune homme.

« Quand je pense qu'on tenait un beau mec, avait-elle conclu, et qu'on l'a laissé s'enfuir sans prendre son numéro de téléphone. On s'encroûte, ma vieille.

— Il ne nous reste plus qu'à retrouver son cousin, avait suggéré Florence avec un faux sérieux.

— Tu rigoles ? Comment s'y prendre ?

— La ressemblance, il ne te reste que ce moyen », s'était moquée Florence.

Une deuxième rencontre, tout aussi fortuite, les avait fait tomber nez à nez, à la sortie de la Fnac, en plein centre grenoblois, à travers la foule dense d'un samedi après-midi. Quinze jours avaient pourtant passé, mais Florence et Christine avaient aussitôt identifié le séduisant maladroit et s'étaient senties flattées qu'il les considérât comme de vieilles connaissances.

« Vendre de la visserie n'empêche pas d'aimer la lecture et la musique, avait-il expliqué devant leur air surpris. Nous ne pouvons faire autrement que fêter cette heureuse coïncidence, avait-il poursuivi en s'emparant sans façon de leurs emplettes. Je vous paie un verre. »

Ravies, les deux filles avaient évité de se regarder, craignant de traquer dans l'œil de l'autre un éclat révélateur. En détaillant le blouson cintré, porté avec une nonchalance déconcertante, Florence avait été soulagée d'avoir troqué son éternel pull marron à col roulé contre une veste mieux appropriée. Ils s'étaient tous les trois installés à la terrasse de l'un des multiples bars qui sévissent place Grenette. Et tout en suivant des yeux les incessantes allées et venues des passants, ils avaient siroté leur Coca en bavardant comme des amis de longue date, tandis que le pâle soleil d'octobre effleurait de ses derniers rayons les toits de la ville.

Plus tard, les deux filles avaient laissé un silence s'installer entre elles, chose plutôt rare lorsque l'on connaissait la verve de Christine.

« Il me plaît, avait finalement dit celle-ci, rêveuse, alors qu'elles pénétraient dans la Grand-Rue piétonne.

— Tu n'es pas difficile, avait répliqué Florence.

— Il te plaît aussi, n'est-ce pas ? Je sens chez lui un penchant pour toi. »

Elles s'étaient arrêtées devant la librairie Arthaud où l'on refaisait les vitrines. Florence avait mis du temps à répondre au ton faussement badin. Elle n'aimait pas confier ses états d'âme, même à une amie. Peut-être avait-elle une conception particulière de l'amitié, à moins que sa pudeur n'en fût responsable. Elle avait appris depuis longtemps à cacher ses faiblesses.

« Je ne sais pas. Il n'a pas l'air disponible.

— Ne jamais se fier à l'eau qui dort, surtout dans ce domaine. Jamais ! avait clamé sentencieusement Christine, un doigt levé.

— Ecoutez-moi cette jeune fille pleine d'expérience, s'était moquée Florence. Tu ne peux nier qu'il ne nous a fait aucune avance, ni à l'une, ni à l'autre.

— Pure stratégie. Il nous examine, il nous teste, nous étudie. Avant de prendre sa décision. »

Florence avait éclaté de rire.

« C'est ce que tu penses de lui ?

— Il y a quelque chose en lui qui m'échappe. Malgré ses manières avenantes, je le sens calculateur.

— Parce qu'il prend son temps avant de sauter sur une fille ? Je trouve cela plutôt rassurant. Il est du genre courtois et discret.

— Discret ? Sa discrétion ne l'a pas empêché de tout vouloir savoir sur nous et nos familles, à moins que cela ne soit une façon de meubler les conversations. Moi, je préfère les coups de foudre, avait soupiré Christine, ceux qui rendent béat et muet.

— Et dont tu te réveilles avec la migraine et le désir d'en finir avec la vie, je me souviens, l'avait calmée Florence en souriant. Ce ne sera peut-être jamais qu'un ami, et puis il est plus âgé que nous.

— Je crois que maintenant je préfère les vieux, avait chantonné la brunette. Je trouve tous nos petits étudiants si peu matures. »

Florence n'avait pas relevé les propos de son amie. Elle connaissait trop son appétit des garçons pour la croire capable d'en attendre un sagement trop longtemps. Mais qui pouvait résister au sourire mutin et constellé de taches de rousseur de Christine ? Jacques Aubert n'avait pas eu l'air d'en faire cas, mais s'il savait cacher ses sentiments autant qu'elle-même cachait les siens...

« En tout cas, il a nos numéros de téléphone, avait ajouté Christine. Nous verrons bien laquelle des deux il appellera en premier, la petite brune rigolote ou la grande blonde sérieuse ? »

Elles s'étaient séparées un peu plus loin, dans la rue des Clercs, et Christine avait rejoint le tram bondé d'étudiants qui longeait la place Sainte-Claire, pour repartir dans sa chambre située sur le campus.

Après réflexion, Florence avait fait demi-tour devant la porte d'entrée de son immeuble. Celui-ci lui avait paru terne, et le minuscule studio qu'elle avait laissé en désordre ne l'avait pas incitée à rentrer. Elle avait eu envie de marcher encore un peu. Sans se départir d'un sentiment étrange, elle était revenue sur ses pas, croisant des gens parmi lesquels elle avait eu conscience de chercher une tête blonde, une allure maintenant plus familière.

A Grenoble, ville universitaire, les étudiants peuplaient pour une grande partie tous les vieux quartiers piétons, les dynamisant en y apportant une animation particulière. Les boutiques arboraient un air d'Halloween, ce qui plaisait peu à Florence, traditionaliste dans l'âme ; les modes venues d'ailleurs, à grand renfort de publicité, la dérangeaient. Elle avait marché sans but, le temps de se traiter d'idiote à plusieurs reprises et de repenser à son examen écrit du lendemain. Et là, subitement, elle l'avait vu ! A quelques mètres à peine ! Un blouson de cuir beige. Un sursaut de pudeur l'avait retenue de le héler, tandis que son cœur battait plus fort. Le temps de se reprendre, et elle l'avait vu disparaître dans la rue Saint-Jacques. Avait-elle inventé le brusque sursaut du jeune homme, sa fuite ? Elle avait accéléré le pas jusqu'au carrefour proche, l'avait cherché. Mais l'avait-elle véritablement reconnu ? D'autres silhouettes, si nombreuses et diverses, habillées de brun, de noir, mais aussi de beige, avaient dû la tromper.

Elle avait compris que malgré toutes ses résolutions et ses principes, elle était en train de perdre la tête pour un homme qu'elle connaissait à peine.

Le soir, nue devant la glace de son armoire, elle s'était examinée comme elle ne l'avait encore jamais fait : sans aucune complaisance. Le miroir lui avait renvoyé l'image d'un port de tête gracieux, d'un corps souple et harmonieux, aux seins hauts et fermes, à la taille fine. Les regards masculins l'édifiaient sur son physique et d'après son père – et bien qu'elle acceptât mal ce qu'il croyait être un compliment –, elle avait hérité des traits blonds de sa mère.

Trois semaines s'étaient ensuite écoulées. Des partiels avaient accaparé Florence et l'image de Jacques Aubert s'était doucement effacée de son esprit, où seule l'idée de sa propre légèreté semblait rester en suspens, comme pour la mettre en garde contre d'autres bouleversements de ce genre.

Aussi, lorsqu'un soir elle avait tiré à elle la porte de son studio, s'attendant à découvrir Christine, elle avait pâli.

Tandis qu'elle en oubliait de le faire entrer, Jacques Aubert l'avait regardée avec un air qu'elle n'avait su définir, à la fois amusé, mais aussi sur la défensive ou bien peut-être inquiet. Soudain nerveuse à l'idée qu'il devinât son émoi, elle s'était maladroitement exclamée :

— Quelle heureuse surprise ! Tu...

Les bras qui l'avaient plaquée contre lui lui avaient coupé le souffle. Une bouche chaude et dure lui avait écrasé les lèvres, tandis qu'une senteur douce échappée du blouson de cuir l'avait comme enivrée. La porte avait claqué, repoussée d'un coup de pied.

5

Se souvenant de leur premier baiser et du long silence qui s'était ensuivi, Florence regarda tendrement Jacques. Allongé sur le canapé, les jambes pendant dans le vide, les bras croisés derrière la tête, il avait fermé les yeux, échappant comme d'habitude à sa sollicitude. Florence eut envie de se blottir à nouveau contre le corps détendu, mais elle retint sa main qui allait esquisser un doux geste. Elle avait appris à respecter ce détachement qui suivait l'ardeur de leurs étreintes. Jacques était replongé dans un monde qui l'excluait. Attendrie, elle pensa qu'il s'était endormi et le caressa du regard, tirant sur le léger couvre-lit pour l'en couvrir. A sa grande surprise, sans ouvrir les yeux, il lui saisit la main et la serra un bref instant. Elle le regarda encore, elle aimait son visage lisse aux pommettes saillantes, mais surtout son regard dont la couleur était changeante. La régularité des larges sourcils donnait à l'ensemble un air des plus virils.

Mais, bien au-delà des apparences, Florence aimait ce qu'elle détectait en cet homme d'incompris, de retenu. Leur relation était récente, mais déjà elle repérait des instants où il semblait lutter contre lui-même, et d'autres, comme cet après-midi, où une espèce de détente adoucissait jusqu'à ses traits.

Pourtant, comme à chaque fois, malgré le plaisir qu'il lui donnait, la fougue que Jacques manifestait à lui faire l'amour la déconcertait. En ressentant la violence contenue dans ce corps nerveux, elle ne pouvait s'empêcher de s'interroger sur des souffrances cachées – comme en témoignaient ces étranges griffures sous le sein gauche, comme des scarifications –, et devinait qu'une grande patience lui serait nécessaire pour apprivoiser son sauvage.

Jacques avait perdu sa mère à l'adolescence et son père n'avait pu s'occuper de lui totalement, laissant l'enfant qu'il était gérer cette solitude. Ces éléments constituaient les seules explications qu'il avait lâchées sur son passé, et un voile avait durci son regard.

« Notre histoire commence aujourd'hui, mon chéri », avait murmuré la jeune fille devant son mutisme pénible.

Même ces mots-là avaient eu un drôle d'effet sur Jacques. Un sourire en coin, aussi ironique que désabusé, et cachant certainement une multitude d'autres pensées, aurait pu gâcher l'émotion de Florence s'il ne l'avait prise dans ses bras pour lui cacher son visage.

Elle saurait le détendre. Elle saurait apaiser ce feu intérieur qui le précipitait d'une humeur à l'autre. N'avaient-ils pas tous deux comme point commun l'absence d'une mère ? Même si la sienne était toujours de ce monde.

Depuis que cette dernière avait quitté le foyer conjugal, en 1992, Florence l'avait bannie de ses pensées. Leurs rares entrevues s'étaient soldées, en ce qui la concernait, par de la froideur et de l'incompréhension. Florence avait bien senti qu'il lui faudrait attendre avant d'éprouver le besoin de combler le manque de sa mère. Elle laissait au temps le temps de faire son œuvre. Plus tard, peut-être, viendrait celui de la tolérance. Pour l'instant elle était encore trop meurtrie.

« Le plus dur à accepter a été le manque d'explications, avait-elle dit à Jacques. Sa fuite a été bizarre et nous a terriblement blessés, mon père et moi. Elle ne pouvait plus vivre avec nous, tout simplement. « Tout simplement », tu te rends compte ? Elle n'avait pas de meilleure raison. Mon père prétend qu'elle voulait nous faire déménager depuis longtemps, mais il a toujours refusé de quitter son emploi. Dire qu'en venant faire mes études à Grenoble, je me suis rapprochée d'elle, que nous habitons l'une près de l'autre et que je vais forcément encore tomber sur elle un de ces jours, comme cela nous est arrivé l'an dernier... »

Elle avait été surprise et gênée par la réaction de Jacques.

« La vie est étrange, tu ne trouves pas ? lui avait-il dit d'un air énigmatique. Certains regrettent de ne plus avoir leur mère, alors que d'autres cherchent à s'en débarrasser. »

Et puis, il avait tourné les talons et claqué la porte, la laissant se débrouiller avec cette considération.

Pour lui – elle voulait s'en convaincre –, pour Jacques, elle avait fait la démarche qu'elle avait jugée jusqu'alors trop difficile, voire impossible. Balayant sa rancœur et surmontant ses hésitations pour renouer des liens autrefois rompus, Florence avait téléphoné à sa mère.

Lorsque celle-ci avait franchi le seuil du studio, début décembre, Jacques avait pu constater combien sa petite amie ressemblait à sa mère. Mêmes taille et couleur de cheveux, même port de tête, même nez dans un visage à l'ovale identique. A la limite de l'incorrection, il avait soutenu l'œil curieux et inquisiteur qui s'attardait sur lui, et avait continué à étudier d'un air un peu trop appuyé l'attitude de la mère face à la fille. Rien de celle-ci, avait constaté Florence, rien n'avait échappé à Jacques, du premier geste un peu précieux quand elle avait ôté son manteau, à ceux qu'elle avait conservés, machinaux, de recoiffer nerveusement sa frange en arrière ou de serrer parfois ses lèvres comme pour se retenir de trop parler. Cet intérêt singulier avait intrigué et amusé la jeune étudiante en fin de compte presque heureuse de la situation.

Après les présentations, la gêne entre les deux femmes était peu à peu tombée.

Florence avait examiné sa mère à la dérobée, étonnée de constater si peu de changement dans le visage légèrement tendu, sans fard, surprise de la voir vêtue sans aucune coquetterie, surprise surtout de si bien gérer ces retrouvailles qu'elle avait craint de trop mouiller de ses larmes. La rancœur était-elle le garde-fou idéal contre l'émotion ?

Elle avait laissé sa mère faire un rapide état des lieux de son logement. Elle avait inconsciemment attendu des commentaires qui n'étaient pas venus, avait fait signe à Jacques de dire quelque chose qui détendît l'atmosphère, et enfin proposé à tout le monde de s'asseoir. Le jeune homme avait laissé le canapé à leur invitée et s'était assis par terre, sur la moquette usée, face à elle. Le seul siège était à roulettes ; pour ne pas encombrer l'étroit passage, il disparaissait sous la planche qui partait du lit et faisait office de bureau, posée sur des tréteaux. Mais quelques coussins jetés çà et là sur le sol faisaient l'affaire, quand le lit lui-même ne servait pas de canapé à des amis.

« Florence m'a dit que vous étiez originaire d'Annecy, avait dit Jacques d'un ton abrupt. Vous y avez fait vos études ?

— ... Mais oui, avait hésité la mère, un peu prise au dépourvu. Vous-même êtes originaire de Savoie ?

— De Chambéry, mais je connais bien Annecy. Vous y avez vécu longtemps ?

— ... Je suppose que, par Florence, vous savez que j'en suis partie depuis quelques années. »

Pour éviter le regard de sa fille subitement braqué sur elle, la mère avait baissé la tête.

« Et maintenant vous êtes grenobloise. Pas de regrets ? »

Durant ce premier échange, Florence avait déposé sur le sol un plateau avec du thé, des bières et des jus de fruits, et s'était installée sans façon par terre, au côté de Jacques. Elle avait écouté de toutes ses oreilles, curieuse de sentir s'établir une tension entre lui et sa mère.

« Et pourquoi donc devrais-je éprouver des regrets, monsieur ? »

Le « monsieur » avait fait sourire Jacques.

« Quand on a la chance de vivre à Annecy, on peut avoir du mal à s'expatrier. Il faut des raisons...

— ... des raisons... ?

— Des raisons convaincantes.

— ... Quelle sorte de raisons, par exemple ?

— Il n'y a que vous qui pourriez les définir, bien entendu. »

La mère de Florence avait paru rougir, sa main avait trituré un bouton de sa robe. Et puis, elle avait repris avec une politesse feinte, sans vraiment regarder son interlocuteur :

« La chose semble aussi vous concerner, vous êtes devenu grenoblois...

— Non, je loge toujours à Chambéry.

— Ah ! Il me semble pourtant voir ici et là quelques affaires masculines, avait-elle repris d'un ton moqueur, en détaillant la pièce. Je présume que ce sont les vôtres. »

Jacques avait acquiescé tandis que Florence fronçait les sourcils.

« Vous êtes représentant de commerce, avait questionné sa mère d'un ton doucereux, en affrontant cette fois son vis-à-vis.

— C'est exact.

— Un métier difficile pour la compagne d'un tel homme.

— C'est aussi exact.

— Peut-être y a-t-il pour vous, dans toute la région que vous sillonnez, d'autres points de chute identiques ? »

Jacques avait souri sans répondre et avait levé sa bouteille de bière en guise de toast, avant d'en achever le contenu. Horrifiée, Florence avait regardé sa mère et détesté son faux air jubilatoire.

« Que font vos parents ?

— Mon père est un modeste retraité de la SNCF. Quant à ma mère, si elle m'a abandonné jeune..., c'est hélas qu'elle est décédée. Voici une raison indiscutable. »

La mère de Florence s'était sentie giflée par les mots de Jacques. Mais celui-ci avait feint une telle innocence, regardant sa bouteille de bière vide comme s'il s'était demandé ce qu'elle faisait là, dans sa main... Elle avait jeté un coup d'œil à sa fille qui semblait ne rien avoir entendu d'insultant.

La suite avait été ennuyeuse. Florence avait fait les frais d'une conversation décousue, inintéressante, jusqu'à ce que sa mère se fût levée, pressée de s'en aller. Florence l'avait raccompagnée jusque dans la rue, et s'était entendu dire d'un ton froid : « Je n'aime pas ce qu'il y a dans les yeux de ce garçon. Il abuse de toi, c'est certain. »

Mais comment accorder sa confiance à une mère qui a abandonné son ménage sans se soucier du devenir de son enfant ? Florence avait même éprouvé un certain plaisir à la contrecarrer sur un sujet sur lequel elle ne lui accordait aucune ingérence, aucun commentaire.

« Quelle mouche t'a piqué ? avait-elle gentiment reproché à Jacques en revenant auprès de lui. Tu l'as agressée d'emblée.

— Elle s'est sentie agressée, nuance, s'était défendu Jacques avec un méchant sourire en biais.

— C'est pareil. Qu'est-ce qui t'a pris d'inventer ces raisons, convaincantes ou pas, de quitter Annecy ?

— Ne l'accusais-tu pas de ne t'avoir jamais fourni d'explications à son départ de chez vous ? Je lui ai tendu la perche pour que tu en aies au moins une.

— Elle a toujours détesté être jugée. Elle t'a pris pour un donneur de leçons et t'a rendu la monnaie de ta pièce.

— Quelle importance. J'ai tout de suite senti qu'elle ne m'aimait pas et je t'avoue que c'est réciproque. Mais je te promets de mieux me tenir la prochaine fois... pourvu que ce ne soit pas de sitôt. »

Jacques et elle avaient finalement ri de cette animosité incompréhensible.

Florence frissonna. La chaleur de l'unique radiateur n'arrivait pas à lutter contre les courants d'air venant de la fenêtre voilée. Elle nota mentalement de racheter un rouleau de mousse afin de la colmater plus sérieusement. Elle se releva, récupéra ses vêtements éparpillés sur la moquette et fila sous la douche. Ses longs cheveux auraient juste le temps de sécher avant que Christine passe prendre le couple pour aller manger une pizza.

Quand elle sortit de la salle de bains, enveloppée dans un peignoir en éponge jaune, le dormeur n'avait pas changé de position.

6

Grenoble, le 26 janvier 2002

— Il se fait tard, fit Jacques en repliant sa serviette.

Les trois autres acquiescèrent.

Ce samedi-là, bien que Jacques n'aimât pas spécialement les sorties en groupe, Florence et lui s'étaient retrouvés en compagnie de Christine et Claude à la Chandelle, rue Félix-Viallet. Comme d'habitude, l'ambiance était animée dans la pizzeria bondée.

— La note, je vous prie, demanda Claude à la jolie serveuse qui avait répondu avec empressement et tout sourire à son appel.

Florence et Christine suivirent des yeux la jeune fille qui repartait en ondulant du postérieur, à travers les tables serrées, nappées de rouge.

— Elle est mignonne, fit Christine à Claude, en la désignant du menton.

Pris de court, Claude tourna la tête vers la croupe animée.

— Ne me fais pas croire que tu es insensible à son manège, le rabroua sa compagne. Elle n'a pas arrêté de vous brancher, tous les deux avec ses messieurs par-ci, messieurs par-là, « Messieurs ont aimé ? Messieurs sont contents ? Messieurs sont avec de vieilles amies, ce soir ? Si ces messieurs sont seuls, ça tombe bien, moi aussi, après mon travail », blablabla... J'en ai marre de ces filles aguichantes. Et toi, arrête de rire, s'en prit-elle à Jacques qui ébauchait un sourire narquois. Vous êtes tous les mêmes.

— Parle pour les autres, répliqua celui-ci.

— Ne me fais pas croire que, toi non plus, tu n'as rien remarqué.

Jacques haussa les épaules sans la quitter des yeux, de ce regard qui la glaçait parfois.

— Je n'ai rien remarqué, c'est pas mon truc, tout simplement.

— Ton truc, c'est quoi ? l'agressa-t-elle, moqueuse.

Christine dépassait les bornes. Florence observait son amie avec amusement. Elle savait que la présence de Jacques déclenchait l'attitude querelleuse et provocante de la jeune fille. Depuis qu'elle-même avait conquis le cœur de Jacques, Christine avait jeté son dévolu sur le premier garçon de fac disponible, ne ratant pas une occasion de rembarrer le malheureux lorsqu'ils se retrouvaient tous les quatre. Florence sentait bien que Christine lui en voulait un peu, comme si elle ne pouvait s'empêcher de supposer qu'on l'avait déloyalement supplantée dans le cœur de Jacques. Comment Florence aurait-elle pu lui raconter leur premier baiser, sans que celle-ci lui rétorque, un peu jalouse : « La porte refermée d'un coup de pied ! Tu ne trouves pas que ça fait cinoche ! T'as d'beaux yeux, tu sais ! On te fait le grand jeu et tu marches comme une gourde ! »

Florence jeta un œil sur leurs voisins trop proches, dont la conversation feutrée venait de s'arrêter et dont les oreilles semblaient se tendre pour ne rien perdre de la discorde grondante. Elle eut pitié de Claude, un timide un peu rougeaud, qui n'allait pas manquer de subir l'injuste colère de Christine.

— Son truc, c'est moi, intervint-elle à voix basse en souriant. Claude n'a pas encouragé cette fille. Il y en a des tas comme elle qui se la jouent un peu sous prétexte de devoir être avenantes. Si ça se trouve, elle ne rêve que de retrouver son petit copain qui, à deux heures du matin, n'aura pas eu le courage de l'attendre et se sera endormi, alors, tu vois...

— J'ai horreur des filles qui s'imaginent être irrésistibles et sabordent leurs consœurs, rétorqua Christine.

Florence pouffa et se pencha pour lui souffler avant de se lever de table :

— On dirait bien que l'hôpital se moque de la charité.

Après le restaurant, Christine conserva sa mine boudeuse, ce qui agaça Claude, mais il se garda bien d'essayer d'arranger les choses.

— Un dernier verre ? proposa Jacques en regardant sa montre. On se replie au studio.

Le jeune homme acceptait rarement de prolonger leurs quelques sorties. Florence s'accrocha à son bras, lui sachant gré de s'efforcer d'être agréable envers ses amis. Tous quatre partirent à pied à travers les rues ventées de Grenoble, emmitouflés dans leurs vêtements, le nez enfoui dans leur écharpe. Depuis début janvier, les rares chutes de neige n'avaient jamais durablement incommodé la ville, mais la météo n'était pas au beau fixe. Le froid était vif, le gel rendait le bord des trottoirs glissant. Un crachin leur giflait la figure. Il était plus de 23 heures et les passants se faisaient rares. Les rues et les avenues avaient gardé leurs décorations de Noël, les platanes aux branches squelettiques brillaient de leurs guirlandes d'ampoules. Il leur fallut du temps pour franchir les rues Jay et Clot-Bey, traverser la place

Victor-Hugo, s'engager dans les rues piétonnes, avant de retrouver le modeste confort de l'appartement de Florence.

— Si vous voulez ne pas prendre le dernier tram et coucher ici, c'est sans problème, proposa la jeune femme à ses amis, tout en ôtant sa veste trop légère.

— Sur ton matelas gonflable qui fait un bruit du diable au moindre mouvement ? Merci bien, grogna Christine en se frottant les mains l'une contre l'autre.

— Ma proposition vaut ce qu'elle vaut, c'est avec plaisir. Je préfère un truc chaud plutôt que de l'alcool, pas vous ?

Tout le monde opta pour un thé ou une tisane. Pendant que Florence s'occupait de faire bouillir l'eau dans la kitchenette, Christine farfouilla dans les cassettes audio à la recherche d'un titre, et les garçons se vautrèrent sur le lit.

Quand le téléphone portable de Florence se mit à sonner, celle-ci regarda l'heure à son poignet, étonnée, et fit signe à Jacques de répondre à sa place. Le jeune homme n'eut qu'à tendre le bras pour s'emparer de l'appareil posé sur un livre de médecine.

— Allô... Son ami... Elle est près de moi... Bien...

Florence avait interrompu les préparatifs et s'était rapprochée. Elle prit le portable que Jacques lui tendait et vint en même temps attraper une boîte en fer-blanc dans un placard au-dessus de l'évier.

— C'est qui ? fit Christine en retenant un bâillement.

— Un type, fit Jacques en haussant les épaules. Il ne s'est pas présenté.

Un bruit de ferraille les fit sursauter. Florence avait lâché la boîte qui rebondissait sur l'évier en inox.

— Quoi ? Tu es fou ! s'écria-t-elle.

En même temps, elle pâlit, chercha vainement un siège

derrière elle, ne put que reculer jusqu'au canapé, encombré des vestes de ses amis sur lesquelles elle s'affaissa brutalement. La lividité de son visage fit tout d'abord se figer les autres tandis qu'ils cherchaient à comprendre, les regards fixés sur elle.

— Non, je veux savoir ! fit-elle d'une curieuse note aiguë et cassée à la fois, comme lorsqu'on crie à voix basse pour ne déranger personne.

Et puis des larmes se mirent à inonder ses joues.

Jacques ébaucha un geste et s'immobilisa. Christine et Claude s'étaient levés et restaient maladroitement plantés côte à côte. Seule la respiration précipitée de Florence dominait la scène.

Enfin, elle raccrocha. Et puis elle se mit à trembler. Son regard de biche aux abois se posa sur Christine, effleura Claude et se fixa sur Jacques.

— Elle est morte, fit-elle si faiblement qu'ils ne furent pas certains d'avoir compris.

— Qui ? Qui est mort ? demanda Christine en s'agenouillant devant elle.

— Ma mère.

— Mon Dieu ! Que s'est-il passé ?

— On l'a retrouvée morte... ce matin.

— Qui était au bout du fil ? demanda Jacques à son tour en s'emparant des mains tremblantes.

— De l'aspirine ! Il lui faut un cachet d'aspirine ! intervint Claude.

— Que s'est-il passé ? insista doucement Christine.

— De l'aspirine, je vous dis qu'il lui faut prendre quelque chose ! Elle est en état de choc. Regardez comme elle tremble.

— Eh bien, cherches-en, bon sang ! lui jeta Christine sans le regarder. Salle de bains sans doute !

— On l'a retrouvée noyée dans l'Isère.

— Mais c'est affreux ! s'écria Christine en se relevant, la main sur la bouche.

— Les gendarmes... Ils pensent à un suicide...

— Un suicide ? Comment est-ce possible ? Je veux dire, reprit Christine, comment peuvent-ils en être certains ?

— Qui t'a appris la nouvelle ? demanda Jacques.

— Mon père. Il est à Grenoble, il arrive.

Les minutes qui suivirent furent pénibles. Florence résista à l'envie de renvoyer tout le monde pour ne rester qu'avec Jacques et se recroqueviller sur sa douleur en attendant son père. Car au-delà du choc, une terrible réalité s'insinuait en elle, désespérante, affreuse : jamais elle ne pourrait réaliser ce rapprochement qu'elle avait renvoyé à plus tard, faute de compréhension et de compassion, mais plus terrible encore, faute d'amour. Et, l'atroce idée de sa responsabilité lui coupa le souffle. Une envie de vomir la plia en deux et l'expédia aux toilettes. Les autres, navrés de leur impuissance, n'osaient formuler ce qui leur passait par la tête, mais l'éloquence de leur regard démontrait une confusion identique.

Lorsqu'elle revint parmi eux, Florence avait retrouvé un semblant de calme, mais ne pouvait empêcher les larmes d'envahir ses yeux, et d'incessantes questions lui torturer l'esprit.

Philippe Baup arriva enfin, homme de quarante-cinq ans aux cheveux presque blancs, ses yeux de myope cachés derrière des lunettes cerclées de métal. Sa fille lui tomba dans les bras et l'accabla de questions avant même qu'il n'ait ôté son anorak.

— Que s'est-il passé ? Pourquoi aurait-elle fait une chose pareille ? Comment as-tu su ? Quand l'a-t-on trouvée ?

Ses interrogations débordaient de détresse. Son père la

regarda, les yeux tristes. Il avait les traits tirés. Choisissant ses mots, il parla calmement.

— Deux gendarmes se sont présentés à la maison, en milieu d'après-midi.

— Et c'est seulement maintenant que...

— Je suis à Grenoble depuis quelques heures... Je n'ai pas voulu t'imposer la visite à la morgue. Mais crois-moi, c'était bien elle. On l'a sortie de l'eau vers 13 heures. Ensuite je suis venu chez toi, mais tu venais sans doute de sortir, et ton téléphone sonnait dans le vide.

— J'avais laissé mon portable ici. Comment les gendarmes t'ont-ils retrouvé ?

— Elle avait conservé notre adresse dans son sac, celui-ci était resté à l'endroit où elle a... décidé d'en finir. C'est un gamin qui a retrouvé l'objet sur les berges de l'Isère et qui l'a ramené à ses parents. En même temps, quelqu'un d'autre a vu un corps coincé entre des branches charriées par les eaux grossies, à deux ou trois kilomètres en aval... Elle ne savait pas nager, et l'eau était si froide que...

Philippe Baup n'acheva pas sa phrase mais tous avaient compris.

— A-t-elle laissé un mot ? Une explication ? Quand on l'a vue, il y a environ trois semaines, elle avait l'air... d'aller bien, n'est-ce pas, Jacques ? implora la jeune fille tournée vers Jacques qui s'était adossé à la fenêtre, un peu en retrait.

Celui-ci acquiesça, semblant comprendre le malaise de Florence. Christine et Claude conservaient maintenant un silence gêné. Philippe Baup poursuivit :

— Cela se serait passé hier soir. Ses voisins l'ont entendue partir de chez elle vers 18 heures. Ils veillent généralement assez tard, et ne l'ont pas entendue rentrer.

— Elle se sera fait agresser ! affirma Florence en se tordant les mains.

— D'après les gendarmes, au vu de son court séjour dans l'eau, le corps n'a pas l'air d'avoir subi de violence quelconque. L'enquête suivra son cours, bien entendu, mais la présence du sac sur la berge plaide pour le suicide. Parfois, il arrive qu'on retrouve des vêtements empilés en bon ordre, avec les chaussures...

— Elle a pu se faire agresser ! répéta Florence en se penchant en avant. Je... il me semble que je le supporterais mieux.

— Ecoute, ma chérie, déjà, ta mère... enfin, lorsqu'elle est partie de chez nous...

Philippe Baup, à l'évidence, allait faire des aveux. Il semblait avoir oublié les autres et s'apprêta à s'exprimer du mieux possible.

— Personne ne te l'a jamais révélé, mais ta mère avait déjà fait une tentative de suicide.

— Non !

La jeune femme s'était redressée, en plein désarroi.

— Tu avais à peine deux ans. Jusque-là, je ne m'étais jamais rendu compte à quel point elle semblait porter en elle un lourd fardeau. A l'époque, je ne pensais qu'à l'installation de mon atelier, je croyais que tout allait bien pour nous, alors elle passait au second plan de mes préoccupations. Quand cela s'est produit, j'ai culpabilisé comme un fou, j'ai voulu la faire parler, mais en vain. Si quelqu'un, autour de nous, se doutait de quelque chose, je n'ai jamais rien pu savoir d'autre que ce que sa grand-mère m'a chuchoté un soir, entre deux portes : « Elle paie pour ses erreurs de jeunesse. » Mais quand j'ai interrogé sa famille sur d'éventuels antécédents que l'on m'aurait cachés, il y a eu comme un bloc de silence.

— Et tu n'as pas cherché à en apprendre davantage ?

Dans la bouche de Florence, le reproche frisait l'indignation.

— Que voulais-tu que je fasse ? Interroger les voisins ? Ses camarades de classe ? Je sais qu'elle en voyait encore. Je ne suis pas porté sur les ragots, et j'avais épousé ta mère parce que je l'aimais pour ce qu'elle était, tout simplement, pas pour ce qu'elle avait, ou pas, été. Et puis, ton arrière-grand-mère n'a jamais voulu reconnaître ce qu'elle m'avait dit un soir de confidences. Tout le monde m'a fait comprendre que ces « erreurs de jeunesse », ces mots qui avaient échappé à la vieille femme, n'étaient que des tourments d'adolescente qui ne remettaient aucunement en cause l'équilibre psychique de ta mère.

— Elle nous a pourtant quittés quelques années après sans véritables explications, intervint Florence, effarée, qui découvrait une partie sombre de son histoire familiale. C'est qu'elle n'allait pas aussi bien que cela.

— Par la suite, elle a toujours été nerveuse, irritable. Je la trouvais même paranoïaque. Je n'ai pas su l'aider. Elle refusait de se faire soigner, elle fuyait nos amis. Elle fuyait sa propre famille. Elle se méfiait de tas de gens, de moi aussi qui tentais de la raisonner. Bientôt, il n'y a plus eu entre nous que silence et incompréhension. Elle est partie avant qu'on se déteste tout à fait.

— En somme, son départ de la maison ressemblait déjà à un second suicide.

La tristesse de Florence faisait mal.

— Je veux que tu saches, scanda son père doucement en la prenant par les épaules et en enfonçant son regard dans le sien, je veux que tu saches qu'il ne sert à rien de te culpabiliser.

— J'ai repoussé son amour. J'aurais pu…

— Tu n'as rien repoussé du tout, puisqu'elle ne te demandait rien.

— Elle ne demandait rien, mais elle attendait peut-être !

— Il y a des gens qui veulent échapper à leur destin. Elle n'y était pas arrivée une première fois, partir plus loin n'a pas été plus probant. Nous ne saurons ni l'un ni l'autre ce qui n'allait pas chez ta mère, mais une chose est sûre, c'est qu'elle n'a pu surmonter son mal-être.

— Peut-être m'aurait-elle parlé ?

— Elle n'a jamais cherché à te revoir pour t'expliquer son comportement.

— C'était à moi de l'y aider.

— Ne te mets pas martel en tête. C'est arrivé hier, ça aurait pu être plus tard, mais elle aurait recommencé.

— Elle venait de me revoir ! Comment ne pas penser que j'ai pu la décevoir ?

Tout le monde était parti : Philippe Baup avec le tourment de ne pas avoir convaincu sa fille – il portait lui-même sa croix depuis si longtemps, il ne voulait pas qu'elle connaisse ce supplice ; Claude, ennuyé d'avoir pénétré un secret de famille ; Christine, tracassée de laisser son amie aussi perturbée, sans avoir su la réconforter.

Florence s'était assoupie après avoir longtemps laissé libre cours à ses remords.

L'expression fermée de Jacques restait la même depuis le début des événements. Il n'avait pas trouvé de mots pour adoucir le chagrin de sa compagne, mais il savait que sa présence silencieuse était appréciée.

Pourtant, les pensées qui l'agitaient étaient très loin de celles de Florence, loin de celles auxquelles on aurait pu s'attendre. Incapable d'aimer, il projetait, depuis un certain temps déjà, de quitter Florence.

Mais des mots résonnaient en lui, venant de si loin : « L'amour, mon garçon ? Un sentiment qui t'attire irrésistiblement vers l'autre, un sentiment que ton cœur saura bien reconnaître, je te l'assure. » Il savait trop bien que Florence l'avait ému, dès le premier jour, par ce quelque chose de léger, de presque insaisissable pour un autre que lui, fondu dans cette façon qu'elle avait de rejeter en arrière, d'un léger coup de tête, une mèche venue sur le devant du visage. « Une ressemblance inexprimable, au-delà des formes et des gestes », avait-il pensé. La détresse de la jeune femme lui en avait rappelé une autre, lointaine, par ce geste si féminin de couvrir sa bouche pour en étouffer les cris.

7

Méribel (Savoie), février 2002

La journée s'annonçait excellente. D'un magnifique bleu marine, le ciel proclamait sa victoire sur la tempête de la veille, et invitait les amoureux de la neige à sauter sur leurs planches. Les monts immaculés se dressaient, empreints de majesté, spectateurs de l'agitation humaine sur leurs flancs apprivoisés.

Francis Balme ralentit son pas pour changer ses skis d'épaule. Il était en avance. Les rues de la station s'animaient, des voitures et des cars venus des départements proches commençaient à envahir les parkings. Le froid était sec. Sur les pistes, au loin, les ratracks [1] faisaient leur travail, petites fourmis laborieuses sur un tapis de ouate. Francis s'arrêta pour contempler la luminosité qui évoluait d'instant en instant. Il respira profondément pour s'emplir les poumons de l'air vivifiant. A l'est, le bleu pâlissait, tandis qu'à l'ouest la crête de Tougnette s'illuminait. Du regard, il fit le tour du cirque, reconnaissant la Saulire, le mont Vallon, les Crêtes.

Généralement, Francis évitait les stations au moment

1. Dameuses.

de l'affluence, comme en cette période de vacances, préférant les débuts et fins de saison. Mais ici, le complexe était si vaste qu'il pouvait se croire presque seul à dévaler les pentes en hors-piste. Francis aimait Méribel, et plus encore Mottaret, situé un peu plus haut dans la vallée, station plus familiale aux chalets en totale symbiose avec l'environnement. Il ne s'était pas fait prier pour venir rejoindre aujourd'hui Stéphane et ses amis, en vacances pour la semaine, avec pour objectif de glisse les Trois-Vallées.

Francis reprit sa marche et se dirigea vers le Poste, pour y attendre la bande. Il s'installa dans le fond, se réservant toute la table, et commanda un café. A part le sol, tout était fait de pin et de sapin, raboté pour les tables et les bancs, rustique pour le plafond lambrissé et les murs ornés de têtes de chamois. Les lieux étaient déjà plus qu'à moitié remplis de joyeux lurons. Le brouhaha était incessant, ponctué du raclement des grosses chaussures qui heurtaient le carrelage mouillé et glissant. Les serveurs, plateau haut levé devant eux, se glissaient avec adresse à travers ce monde engoncé dans d'épaisses combinaisons. Des saluts et des rires fusaient entre les tables, en français, en anglais ou en allemand.

Au deuxième café, Francis vit ses amis en même temps qu'il les entendit taper des pieds pour éliminer la neige de leurs grosses semelles. La porte s'était ouverte sur Odile qui fut la première à pénétrer dans le bar, où elle le repéra bien vite. Elle se faufila entre les tables et vint à lui, tout sourire, les yeux rivés aux siens : ce sourire et ce regard dont il se méfiait.

— Toujours matinal, à ce que je vois, lui fit-elle de ce ton qu'il détestait. Et toujours aussi beau gosse, soufflat-elle en l'embrassant sur les deux joues.

— Tu n'es pas mal non plus, répondit-il avec ce petit sourire en coin, insondable, qui exaspérait la jeune fille. Il s'était établi entre eux une espèce de jeu, que tous deux entretenaient à l'insu des autres.

— Salut, vieux frère ! Quelle belle journée ! s'exclama Stéphane en lui donnant une claque dans le dos.

De grande taille, bien charpenté, le jeune homme arborait un sourire éclatant. Une épaisse mèche noire lui retombait sur le front après avoir surmonté un large épi, et tranchait avec le vert de ses yeux et le hâle de la semaine. Stéphane était bel homme et formait avec Odile un couple remarqué.

— Voici Luc et Sylvie, des Avignonnais dont la tante nous héberge pour la semaine, expliqua Stéphane tout en s'asseyant. Ils viennent ici chaque année respirer l'air de nos montagnes. Francis vient de Lyon. Chocolat ou café, tout le monde ? Tu remets ça ?

— Ça ne fera jamais que mon troisième, sourit Francis en portant sa tasse à ses lèvres.

Odile avait fait en sorte de s'installer à ses côtés, et il sentait sa cuisse tout contre la sienne. Comme d'habitude, elle s'était mise en frais, se démarquant un maximum des autres filles par un vêtement vert fluo et un turban orange qui accentuait l'effet de ses cheveux roux. Son parfum était fruité et son maquillage voyant. Francis regarda son ami de façon bienveillante. Il s'en tirerait comme d'habitude, avec une once de niaiserie et suffisamment d'adresse.

Francis avait rencontré Odile un beau jour de janvier, l'année précédente, ici même, sur la piste encombrée et difficile du Sanglier. Une rencontre pour le moins fracassante. Déséquilibré par un skieur en perte de vitesse, Francis avait percuté la belle Odile, avec laquelle, les spatules entremêlées, il avait dévalé trois ou quatre bosses et ingurgité quelques goulées de neige. La chute avait paru longue et l'arrêt brutal. Sitôt rassurée sur son sort, la jeune fille l'avait gratifié de doux noms d'oiseau. Se confondant en excuses, Francis avait paru, quant à lui, apprécier l'intermède. Elle l'avait toisé, se débarrassant rageusement de la neige qui avait pénétré dans son col, ses manches et ses gants, avait récupéré en maugréant un de ses skis planté deux mètres plus loin, remercié d'un ton presque hargneux un skieur de lui avoir rapporté l'autre resté bloqué sur le lieu de l'impact. Enfin, elle avait daigné s'intéresser à cet inconscient qui restait allongé sur le dos dans la poudreuse, un large et beau sourire sur sa face virile.

« Vous êtes blessé ou vous faites le malin ?

— Je suis sous le choc et sous le charme.

— Vous auriez pu m'esquinter, espèce d'imbécile.

— Je suis ravi d'avoir évité le pire. »

Un appel venant d'en bas avait fait se détourner la jeune fille qui était en train de secouer nerveusement ses gants.

« Ça va ! avait-elle hurlé, avant de marmonner toute seule : s'il restait avec moi, celui-là, au lieu de m'en fiche plein la vue. C'est tout le temps pareil. Il sait que j'ai horreur de ces bosses à la con, mais il me les impose toujours.

— Votre frère ? avait demandé Francis en ôtant ses lunettes de soleil.

— Tu parles ! C'est un futur fiancé qui ne peut, en substance, se passer de moi pour skier, mais qui m'oublie à la première descente. Je m'emmerde à essayer de le suivre, quand un autre connard ne m'en empêche pas.

— Je suppose que le connard, c'est moi ?

— Tu piges vite, toi. »

Un autre appel l'avait fait se retourner une seconde fois.

« Il va finir par me mettre en rogne pour de bon !

— Je vous propose de redescendre et d'aller vous installer tous les deux au Chardonnet, à mi-piste de la Saulire. Il est près de midi, je vous dois bien un déjeuner savoyard.

— Pour te faire pardonner ? »

Tout en rechaussant ses skis, elle avait mieux détaillé l'homme étendu à ses pieds qui semblait la dévorer des yeux. La tenue marine qui laissait supposer un corps bien bâti, le cheveu brun en bataille et le regard aigu et rieur lui avaient plu.

« T'es tout seul ?

— Ma copine déteste le ski. Pour tout dire, elle bosse dans une librairie dont c'est l'inventaire aujourd'hui. Mais c'est vrai qu'elle a horreur du ski, comme de beaucoup d'autres choses d'ailleurs...

— Je vais avoir droit à une liste de griefs ?

— Je risque d'en avoir pour un moment et... je n'en vois surtout pas l'intérêt immédiat.

— Loin des yeux, loin du cœur, si je comprends bien ? s'était-elle moquée d'un air hautain en remettant son turban en place.

— Ma foi, je vous laisse juge.

— Intéressant, vraiment très intéressant. »

Sans rien ajouter, elle s'était détournée sans façon et avait plongé dans la pente.

Lorsqu'il était arrivé à la terrasse du Chardonnet, un « hello » joyeux avait attiré son regard sur la gauche. Il s'était demandé si la jeune fille excentrique tiendrait compte de son invitation. Elle s'était levée et l'attirait à renfort de grands gestes.

« Par ici, mon chou. Tu vas pouvoir tenir tes

engagements. Allons-y pour les présentations : voici le malappris qui s'est servi de moi pour freiner sa vitesse, voici mon futur fiancé. »

Francis et Stéphane avaient aussitôt sympathisé. Environ du même âge, ils s'étaient découvert des points communs, notamment en matière de sport. Stéphane était originaire de Grenoble, travaillait dans une entreprise d'informatique de Haute-Savoie et habitait pour l'instant chez Odile et sa mère, à Annecy.

« Jusqu'aux fiançailles seulement, avait-il précisé en lançant un clin d'œil à leur hôte.

— A cause de ma mère, oublie-t-il de préciser, avait renchéri Odile, du même ton, avant de rajouter : ils ne peuvent pas s'encadrer, elle et lui. C'est d'un comique.

— A part toi, je me demande qui peut bien s'entendre avec un personnage aussi...

— Hé ! Je t'arrête ! Tu vas dire des horreurs sur ma mère, qui plus est, à un étranger.

— Attends qu'il la rencontre, il nous en dira des nouvelles. »

La discussion avait dérivé sur des sujets banals et débouché sur un début d'amitié. Tout en accordant son intérêt à Stéphane, Francis avait été conscient de l'examen soutenu dont il avait fait l'objet de la part de la jeune fille, cachée derrière les verres de ses Vuarnet...

8

... Tout comme cela était le cas aujourd'hui.

Francis savait qu'Odile l'épiait derrière ses « mate-à-l'aise », comme ils appelaient les lunettes aux verres opaques. Elle le détaillait à la moindre occasion, attirait son attention de manière provocante, le frôlait par des inadvertances calculées et se trouvait toujours à ses côtés sur les télésièges.

Mais Francis ne rentrait pas dans le jeu de la belle rousse.

Accaparé par sa technique et par l'ampleur du site, Stéphane ne s'offusquait de rien – ou alors il avait l'habitude des frasques de sa fiancée –, à l'inverse de Sylvie qui dit à plusieurs reprises quelques mots en aparté à Luc, et dont les regards en disaient long.

De niveau équivalent, et meilleurs skieurs que les autres, Francis et Stéphane les attendaient souvent ensemble, face à l'extraordinaire panorama du plus grand domaine skiable du monde. Ils n'auraient pu espérer plus belle journée. Le soleil, joyau d'un ciel uniforme, serait de la partie. La neige qui les entourait, de la meilleure qualité qui soit, paraissait magique : le contraste blanc-bleu était pure merveille ! Francis Balme avait hérité de la sensibilité de sa mère face à la nature, de son désir de solitude dans un décor aussi grandiose. Mais une pudeur lui faisait dissimuler cette faiblesse – et bien d'autres – sous des dehors un peu cyniques et blasés d'éternel adolescent en quête d'aventure.

Ils avaient commencé leur journée en empruntant la télécabine Burgin-Saulire, qui les avait élevés en direction de la vallée de Courchevel où, à plus de 2 700 mètres d'altitude, ils avaient admiré les glaciers de la Vanoise, et le mont Blanc. Après une incursion sur les hauteurs de Courchevel, le télésiège des Suisses et le téléphérique de la Saulire les avaient ramenés sur la vallée de Méribel pour une balade dans les secteurs du Sanglier et de l'Aigle. Ils avaient pu ensuite souffler un peu dans les trois télécabines successives des Plattières avant d'arriver au col des Trois-Marches, et de plonger dans la vallée des Ménuires. Une longue descente par le Pluviomètre les avait conduits à Val-Thorens, la plus haute station d'Europe, où ils avaient fait une pause-sandwich. Repartant tout de suite après vers les sommets, par le télésiège de la Moutière, et le Funitel du Grand-Fond, ils avaient eu le souffle coupé face au grandiose spectacle des Ecrins. Ils étaient redescendus vers la Maurienne, avant que les télésièges ne les remontent pour les déposer à 3 230 mètres, point culminant des Trois-Vallées. En revenant par les pistes du Chamois, pour rejoindre Val-Thorens, la fatigue avait fait râler les filles. Ils étaient rentrés sur les télésièges Plein-Sud et Trois-Vallées-2 pour revenir sur Méribel. La boucle était bouclée.

Stéphane et Francis s'étaient arrêtés au départ du télésiège de Côte-Brune pour attendre les autres.

— Dommage que tu ne puisses rester plus longtemps.

Stéphane aimait bien Francis et ne s'en cachait pas.

— Odile t'a-t-elle annoncé la nouvelle ? reprit-il en

sortant un paquet de Marlboro d'une des poches de son blouson.

— Quelle nouvelle ?

— Nous nous fiancerons officiellement après cet été. Cigarette ?

— Félicitations. Non, merci.

Francis n'avait pas bronché, le regard toujours tourné vers les cimes ciselées du mont Vallon. Il ne pouvait s'empêcher de se demander si Stéphane connaissait réellement Odile.

— Je voudrais accélérer les choses, mais ma future belle-mère ne l'entend pas de cette oreille.

— C'est pourtant une affaire qui la regarde en dernier, non ?

— On pourrait le croire, mais...

— C'est ce qu'on appelle une maîtresse femme ?

— Une sacrée emmerdeuse, oui. Une salope aussi, dans son genre.

— Dans quel genre ?

— Le genre dissolu, si tu vois ce que je veux dire.

— Dissolu, comme libertin ?

— Aussi comme dépravé.

— Elle t'a fait des avances ?

Francis avait posé la question, un drôle d'air amusé sur les lèvres. Mais Stéphane avait gardé une mine sérieuse.

— A qui n'en fait-elle pas... Elle affûte son charme auprès de tout ce qui porte pantalon. Mais ce qui me dérange encore plus, vois-tu, c'est cet ascendant malsain qu'elle a sur les autres. Elle est mauvaise, dure, calculatrice. Froide. J'ai vingt-sept ans, Odile vingt-deux, j'ai hâte de la sortir de ce voisinage avant qu'elle n'excelle, elle aussi, dans tous ces domaines. Heureusement, elle finit ses études cette année.

Francis pensa que Stéphane attendait de lui un

commentaire qui l'aurait fait s'engager vis-à-vis d'Odile. Mais il resta silencieux, le visage impassible, gardant pour lui un avis qui aurait ébranlé son destinataire.

Trois dérapages contrôlés les aspergèrent tour à tour de poudreuse.

— On devrait arrêter, décrétèrent les filles en se laissant tomber sur la neige. On a les cuisses en compote.

— On devrait prendre le téléphérique et grimper au mont Vallon, répliqua Stéphane. On pourra admirer le glacier de Gébroulaz au coucher du soleil.

Les filles réclamèrent un temps mort avant de se relever.

— Tous au mont Vallon !

Il étaient nombreux à avoir eu la même idée. Ils arrivèrent tout schuss depuis le Bouvreuil, poussèrent un peu sur leurs bâtons, et commencèrent à piétiner sur les marches métalliques du télécabine en faisant la queue. Mais les bennes évacuaient rapidement tout le monde au sommet du mont Vallon.

Environ quinze personnes se tassèrent, debout, dans la cabine qui allait les emporter jusqu'à 2 950 mètres d'altitude. Francis se retrouva coincé entre Luc et une grosse fille aux joues rouges qui mâchait bruyamment un chewing-gum, et reçut Odile tout contre son estomac. Poussés par la cohue, Stéphane et Sylvie réussirent tout de même à pénétrer dans la cabine juste avant que les portes ne se referment, se trouvant momentanément à l'opposé des autres.

— Quelle bousculade ! C'est infernal ! râla Luc en tentant de se faire sa place.

Profitant de sa manœuvre, une fille s'intercala entre lui et Francis pour bénéficier de la plage étroite qui faisait le tour de la cabine, servant de siège quand il y avait moins de monde.

— C'est confortable pour moi, fit Odile, en ôtant ses lunettes et en levant ses yeux bordés de khôl sur Francis.

Ils étaient soudés l'un à l'autre.

— Ravi de te rendre service, mais ne crains-tu pas que cette posture ne fasse jaser nos amis ? lui répondit le jeune homme en chuchotant dans son oreille.

Odile usa de son sourire sournois et changea de position, se détournant de lui.

— Tu as raison. Ceci me paraît mieux.

Alors il se passa quelque chose que personne d'autre ne perçut. Mais Francis, tout d'abord stupéfait, ne fut pas dupe longtemps : s'appuyant nonchalamment contre lui, Odile ondulait imperceptiblement des reins, ses frottements se faisant tour à tour insistants ou légers. Des cheveux roux, qui lui caressaient le menton, montait une subtile odeur de pomme que le jeune homme se surprit à détester, tandis qu'un sentiment de rage lui comprimait le plexus. Quand une main, innocemment, vint s'assurer du résultat de la manœuvre, il résista à l'envie de saisir la jeune fille par la gorge.

— Nous sommes du même avis, vint-elle lui dire à l'oreille en se haussant sur la pointe des pieds et faisant semblant de resserrer la taille de sa combinaison.

— Je ne vois pas de quoi tu parles.

— Nous tenons pourtant le même langage.

— Luc nous regarde.

— Luc aimerait bien être à ta place.

— Stéphane te regarde aussi.

— Stéphane m'emmerde.

— Stéphane t'aime.

— Ne joue pas les rabat-joie.

— Tu es perfide et sans scrupule.

— Nous sommes pareils.

L'échange avait été rapide et bref, chuchoté plus que

parlé. Odile avait modifié à nouveau sa position pour revenir se frotter contre le bas-ventre masculin. Ce dernier conservait un visage serein face à celui de Stéphane qui émergeait des autres têtes, de l'autre côté de la cabine.

Au fond d'elle-même, Odile s'amusait, même si les airs de pacha inabordable de Francis l'exaspéraient. Cela l'excitait que ce nigaud refuse ses avances ; elle n'abandonnait jamais la partie. Avec son faux air italien, ce Lyonnais lui plaisait, ce serait bien le comble si elle n'arrivait pas à le circonvenir. Au fil de leurs rencontres, elle sentait qu'elle gagnait du terrain sur lui. Elle n'aurait su dire encore si le jeune homme lui résistait à cause de son amitié pour Stéphane, ou bien s'il prenait plaisir à entretenir cette tension qui les amènerait inévitablement à un corps à corps bestial. Elle en imaginait déjà l'ardeur, ressentant viscéralement leurs futures étreintes passionnées, et sentait avec délice quelques frissons lui envahir les reins. Son arrogance poussait Odile à écarter les obstacles. Tout d'abord cette rivale, qu'elle n'avait jamais vue et qui, à son avis, n'existait pas. Ensuite cette espèce de sauvagerie animale qui transpirait du garçon, même quand il croyait donner le change. Odile était très intuitive. Le sujet des hommes la passionnait depuis si longtemps qu'elle en connaissait suffisamment pour savoir que celui-là était un beau spécimen dans son genre. Elle sentait qu'elle intéressait l'hypocrite beaucoup plus qu'il ne voulait l'admettre, et qu'en plus il se jouait d'elle. Aussi vicieux qu'elle, il la testait, la bluffait, la tentait, tout en s'attribuant le prix de l'amitié. Elle vaincrait sa résistance, comme celle de tous les autres.

Un regard en direction de Stéphane la renseigna. Le jeune homme était à cent lieues d'imaginer sa fiancée bernant sa confiance en séduisant l'un de ses meilleurs amis. C'était ce qu'elle aimait en Stéphane : la confiance aveugle des amoureux. Mais elle avait été à bonne école. Si Stéphane était le seul à trouver grâce à ses yeux, elle avait grandi avec le merveilleux conseil de sa mère : les hommes méritaient de souffrir.

Ils firent deux fois la descente du mont Vallon, mais le second voyage dans la cabine fut moins embarrassant pour Francis. Cette fois, il eut droit, sous son nez, au spectacle des baisers qu'Odile prodiguait à son compagnon.

Leur dernière descente les amena directement au pied de Mottaret et ils s'engagèrent dans la Truite, espèce de grand boulevard très fréquenté à cette heure des retours, afin de rejoindre Méribel.

— Je vous propose une crêpe avant le départ de notre ami, fit Odile lorsqu'ils eurent déchaussé leurs skis auprès des voitures. On pourrait aller au Glacier ?

Maintenant que leurs efforts s'étaient relâchés, ils ressentaient la fatigue. Le froid commençait à descendre des montagnes et les faisait frissonner. L'idée de se sustenter fut appréciée de tout le monde.

Une bonne odeur de pâte chaude, de chocolat et de crème de marron les accueillit dans un cadre bien montagnard, bruyant comme il se devait à la fin d'une belle journée dc ski.

Les filles partirent aux toilettes, au sous-sol, pendant que les garçons passaient commande. Quand elles revinrent, Luc et Stéphane y allèrent à leur tour. Odile en profita pour échanger sa place contre celle de Stéphane, face à Francis. Si Sylvie n'appréciait guère le manège de son amie, elle ne le montrait pas. Francis fut le dernier à se diriger vers le sous-sol.

Quand il releva la tête qu'il avait penchée sur le lavabo pour se rafraîchir le visage, le jeune homme fut à peine surpris de découvrir celui d'Odile, à ses côtés mais un peu en retrait dans la glace. Le hâle de la jeune fille faisait ressortir ses grands yeux marron, tandis que son rouge à lèvres accentuait l'éclat de ses cheveux. Un sourire légèrement moqueur s'attardait sur une moue fabriquée.

— Félicitations pour tes fiançailles, adressa-t-il à la glace, le regard plus noir que jamais.

— Ah ! Voilà donc où le bât blesse.

Le fait de se regarder à travers le miroir accentuait la tension de leur échange.

— A quoi joues-tu avec lui ?

— Ne te méprends pas, mon chou, répondit Odile d'un ton léger, tout en se défaisant du haut de sa combinaison. Nous sommes un couple mature et fonctionnons sur un mode autonome, pas fusionnel, ni discordant. Rassure-toi, je l'aime bien.

Moulée dans un pull Eider blanc ajusté, sa poitrine ronde et ferme parachevait le tableau aguichant. Odile regarda Francis : le soleil avait laissé son empreinte sur la peau claire ; la trace des lunettes était marquée.

— Stéphane est un beau mâle, il est ma garantie d'avoir de beaux enfants. Il m'aime.

— Gainsbourg disait que l'on aime une femme pour ce qu'elle n'est pas, et qu'on la quitte pour ce qu'elle est.

— Stéphane est suffisamment intelligent pour me laisser vivre à ma guise. Ceux qui ont agi différemment ont fait long feu.

— A quoi joues-tu avec moi ? demanda Francis à voix basse, les paupières mi-closes.

Mais son regard, maintenant beaucoup moins noir, paraissait dire autre chose. Elle s'approcha, posa ses mains sur ses épaules, appuya doucement ses seins dans son dos et approcha sa bouche. Et, toujours par miroir interposé, les yeux plantés dans les siens, prenant soin de lui envoyer son souffle chaud dans l'oreille, elle chuchota :

— A un jeu que tu devrais apprécier. Je sais que je te plais, je t'offre mon corps. J'en connais qui sont prêts à payer pour cela.

— Quand on a soif d'amour, il ne faut pas nécessairement se précipiter sur une gourde, fit Francis ironique.

— Ah ! Monsieur est un adepte de Sacha Guitry.

— Cette petite phrase charmante est de Noctuel. Mais Guitry disait aussi que si le plus grand plaisir des hommes est de se payer le corps des femmes, le plus grand plaisir des femmes est de se payer la tête des hommes. Et que penses-tu de Proust quand il assure que l'on n'aime que ce que l'on ne possède pas ?

Il avait parlé très vite, sans lui accorder la possibilité de le couper, et à présent se moquait de l'air qu'elle affichait.

— Mais enfin, qui parle d'amour, ici ? fit-elle en s'écartant brusquement. Je te propose un moment agréable et tu fais le délicat.

— Qui te dit que je saurais me contenter de cela ?

Odile fut prise de court, son expression se figea de surprise. Mais déjà, celle de Francis tournait à la dérision. Elle ouvrait la bouche pour répliquer, quand la chasse d'eau de l'un des deux WC fut tirée à côté d'eux. Lâchant enfin le regard de Francis, Odile haussa les épaules et sortit son tube de rouge de l'une de ses poches. Quand elle eut retouché ses lèvres, elle se tourna vers lui et avant qu'il n'ait pu faire un geste, écrasa sa bouche sur la sienne, avant de disparaître dans un éclat de rire.

La fille qui sortit des toilettes regarda bizarrement ce type à qui l'on venait de proposer une partie de jambes en l'air et qui finissait de s'essuyer la bouche avec un air dégoûté et rageur. Il lui retourna un tel regard sardonique qu'elle s'intéressa soudain à ses mains et les savonna vaillamment, regrettant un peu tard de ne pas avoir su attendre la suite des événements.

Chacun se régala de crêpes, de chocolat chaud et de bière. Le visage de Francis resta imperturbable lorsque, après avoir été extraits des grosses chaussures, sous prétexte d'être meurtris, de menus pieds vinrent se couler en douceur le long de ses tibias et remonter sur ses cuisses. Il ne fit rien pour décourager les caresses discrètes, cachées aux autres par la longueur de la nappe, alors que tout en lui se révulsait à l'idée de cet attouchement.

— Tu es sûr de ne pouvoir rester pour la soirée ? demanda Stéphane en finissant sa bière. Nous allons te raccompagner à ta voiture.

— Je préfère partir avant tous les cars.

— On se retrouve à Grenoble. Nous serons chez mes parents pour Pâques. Je te ferai signe.

Presque à mi-chemin entre Lyon et Annecy, Grenoble était généralement l'endroit où les jeunes gens se retrouvaient, à l'occasion des visites que Stéphane faisait à ses parents.

— Volontiers.

— On fera une balade, et aussi l'incontournable footing à Bachelard.

— Comme d'habitude.

9

Talloires, 1970 à 1979

Eugène Socrate n'aurait jamais imaginé pouvoir aimer sa femme plus encore.

La maternité avait paré Elisabeth d'un charme supplémentaire. Craignant d'abîmer le corps qui se déformait au fil des jours, Eugène avait adouci ses gestes pour caresser le ventre et les seins mûrs, se sentant aussi proche que possible du miracle qui s'accomplissait sous ses yeux et sous ses mains.

Même si le temps avait pris encore deux années pour conjuguer enfin amour et nature, la naissance tant attendue fit atteindre à Eugène les sommets du bonheur.

— Il aura tes yeux, changeants comme l'cau des torrents, murmurait Elisabeth penchée sur la tête blonde.

— J'aurais préféré les tiens, au bleu si pur.

— Il aura ta beauté.

— Non, la tienne, il a déjà ce port de tête unique.

Elisabeth éclatait de rire, de ce rire musical qui charmait toujours Eugène.

Chaque soir, tous deux s'amusaient à détailler leur petite merveille et à débiter les joyeuses fadaises des parents comblés.

A huit mois, Georges était un beau bébé, aux boucles légères, à la taille et au poids plus élevés que la moyenne. Le docteur Constant Robin ne pouvait s'empêcher de faire des comparaisons entre le fils et le père, qu'il avait eu comme jeune patient à ses débuts. « Il sera grand, il est conçu pour faire un athlète. Il a de qui tenir. » A quoi répondait Eugène : « Je lui souhaite aussi la grâce et la sensibilité de sa mère, ainsi que son goût artistique. »

Anna et Adrien étaient fous de cet angelot au sourire irrésistible, qui reconnaissait les siens et abusait déjà de leurs faiblesses. Tout le monde s'accordait à dire qu'il était le digne fruit d'un couple si bien assorti.

Chaque jour, Elisabeth attendait Eugène, accomplissant les mêmes gestes : l'échange de la serviette de cuir emplie de cours contre l'enfant qui commençait à peser à son bras. Ses deux hommes la précédaient alors jusqu'au salon en hiver, ou jusqu'à la gloriette en été. Elle prêtait l'oreille en souriant aux discours que le père adressait à son fils, et s'étonnait toujours de voir l'enfant, béat, écouter son père avec le plus grand sérieux.

Il n'y a pas grand-chose à dire des couples heureux, si ce n'est qu'en étant fidèle et en s'apportant soutien mutuel, qu'en possédant un sens profond de la famille et sachant faire de son foyer un nid douillet, ce couple devient un exemple d'harmonie.

Elisabeth cultivait son bonheur entre son mari, son fils, la peinture, et les sorties culturelles ou amicales que le couple s'accordait encore mais plus rarement, préférant la quiétude de son intimité.

La sérénité d'Eugène était comme une seconde peau. En aucun lieu il ne se départait de ce bien-être qui donne à l'homme son éclat intérieur, et il savait garder, malgré les années passées à donner les mêmes cours à des générations d'élèves semblables, la même cordialité dans la voix, la même lueur dans le regard. On pouvait aussi dire qu'Eugène avait encore gagné en séduction. Tous les élèves du lycée Fontaine souhaitaient avoir Eugène Socrate pour professeur de philosophie, en classe de terminale. Ses cours étaient clairs, agréables, dispensés avec humour, et donnaient aux adolescents le moyen d'exprimer sans honte une part d'eux-mêmes. Attentif à l'individualité des jeunes gens, Eugène était aussi soucieux de leurs problèmes et ne passait pas une semaine sans en prendre un ou deux à l'écart pour les encourager, les aider dans la mesure d'une discussion possible. Ce qui, inévitablement, déclenchait chez certains garçons ou filles, en recherche de personnalité ou en mal de séduction, le moyen d'exagérer leurs tracas pour s'attribuer un peu du temps d'un homme dont il était si facile de se faire un idéal. Eugène ne tirait ni fierté ni embarras de ces démonstrations maladroites du mal-être de la jeunesse. La profession d'enseignant avait ses bons côtés et ses dangers, il les avait toujours assumés avec indulgence, générosité et brio.

Le petit Georges souffla bientôt cinq, puis six, puis sept bougies, et chaque événement fut l'occasion de rendre grâce à son incomparable éveil.

— On en fera quelqu'un, disaient les grands-parents maternels, en regardant l'enfant étrenner un nouveau vélo dans le jardin.

— Le maître d'école n'en revient pas de sa précocité, expliquait Elisabeth avec fierté. Il parle déjà de lui faire sauter une classe.

— Laissons-le pousser normalement, répliquait Eugène en souriant à sa femme. Laissons-le exprimer lui-même son intérêt pour ce que les programmes scolaires lui proposent. Il sera toujours temps de voir.

— C'est un questionneur, il veut tout savoir et

interroge sur tout. Tu étais comme lui, à son âge, ma chérie, reprenait la maman d'Elisabeth tout en sucrant son café.

— Il a déjà sélectionné ses professeurs à la maison. Il me laisse le soin de m'occuper de ses devoirs et lui parler peinture, et aussi lui lire et relire ses histoires préférées. J'ai dû ouvrir et refermer au moins vingt fois *Le Petit Prince*. Mais c'est toujours auprès de son père qu'il va chercher réponse à ses pourquoi et ses comment. Je l'ai emmené à son premier cours de piano, cette semaine. Il a déjà impressionné le professeur de musique.

Il est vrai que l'enfant était friand de tout, jovial à longueur de temps, et poussait sans problème. Il était capable de rester immobile durant des heures, tout comme de courir jusqu'à l'effondrement avec Nuts, le labrador noir. Il aimait se promener dans les sentiers tout autour de Talloires, entre ses deux parents. C'étaient les instants où les questions pleuvaient.

— Quand je serai plus grand, je...

— Ne cherche pas à te projeter dans l'avenir, mon fils. Le sage s'arrête au présent pour l'apprécier. Réfléchis, n'es-tu pas bien à l'instant même ?

Quand son père le conseillait de sa belle voix grave, l'enfant l'écoutait de toutes ses oreilles, sa petite main dans la large main toujours chaude.

— C'est quoi, ton métier, papa ?

— J'enseigne la philosophie.

— C'est quoi la philosophie ?

— C'est en quelque sorte un art de vivre, l'amour de la sagesse.

— C'est quoi un art de vivre ?

— La meilleure façon de bien vivre, d'être heureux.

— Tu es comme un professeur d'histoire ?

— Pas tout à fait, la philosophie n'est pas une science

ou une connaissance, mais avant tout un effort de réflexion. Socrate, qui était un philosophe...

— Socrate ? Comme nous ?

— Le hasard a fait que nous ayons le même nom, oui. Eh bien, Socrate, qui a été le premier et le plus grand des philosophes, le plus sage et aussi le plus juste, prétendait ne rien savoir d'autre que le fait qu'il était ignorant. Il n'enseignait aucun savoir, mais faisait réfléchir ses auditeurs. Son travail consistait à poser des questions de manière ironique afin d'éveiller le doute d'autrui sur son propre savoir.

— Pourquoi ?

— L'ironie a pour mission de critiquer, de se moquer en disant le contraire de ce que l'on veut faire entendre. Socrate était l'esprit critique de son temps. En philosophie, on commence toujours par le doute ou par l'étonnement.

— Tu fais pareil ?

— Aujourd'hui, c'est un peu différent, mais j'aide les élèves à réfléchir sur les sciences ou sur l'histoire, ou la société, ou encore les sentiments, etc.

— Ah !

Lorsque Georges disait « Ah ! » cela signifiait qu'il suspendait ses questions pour un temps – même s'il n'avait pas saisi tout le sens des réponses –, le temps de gambader autour des arbres ou de courir à travers champs avec son compagnon Nuts. Et puis il revenait à la charge sous l'œil amusé de ses parents, et relançait d'autres questions qui n'avaient rien à voir avec les précédentes.

C'est ainsi qu'il apprit la beauté de la nature et en comprit petit à petit le sens, qu'il fit la différence entre le comportement aveugle, instinctif de l'abeille et la lucidité de l'intelligence humaine. Qu'il apprit que le distrait n'est pas inattentif, mais attentif à autre chose qu'au réel. Que l'effort volontaire crée l'habitude. Que la douleur comme le plaisir ne se définissent pas mais s'éprouvent. Il découvrit la douleur morale face à la mort de son lapin nain. Ce matin-là, un mercredi d'août 1977 – il savait qu'il s'en souviendrait toujours –, il fut alerté par l'attitude étrange de Nuts, arrêté près d'un arbuste au fond du jardin. Il s'approcha et aperçut le lapin allongé dans une position inhabituelle. Le cœur battant, ayant déjà instinctivement compris, il souleva délicatement le corps encore tiède de l'animal et, sans un mot, vint s'asseoir aux pieds de sa mère qui peignait sous la gloriette. Serrant la bête inerte contre son cœur, il se mit à pleurer. Elisabeth eut une expression consternée, posa le pinceau avec lequel elle était en train de rosir un coin de son aquarelle et vint aussitôt s'agenouiller à ses côtés. Ecartant gentiment Nuts, qui ne savait quelle attitude adopter face aux pleurs de l'enfant, elle se cala doucement contre Georges, posa une main autour de son épaule et l'autre sur le poil brillant du lapin mort, et ils restèrent ainsi, longtemps. Silencieux. Petit à petit, les sanglots de Georges s'espacèrent. Par un muet partage tacite et plein d'amour, la peine de sa mère avait un peu allégé sa souffrance. Quand Elisabeth parla, il était plus attentif qu'il ne l'aurait été un quart d'heure auparavant.

— C'est ton premier gros chagrin, mon trésor. Il me fait revivre le mien.

— Toi aussi, tu as perdu un petit compagnon ?

— Une chienne, une petite teckel à poil dur. Un amour de chien.

— Elle est aussi morte de vieillesse, comme mon lapin ?

L'enfant avait levé ses grands yeux couleur d'orage sur

le doux visage de sa mère, qui avait souri, d'un sourire plein de mélancolie.

— Non. Elle a imprudemment traversé la route pour venir me retrouver de l'autre côté. Une voiture l'a écrasée.

— Oh ! C'est triste.

— Quelle que soit la manière dont on perd nos chers animaux, c'est toujours très triste, c'est vrai. C'est comme si on nous arrachait une partie de nous-mêmes.

Georges caressait son lapin mort. Un sanglot revint dans sa gorge à l'évocation de l'animal plein de vie, courant en liberté à travers les allées du jardin, coursé par le labrador. Lorsque son père le lui avait déposé dans les bras, il venait d'une autre famille, voisine de la leur. Celle-ci déménageant pour aller vivre en appartement, la solution de le donner aux Socrate avait satisfait tout le monde.

— Dis, maman, on est aussi triste quand on perd quelqu'un de sa famille ?

— Oh, oui, mon chéri, et même plus encore.

Eugène les trouva dans la même position enlacée, les deux têtes blondes penchées sur le lapin immobile. Toute mort, même celle d'un simple animal domestique, renvoyait Eugène au décès des siens et ravivait sa peine. Il sut que Georges lui poserait mille questions d'ici peu, et se prépara à alléger ses réponses.

Les questions vinrent le soir même, commençant déjà par le choix du disque.

Mélomanes, Eugène et Elisabeth avaient mis en place une technique pour initier Georges à la musique. Certains soirs, délaissant la télévision au profit de leur passion, ils écoutaient les ténors Carreras, Domingo, Pavarotti, qui figuraient dans la discothèque auprès des Mozart, Verdi, Beethoven ou Wagner, et tellement d'autres encore. Ces disques et ces cassettes de musique classique côtoyaient ceux de Sinatra, des Beatles, de Genesis, de Joe Cocker, de Brel, de Barbara ou de Léo Ferré, et des sons issus de tous les pays du monde. Leur collection était impressionnante. Elle occupait un mur entier de l'ancien bureau de monsieur Socrate père, aménagé en petit salon. Une ou deux fois par semaine, ils proposaient à l'enfant de choisir un morceau et de le leur faire écouter. Au début, Georges appréciait surtout le fait que ses parents lui accordent le privilège d'insérer la cassette dans la chaîne, et bientôt celui, plus délicat, de poser le bras du pick-up sur le disque. Ensuite, il attendait sagement la fin du morceau pour éprouver la joie d'effectuer l'opération inverse. Elisabeth et Eugène appréciaient et vantaient toujours le choix de leur petit garçon, quel qu'il soit. Bientôt, le résultat de la manœuvre porta ses fruits ; la mémoire de Georges et son goût pour la musique, récompensés par l'attitude concernée de son père et de sa mère, l'éveillèrent au chant de l'âme. Et les leçons de piano venaient parfaire tout cela. L'enfant apprenait le solfège avec une facilité déconcertante, et adorait plaquer des accords.

Ce soir-là, Georges se dirigea vers les disques et choisit sans hésiter Frédéric Chopin. Il sortit le 33 tours de sa pochette et positionna délicatement la pointe du pick-up sur le troisième morceau : *La Marche funèbre*. Et puis il s'assit à même le tapis, à sa place favorite, près du fauteuil dans lequel sa mère brodait un canevas, et mit son menton entre ses mains, les coudes sur ses genoux, à l'écoute de la triste mélodie.

Eugène avait pris place dans le fauteuil qui faisait face à la fenêtre ouverte sur le jardin et le lac. Le soleil avait disparu depuis longtemps derrière Duingt. Il commençait à se faire tard pour Georges, mais ce soir était un soir particulier. Depuis qu'il avait retrouvé la pipe de son père, dans le fond d'un tiroir, Eugène avait pris goût au tabac. Perdu dans ses pensées, il tirait tout doucement sur le tuyau d'ivoire sculpté, faisant rougeoyer le tabac blond à l'odeur parfumée. La brise agitait doucement les rideaux, et les sons virevoltaient dans la pièce, la plongeant dans une espèce de langueur et de tristesse. Deux larmes roulèrent sur les joues rebondies de l'enfant qui renifla discrètement.

Quand le morceau fut terminé, un signe de la tête d'Eugène fit comprendre à Georges qu'il pouvait laisser le disque tourner, et l'invita à venir le trouver. Les questions allaient commencer.

Comme l'enfant, en grimpant sur les genoux de son père, essuyait prestement ses joues d'un revers de la main, celui-ci lui prit le menton entre les doigts et lui dit lentement :

— C'est grâce à nos sentiments que le monde prend pour nous une signification. Si nous n'éprouvions jamais aucune peine, aucune colère, aucune joie, nous serions comme absents de ce monde. Ne te retiens pas de pleurer, cela prouve que tu as du cœur.

Mais si Georges avait le goût d'apprendre, il appréciait aussi des moments de solitude, sans doute pour réfléchir à tout ce que sa curiosité lui faisait ingurgiter quotidiennement. Il se créait des plages secrètes, que ses parents respectaient tout en gardant un œil attentionné sur ses humeurs. Il aimait se faire discret pour épier sa mère et son père, ayant depuis longtemps déjà appris à accepter leur amour particulier qui l'excluait un peu. Il avait su refouler ce désir incompris de jalouser son père, qui gardait sa mère auprès de lui les nuits où il aurait bien voulu l'accaparer. Mais Eugène incarnait tant de choses pour son fils que celui-ci avait aisément surmonté les incertitudes de cet âge. Et comme il était un enfant heureux, ne manquant pas d'amour, il s'amusait à chuchoter à l'oreille compréhensive de Nuts des commentaires malicieux sur la façon dont il voyait son monde, et ne se privait pas d'aller taquiner Anna et Adrien, l'une dans sa cuisine pour quémander un bout de chocolat ou pour chiper des gâteaux, l'autre pour se faire charrier dans la brouette ou pour l'aider à jardiner.

Georges continua à pousser en hauteur, à grandir en sagesse, à accumuler un savoir. Il ressemblait de plus en plus à son père, au niveau du front et du regard, surtout. « Le reste, tout le bas du visage est Michallet », décrétait la maman d'Elisabeth.

10

Yenne (Savoie), février 2002

Yenne est un joli village savoyard d'environ trois mille âmes, situé à quatre-vingt-quinze kilomètres de Lyon, vingt-quatre de Chambéry, cinquante-huit d'Annecy et quatre-vingt-trois de Grenoble. Ses limites naturelles sont constituées par le Rhône à l'ouest – qui servit de frontière avec la France avant l'annexion de la Savoie en 1860 – et la chaîne de la Dent du Chat à l'est. Au moment où le Rhône infléchit son cours, à Yenne, il a déjà récolté toutes les eaux des Alpes du Nord. Yenne est aussi le pays de Charles Dullin, poète et grand homme de théâtre, né à Châtelard, localité voisine.

Marie, le cœur battant, écouta.

La jeune fille avait bien entendu ; une voiture s'engageait lentement dans le petit chemin mitoyen de la maison, faisant crisser la neige sur le balthazar gelé.

Pierre venait de rentrer.

Marie jeta sur la table le livre d'histoire qu'elle étudiait distraitement, et s'empressa de venir examiner son fin minois dans la glace de l'entrée. Elle avait le visage ingrat, reflet d'une interminable adolescence. Si certaines de ses camarades affichaient des traits harmonieux, les siens s'attardaient encore dans l'enfance. Elle regretta une nouvelle fois sa dernière coupe de cheveux, maudissant sa copine Sandrine de l'avoir mal conseillée. En sacrifiant ses longues mèches brunes, elle n'avait pas acquis en féminité, bien au contraire, le résultat la faisait encore plus garçonne. Elle souffla dans ses joues trop creuses.

— Le voisin est de retour, dit sa grand-mère depuis la cuisine, à travers un bruit de casseroles.

— Il se fait rare ces temps-ci, répondit son grand-père qui tournait les feuilles d'un journal. A croire qu'il aura trouvé son inspiration ailleurs.

— Si c'est le cas, notre Marie sera déçue.

— Je me demande ce qu'elle lui trouve. A côté du Sylvain, celui-là a l'air de rien. Et puis, il est trop vieux pour elle.

— Ah ! celui-là, comme tu dis, il dégage l'insaisissable. Le Sylvain est un gars sans surprise, avec une acné embarrassante.

Il y eut un court instant durant lequel la grand-mère de Marie remua vivement une sauce au fond d'un saladier.

— Un peintre, reprit-elle, c'est comme un poète, et notre Marie, avec ses dix-sept ans, est en plein romantisme, à l'âge où les rêves sont importants. Et puis, tu exagères, il n'a pas l'air de rien, comme tu dis. S'il s'habillait un peu mieux, je te parie qu'il aurait plus d'une femelle à ses trousses. Pour sûr, cet homme n'est pas si mal.

A l'écoute de ses chers « vieux », Marie sourit. Elle saurait rappeler de tels propos à sa grand-mère, lorsque celle-ci oserait la convaincre une nouvelle fois que leur voisin n'était pas une fréquentation pour une fille de son âge.

Elle évita la cuisine et se glissa jusqu'à l'escalier qui

menait aux chambres, d'où elle pouvait mieux voir le bâtiment que Pierre louait à ses grands-parents. Des lumières étaient en train de s'allumer à l'étage, là où l'artiste avait installé son atelier.

Marie avait découvert le nouveau locataire à la fin de l'été précédent, quand elle était revenue de chez sa mère, chez laquelle elle passait toutes ses vacances. Des bruits de perceuse et de marteau l'avaient attirée jusqu'au hangar récemment rénové par son grand-père.

Cet étranger, dont elle n'avait vu que le dos carré et la chevelure claire, vêtu d'un pull de laine à grosses côtes grises, taché de peinture, ne l'avait pas entendue escalader l'échelle meunière, ni franchir l'espace sur le plancher poussiéreux. L'homme était en train de confectionner des étagères et plantait des chevilles dans les murs lambrissés. Elle avait cru bon de toussoter plutôt que de lui parler. Il s'était retourné d'un bloc, étonné, mais un sourire avait aussitôt élargi son visage.

« Bonjour, Marie.

— Euh, bonjour... avait-elle répondu, surprise à son tour. Vous connaissez mon prénom ?

— Ta grand-mère est bavarde.

— Ah !

— Je vais habiter ici, un temps.

— Ah ! »

Se maudissant de ne savoir dire que des « euh » et des « ah », et d'être habillée en garçon, Marie s'était sentie rougir sous le regard lourd qui l'avait détaillée avec insistance. Remarquant son trouble, le jeune homme avait souri davantage, dévoilant une rangée de dents blanches au milieu d'une barbe de deux jours.

Son grand-père était arrivé à ce moment-là, interrompant le tête-à-tête qui devenait un peu pesant. Presque à contrecœur, Marie s'en était allée, complètement ignorée des deux hommes qui s'étaient mis à discuter bricolage et agencement.

Le peintre avait emménagé quinze jours après. Elle l'avait épié depuis la fenêtre de sa chambre, comptant les caisses et les toiles qu'il sortait de son véhicule.

D'après son grand-père, il avait payé « en liquide » le double de la caution demandée afin d'être sûr de ne pas rater l'affaire. « Il recherchait un logement comme celui-ci, appartement de deux pièces en bas, même partiellement aménagées, atelier en haut. Il a déjà peint de nombreux tableaux, à ce qu'il paraît. Il fait des expositions. Il ne sera ici qu'occasionnellement. En tout cas, il n'est pas très causant. »

Marie redescendit quatre à quatre de sa chambre et se planta devant ses grands-parents. Elle n'avait pas l'excuse du courrier, car leur locataire n'en recevait jamais.

— Je vais dire bonjour au voisin.

— On va souper, Marie, protesta sa grand-mère en regardant l'horloge. Et puis, tu risques de le déranger.

— Je ne m'attarde pas. Juré.

— Un quart d'heure, pas plus. Habille-toi !

— Mais oui.

Marie s'était déjà emparée de sa doudoune bleue accrochée à la patère du hall d'entrée et s'élançait au-dehors après avoir claqué la porte. Le froid était vif. Le ciel, parsemé d'étoiles, annonçait une nuit glaciale. La neige croûtée crissait sous ses pieds et elle s'aperçut qu'elle avait gardé ses pantoufles, mais haussa les épaules ; l'espace était court entre la maison et le nouveau logement.

Les volets du bas étaient fermés. Elle frappa une première fois, sans succès, sur la grosse porte de bois. Elle recula un peu pour vérifier que de la lumière apparaissait toujours à l'étage. Elle recommença à tambouriner, puis tenta d'ouvrir, inutilement. Découragée, elle allait s'en retourner, quand elle entendit un tour de clé. Le cœur battant, elle attendit.

La tête de Pierre s'encastra dans l'entrebâillement de la porte, enveloppée d'une serviette.

— Entre vite, fit-il, la bouche libérant un gros nuage de vapeur blanche. Quel froid !

Il referma aussitôt la lourde porte à clé.

— J'ai failli ne pas t'entendre, depuis la douche, déclara-t-il en tamponnant ses cheveux.

Surprise et un peu confuse, Marie regardait le jeune homme dont le torse musclé et lisse était à peine caché par une courte serviette étalée sur ses épaules. Pierre avait dû sauter sans s'essuyer dans son jogging, car des zones mouillées apparaissaient çà et là sur le vêtement molletonné, à des endroits sur lesquels Marie n'osait pas poser les yeux. Elle les baissa, troublée et rougissante.

— ... Je ne pensais pas te déranger.

— Tu ne me déranges pas.

Pierre s'amusait un peu de l'émoi de la jeune fille, détaillant ses jambes maigres dans son jean effrangé.

— Tu as fait du ski ? demanda-t-elle comme si elle avait trouvé la question la plus inspirée qui soit. Tu es bronzé.

— C'est la saison, il me semble. On ne peut vivre dans cette belle région sans avoir envie de monter sur des planches.

— Bien sûr. Bon, eh bien...

— Tu as quelques minutes ?

— Oh oui !

— Alors je vais me rendre plus présentable. Tu peux monter à l'atelier, je t'y rejoins.

Marie ne se fit pas prier et franchit les quelques

marches à la vitesse de l'éclair, le cœur joyeux et léger. Tout l'atelier était fait de bois et sentait bon l'odeur du pin. Elle regarda les toiles disposées le long des murs. Des pots, des boîtes, des crayons et des pinceaux occupaient une grande partie des étagères. Un poêle à mazout commençait péniblement à diffuser de la chaleur. Elle garda sa veste. Un matelas recouvert d'une couverture moelleuse était posé à même le sol. Marie soupçonna Pierre d'y passer certaines nuits.

Une sensation troublante la saisissait, lui amenait en tête des tas d'idées étranges. A chaque objet, à chaque chose, elle associait un geste ou une expression du jeune homme. Impatiente, elle examina les toiles, vit de nouveaux paysages, sans toutefois remarquer que les peintures n'étaient pas toutes du même peintre. Marie n'y connaissait rien dans cet art. A vrai dire, quand elle faisait l'inventaire de ce qui l'intéressait, en dehors de la compagnie de ses copains de classe et de leurs discussions souvent stériles lors de soirées enfumées, elle avait du mal à s'arrêter sur autre chose que la musique techno, ou les films cultes comme *Le Grand Bleu.* Quant aux études, inutile d'en parler, ses notes atteignaient une moyenne tout juste correcte.

Elle vint examiner deux nouvelles aquarelles de dimensions identiques, disposées à l'écart des autres. Sur la première, elle reconnut en premier plan le pont de l'Ile, premier passage à franchir les eaux du Thiou, autour duquel s'est érigée la ville d'Annecy-le-Neuf. Sur l'autre, le quai de l'Evêché et ses vannes conçues par Sadi Carnot avec, en fond, le pastel des façades rénovées, et les balcons fleuris de géraniums.

— Tu connais ?

— Annecy ? Bien sûr ! fit Marie qui n'avait pas entendu Pierre, arrivé silencieusement. J'ai habité là-bas jusqu'à mes douze ans. Je croyais que tous les tableaux étaient généralement signés ?

— Ceux-ci sont d'une amie qui ne désirait pas le faire.

Pierre, qui portait un plateau sur lequel était disposé un en-cas pour deux, vint s'asseoir sur le matelas et invita sa visiteuse d'un signe de la tête. Le jeune homme avait troqué son jogging mouillé contre un large pantalon de toile marine et le col gris de son pull de laine se mariait à son regard sombre. Malgré le froid, il était pieds nus.

— Je croyais que tu avais habité Dijon, fit-il en lui tendant une canette de Coca-Cola alors qu'il se servait un verre de vin.

— Trois ans seulement, répondit la jeune fille en s'installant à son tour. Quand mes parents ont divorcé, j'avais quinze ans, mon père est revenu à Annecy, ma mère est restée à Dijon, moi, j'ai préféré venir ici, chez mes grands-parents. Ces aquarelles ont été peintes quand ?

— Il y a bien des années. Pourquoi as-tu préféré rester avec tes grands-parents ?

— Parce que mon père ne s'intéresse qu'à sa nouvelle copine, une grosse conne qui le mène par le bout du nez. Et parce que je n'en peux plus de voir ma mère sombrer dans la bigoterie. Ici, c'est cool, je fais ce que je veux, mes petits vieux sont adorables. Il suffit que je leur fasse croire à une certaine obéissance. Tu fais aussi des portraits ?

— Ça m'arrive. Qu'est-ce que tu appelles bigoterie ?

— Oh ! fit Marie en arrachant une énorme bouchée de son sandwich. Elle est toujours fourrée à l'église, expliqua-t-elle la bouche pleine. Elle ne jure plus que par Dieu ! Elle prie toute la journée.

— Elle a toujours été comme ça ?

— J'sais pas. Tu pourras faire mon portrait, un jour ?

Elle regardait Pierre, les yeux implorants.

— Peut-être, finit-il par dire. Allez, mange, il te faut remplir tout ça.

Une main, que Marie aurait juré avoir été tendre et qu'elle se remémorerait forcément comme telle lors de ses insomnies, vint gentiment lui tapoter la joue. Elle fut à deux doigts de la saisir et de l'attirer à elle, comme le font les héroïnes dans les films, mais une pudeur enfantine la paralysa. Le cœur battant à se rompre, elle tenta de surmonter son émotion.

A ce moment, un appel venant de l'extérieur leur parvint. Marie, encore sous le choc de ses désirs secrets, sauta sur ses pieds.

— L'heure de la soupe, c'est sacré ! fit-elle en imitant son grand-père. Merci pour le pique-nique. Tu vas repartir, ou bien tu... ?

— Je vais rester quelque temps par ici.

— On reparlera du portrait ?

— On en reparlera.

Souplement, Pierre s'était relevé pour raccompagner sa jeune amie.

Marie ne put résister – mais d'une manière si désinvolte qu'elle pouvait ne prêter à aucune malice – à embrasser Pierre d'une façon appuyée, même un peu trop près de la bouche. Elle partit, son effronterie la mettant dans tous ses états, les pieds aussi légers que ceux d'une ballerine, le cœur en fête, la tête déjà à leur prochain rendez-vous.

Derrière elle, la porte se referma lentement sur un visage à présent rembruni. Pierre remonta dans l'atelier et entreprit de déballer une dernière toile. La vision du portrait de femme, qu'il dégagea du papier renforcé avec des gestes empreints de douceur, amena un sourire douloureux sur ses lèvres. Il libéra le chevalet d'une peinture inachevée et y appuya la toile. Puis il se laissa retomber sur le matelas pour mieux la regarder. Pour s'en nourrir. Il allait passer la nuit avec Elle, avec tous ses rêves et ses souvenirs. Il allait souffrir, c'était certain. Mais un jour, cette souffrance n'allait-elle pas enfin s'enfoncer dans les brumes de l'oubli salvateur, permettant à des instants de bonheur de refaire surface ? Il se laissa doucement aller en arrière. La tête appuyée sur l'oreiller, tournée vers le visage chéri, il tendit la main pour attraper la bouteille de vin.

Bientôt, en progressant dans ses neurones, l'alcool atténua les contours de sa mémoire.

Ce soir-là, bien qu'elle n'eût plus spécialement faim, Marie avala sa soupe comme si on lui avait promis la lune pour un tel exploit, et prit deux fois du gratin de courge ainsi que de la tarte au Beaufort, sous l'œil ébahi de ses grands-parents. A leurs questions, elle ne fit que répondre dans le vague, juste ce qu'il fallait pour étouffer ce qu'elle devinait chez eux d'inquiétude. Mais les adultes ont cet avantage pour eux que les enfants sous-estiment : leur âge et leur expérience. Des coups d'œil entendus passèrent au-dessus de sa tête et des silences réprobateurs alourdirent le repas. Alors elle décida de passer à des aveux pour le moins rassurants car concrets, et surtout qui la dédouaneraient de ses prochains tête-à-tête avec l'artiste.

— Il va faire mon portrait.

11

Fin février 2002

La nuit sans lune convenait parfaitement à l'ombre noire qui contourna, sans prendre les précautions habituelles, le massif de lilas dépouillé de ses feuilles. Le froid avait saisi l'homme dès qu'il avait quitté la voiture, cachée à un kilomètre de son objectif. Se fondant dans les ténèbres, et sans craindre de laisser des empreintes sur la neige gelée, il longea le reste du mur de la maison et parvint à l'entrée, située à l'arrière de la bâtisse. Le silence était lourd, presque inquiétant dans une nuit aussi épaisse. A tâtons, il introduisit la lourde clé dans la serrure, tourna lentement pour éviter tout cliquetis et se coula dans le hall. La semelle de ses chaussures amortissait les bruits et il connaissait parfaitement les lieux. En vieil habitué, il poursuivit son chemin dans le noir et grimpa à l'étage, vint poser une oreille contre la porte de l'infirmière qui logeait à demeure dans la maison, à deux pas de son protégé.

Devant l'autre porte, l'homme respira un grand coup, avant de tourner délicatement le loquet de porcelaine blanche.

Une veilleuse plongeait la pièce dans une obscurité

relative. Le premier regard du visiteur alla au lit où la forme humaine se moulait sous les draps et les couvertures. Il referma la porte avec précaution et s'approcha doucement, lentement, l'oreille aux aguets. Le corps anguleux de l'invalide était positionné sur le côté, le dos calé contre un traversin. L'homme se courba dans la pénombre, s'assura que la respiration était régulière. Il hésita à toucher la peau de l'infirme, ce qui l'aurait immanquablement réveillé ; il avait le sommeil si léger. Il était deux heures du matin. L'invalide se réveillait en principe dans ce créneau-là, le sommeil le fuyant alors jusqu'aux lueurs de l'aube, le laissant en proie à la torture de ses souvenirs maudits. A ses idées de meurtre.

L'homme s'installa dans le fauteuil proche du lit, ne pouvant s'empêcher, comme à chaque fois, de pénétrer dans l'état émotionnel du paralytique. Trop de liens, d'une densité rare, les avaient unis en leur temps pour qu'il en fût autrement. D'un geste tendre, il remonta le drap qui avait un peu glissé, et attendit, le menton calé sur ses mains croisées, plongé dans son tourment.

Comme pour s'accrocher à la réalité, dans ce confinement médical un peu hors du temps, son regard vint se poser sur le calendrier. Ceinte de son cercle orange, comme couronnée d'épines, comme si elle avait été élue par les dieux pour accomplir l'oracle, la date du 25 avril se détachait des autres chiffres, destinée à garantir une actualité mortelle dans les prochaines semaines.

Toutes ces années, à se sentir injustement coupable face au désespoir maintenant muré en rage concentrée dans cet œil larmoyant. Concentrée dans ces doigts malhabiles à entraîner la craie sur l'ardoise grinçante, pour extraire de lui ce venin qui lui pourrissait les sangs... Mais le temps finirait par arriver, qui vengerait l'autre, celui des jours heureux. L'homme s'en était fait le serment.

Il dut bientôt convenir que l'infirme n'avait pu lutter contre les exigences des médecins qui tentaient de rétablir, à coups de piqûres ou de pilules, un cycle de sommeil régulier chez leur patient. Alors, il prit la craie et l'ardoise, ustensiles vitaux de l'homme diminué, et traça sans bruit quelques signes connus d'eux seuls. En reposant l'ardoise à deux centimètres à peine des doigts déformés, il se pencha, et d'un baiser aussi léger que possible, effleura le front dégarni autrefois si beau.

Il reviendrait sous peu, comme toujours, à l'insu des autres. De nuit. Pour distiller son sérum de survie.

12

Grenoble, fin février 2002

Christine, qui venait d'arriver, regarda le sac de sport plein à craquer posé près de la porte.

— Il part définitivement ?

— Il prend quelques jours de vacances, il va à Chambéry dans sa famille.

— Seul ?

Florence et Christine parlaient de Jacques qui venait de descendre faire quelque achat. Cette dernière revint à son amie qui ne l'affrontait pas franchement.

— Qu'est-ce qui se passe ? Relation fatiguée ?

— ... C'est autre chose... Je sens qu'il a besoin d'être un peu seul. Comme moi. Alors ça tombe bien.

— Tu ne devais pas profiter des vacances de février pour aller à Annecy le présenter à ta famille ?

— La mort de ma mère nous a tous perturbés. Les présentations ne sont plus tellement d'actualité dans ma famille. Nous verrons cet été... si nous sommes toujours ensemble.

Florence avait soudain envie de se confier à Christine. Depuis trois longues semaines, elle gardait son malaise pour elle.

— Il a beau s'en défendre, mais depuis le drame, il n'est plus le même.

— C'est plutôt toi qui devrais ne plus être la même, non ? Comment expliques-tu cela ?

— Je crois qu'il avait dans l'idée de rompre avec moi, et que depuis il n'ose plus, craignant sans doute que je ne puisse supporter un traumatisme supplémentaire.

— Je ne pense pas que ce soit le genre de mec à prendre des gants.

Christine n'en prenait pas non plus, ni ne retint sa moue dédaigneuse, pour donner son avis sur Jacques. Florence détourna le regard, hésitant à poursuivre la discussion. Elle se leva et vint machinalement refermer l'un de ses livres resté ouvert, aligner les crayons avec la règle. Elle s'appuya sur la planche transformée en bureau et répondit enfin :

— Je sais que tu ne l'aimes pas, que tu le juges froid et cynique.

D'un élan, Christine se hissa sur le côté de l'évier et balança ses jambes l'une contre l'autre pendant un moment. Elle regarda son amie, si pâle et amaigrie depuis le suicide de sa mère, qui paraissait flotter dans un pull déjà trop grand pour elle et dont elle avait retroussé trois fois les manches. Elle aurait voulu venir à elle et l'embrasser pour lui remonter le moral, mais elle choisissait d'être dure pour lui faire prendre la décision la plus opportune, la plus sage. Elle reprit, péremptoire :

— Oh ! tu pourrais aussi ajouter inconstant, cyclothymique, pisse-froid et sévère à ses heures. Et il y a cette chose, cette petite lueur que je n'arrive pas à interpréter dans son regard, poursuivit-elle un ton plus bas et plus lent, sur le ton de la confession, il y a ce petit je-ne-sais-quoi qui me glace, qui me tient à distance.

— Il est beaucoup plus sensible que tu ne le crois, dit Florence qui mordillait l'intérieur de sa joue droite.

— Je ne suis pas amoureuse de lui, je suis donc plus à même de le juger, insista Christine, très sûre d'elle.

— Tu ne l'aimes pas parce qu'il ne s'intéresse pas à toi, avoue-le. Tu ne pensais pas cela de lui, au début, bien au contraire.

— Tu me crois jalouse de toi ? s'exclama Christine déjà vexée.

— Ecoute, fit Florence en éludant le fond du problème d'un geste de la main, Jacques n'a rien à voir avec des garçons comme ton Claude. Je ne sais pas quelles sont tes intentions avec ce type-là, mais il n'est pas de la même trempe que Jacques. Jacques est plus âgé que nous, il ne réagit pas comme nous. Tu ne retiens pas un tel homme avec de beaux discours. Il est instable et j'ai peur de le perdre. Que veux-tu que je fasse ? Je ne lui impose rien, j'attends qu'il soit prêt à donner, ou bien je sors de son cercle.

— Je doute qu'il ait tant à donner, et encore plus qu'il sache donner.

— Tu as tort. Il donnera beaucoup quand ses fantômes l'auront abandonné.

— Comme tu l'aimes, souffla la jeune fille perchée sur l'évier, qui avait arrêté ses battements de jambes.

— Oui, je l'aime, et je l'accepte tel qu'il est. Il a des choses à régler, mais tant qu'il ne se sera pas confié, je ne pourrai pas l'aider. C'est à lui de comprendre que je lui tends la main.

— De quels fantômes parles-tu ?

— De ceux qui l'empêchent d'être d'humeur égale. Il peut rester des jours silencieux, comme il peut être d'une grande tendresse, mais le lendemain de ces jours-là, on dirait qu'il s'en veut de m'aimer. A d'autres moments, il me serre si fort dans ses bras que j'en ai le souffle coupé. Il y a de la violence en lui, et tant d'amour aussi.

— Plutôt inquiétant comme portrait.

— Ce n'est pas quand on est parfait, mais quand on est imparfait qu'on a besoin d'amour.

Florence en avait assez dit et le signifia d'un geste à son amie. D'ailleurs Jacques n'allait pas tarder à revenir.

Comment Florence pourrait-elle avoir peur d'un homme qui écoute la musique avec ferveur ? Qui visite les musées, empli de vénération pour chaque artiste exposé ?

Pourtant Christine avait une dernière question à poser à Florence.

— T'es-tu demandé pourquoi il n'éclatait jamais de rire ?

— Tu plaisantes ? Il sait rire comme il sait plaisanter, comme il sait s'amuser, comme...

— Ne t'emballe pas. Il sait vivre, c'est un humain, pas un robot, mais je dis bien *éclater* de rire. Réfléchis.

Florence vint s'asseoir dans le canapé fleuri et ébaucha un pâle sourire, avant d'expliquer gentiment à son amie.

— Tu ne peux pas comprendre ce que tu n'as pas vécu. Tu as eu une vie familiale normale, tu es jolie, tu es pétillante, tu plais à tout le monde. Tu peux tout avoir et vouloir encore plus, comme tu peux t'accommoder de ce que tu as. Moi, je m'emploie à trouver mon équilibre entre mes désirs, mes espoirs et mes possibilités de les satisfaire, mais cela demande du temps.

— Dis donc, tu fais médecine ou psycho ?

Christine ne comprenait pas le but du discours de son amie, mais saisit à son air qu'il fallait l'écouter.

— Les éclats de rire ? reprit Florence, je crois bien que moi-même, depuis la séparation de mes parents, j'en ai perdu le goût. Il y a des souffrances que tu ne peux engloutir, elles continuent à t'asphyxier. Et quand bien même tu arriverais à t'en libérer, certaines t'aliènent à vie. Elles t'interdisent d'éprouver de la joie, te culpabilisent si tu les oublies. Jusqu'à ce que tu apprennes à voir clair en toi. Les ombres et les monstres cessent de nuire à celui qui les accepte. Jacques n'a pas encore apprivoisé les siens.

— C'est bien ce que je pensais, tu as raté ta vocation.

Ignorant l'intervention de Christine, Florence poursuivait son idée.

— La vie s'arrange toujours pour nous atteindre là où ça fait le plus mal... peut-être là où la leçon est à apprendre.

— Ma parole ! On se connaît depuis des années, et j'ai l'impression de...

— On se permet de juger, en oubliant trop souvent de regarder au-delà des apparences. Pourquoi juger ? On dirait que tout le monde se rassure en donnant son avis sur tout.

Un silence s'installa, que Christine rompit en sautant de son siège improvisé.

— J'hésite entre l'alcool et un joint.

— Pardon ?

— Tu as bu ou quoi ? A moins que tu n'aies fumé un pétard, je trouve que tes propos frisent la dépression.

— Alors, tu n'as rien compris.

— Je préfère rester terre à terre et ne pas m'embarquer dans des explications peu rationnelles. Je veux bien m'occuper des problèmes des autres, à condition qu'ils n'empiètent pas sur mon moral.

— Ne te fais pas moins généreuse que tu ne l'es. Si tu as choisi médecine, ce n'est pas par hasard, crois-moi. Le hasard n'existe pas.

Elles furent interrompues par l'entrée de Jacques, qui cacha son agacement de voir Christine.

— Tu as déjà quelques traces d'un coup de soleil sur le nez, fit celle-ci, taquine. Tu as fait du ski ?

— C'est l'occasion qui fait le larron. J'étais sur Chambéry cette semaine.

— Et tu y retournes ?

— C'est ça.

— Vacances ?

— C'est ça.

— Pendant que certains s'amusent, d'autres travaillent. C'est la vie, soupira Christine faussement navrée.

— Rassure-toi, l'existence n'est qu'un amusement inutile, répliqua Jacques avec un drôle d'air.

Le jeune homme s'était assis à côté de Florence et posait un regard ombrageux sur Christine, dont les joues constellées de taches de rousseur se mirent à rosir.

— Plus de questions ? fit-il, railleur.

— Plus de questions.

— Ouf ! fit Jacques en se redressant de toute sa taille et en se tapant sur les cuisses. Un moment, j'ai craint un réquisitoire.

13

Yenne, mars 2002

— Marie, tu te relâches !

Il était dur, pour Marie, de garder la pose. Elle soupira et s'immobilisa, le dos et le cou un peu raides de devoir garder la tête aussi droite, et replongea dans ses pensées qui se bousculaient.

Que n'aurait-elle donné, de ses meilleurs CD, ou de ses meilleurs souvenirs, pour rester en ces lieux-ci, face au jeune homme concentré sur sa tâche, l'imaginant bientôt succomber à son charme. Une joie sans nom lui gonfla le cœur. Elle ne se lassait pas de scruter le visage de Pierre, toujours ombré d'une courte barbe, pendant que lui-même lui jetait des coups d'œil vifs et rapides afin de restituer ses traits sur la toile.

La jeune fille avait bien vite confié ses rendez-vous, qu'elle qualifiait de clandestins, à quelques amies, qui elles-mêmes s'étaient empressées de faire circuler l'information. Au début, face à leur curiosité, Marie avait adopté l'air mystérieux qui sied aux grandes amoureuses. Mais très vite, sa fierté de pouvoir en remontrer aux autres filles, toujours entourées des plus beaux garçons de l'école, lui avait délié la langue. Elle s'était vantée de fréquenter le nouvel et bel artiste du village, et surtout de partager ses pique-niques, de converser avec lui, en un mot d'être sa confidente privilégiée, pour ne pas dire sa conquête. Il lui arrivait de laisser certaines phrases en suspens, pour le seul plaisir de les laisser imaginer des choses. Et cela marchait : des filles restaient béates d'envie et quémandaient des confidences. Mais la gloire attire aussi les jaloux : Claudette, surtout, mettait en doute ses propos.

« Ça m'étonnerait qu'un mec comme lui s'intéresse à une grenouille comme toi. Les gars de cet âge aiment les gros seins.

— Voilà bien ce que la jalousie peut te faire dire.

— Pense ce que tu veux, moi je crois que tu nous bernes, ma vieille. Un copain, soit ! Un amoureux, non !

— Eh bien, à ton tour, pense ce que tu veux, cela n'empêche pas que ce soit vrai.

— Et Sylvain, dans tout ça ?

— Quoi ! Sylvain ! Mais c'est un gamin !

— Bien sûr ! Et toi, tu es une femme ! Tu as couché ?

— A ton avis ?

— A mon avis, non.

— Tout le monde sait très bien ce que valent tes avis. »

Elle repensait à cette garce qui, avec ses grands airs, voulait la faire passer pour une menteuse. Bien sûr, elle en était une, d'une certaine façon, mais rien ne pouvait empêcher que Pierre tombât amoureux d'une fille plus jeune que lui. Pourtant, cette histoire de gros seins la tracassait. En venant poser la première fois, elle avait pris soin de se vêtir d'un pull très ample et souple, afin de pouvoir se dégager les épaules et plus encore. Mais Pierre, un peu moqueur, lui avait tout de suite recommandé de garder son vêtement tel quel. « Ce n'est qu'un portrait, Marie. Pour le nu, on attendra un peu. »

Aujourd'hui, Marie craignait hélas que Claudette n'ait vu juste : sans poitrine, elle aurait du mal à troubler Pierre, jusque-là plus respectueux qu'un frère.

Alors, à la première occasion, elle s'éclipsa de son lycée durant une heure d'étude et fila faire des emplettes dans les rues de Chambéry. Le soir même, elle passa une demi-heure à se pavaner devant la glace de son armoire, à jouer de sa poitrine qu'elle avait dotée d'un soutien-gorge Wonderbra. Ensuite elle essaya maints vêtements, jusqu'à ce qu'elle mette de côté ce qui lui convenait.

Depuis, elle avait habitué ses yeux à un peu de mascara et ses lèvres à un peu de rose.

La transformation ne passa bien évidemment pas inaperçue des siens, et elle n'entendit pas sa grand-mère rassurer son grand-père :

— Notre bébé grandit, il n'y a pas de quoi en faire un drame.

Pierre aussi remarqua le changement, mais se retint de rien montrer, conservant ses manières courtoises, au grand dam de Marie qui voyait ses espoirs partir en fumée.

Et pourtant, Pierre était loin d'être indifférent au manège de Marie.

Celui-ci l'intéressait même à plus d'un titre.

Sans imaginer être un spécimen d'observation, Marie apportait à Pierre – peintre à ses heures, mais aussi chercheur d'éléments qui devaient parfaire ses convictions sur l'espèce humaine – les preuves, les signes irréfutables de la dépravation féminine.

Quand elle lui fit part, un dimanche en fin d'après-midi, et avec ennui, du long devoir qu'elle devait mettre en forme pour le lendemain matin, il lui proposa son aide.

— Ne me dis pas que tu t'y connais en philo ? s'exclama Marie.

— J'ai gardé quelques notions scolaires, tout simplement. Quel est le sujet ?

— « Quel sens donner au mot “droit” dans l'expression : “J'ai le droit de...” ? » Une galère.

— Ah ! L'ambivalence du droit ! Un bon sujet, commenta Pierre en arrêtant la pose.

— Tu veux lire ce que j'ai fait ?

— Si tu veux.

Marie partit en courant chercher son devoir, pendant que Pierre nettoyait ses pinceaux.

— J'ai surtout parlé du droit ou non de se faire justice soi-même, fit-elle en revenant essoufflée, et lui tendant des feuillets.

En silence, elle le regarda lire, curieuse de son avis, curieuse surtout de son air concentré, plus sombre qu'à l'ordinaire. Ils étaient tous les deux assis sur le matelas, adossés au mur. Une douce chaleur régnait dans la pièce.

— Ton devoir manque de consistance, fit-il enfin, après un long silence qu'elle avait laissé passer sans broncher. Tu abuses des citations et tu ne développes pas assez, mais surtout tu n'insistes pas suffisamment sur l'illégal.

— Oh, zut ! Le devoir est déjà assez long, non ?

— Ce n'est pas la longueur qui compte. Tu pourrais encore rajouter dix pages d'idioties, que ta note n'évoluerait pas d'un quart de point.

— Ça me gave de recommencer.

— C'est toi qui décides, fit-il en lui rendant ses feuilles.

Marie était un peu vexée.

Pierre s'était relevé et avait entrepris de ranger ses boîtes et ses pinceaux.

Au bout d'un moment, la jeune fille fit preuve de bonnc volonté.

— Qu'est-ce que tu rajouterais, toi ?

Pierre réfléchissait. Il se mit à marcher, toujours pieds nus, de long en large, les mains enfoncées dans les poches de son pantalon de toile, tout en conseillant Marie, qui écrivait sur le dos d'une page.

— ... Tout ce qui est permis par la loi est légal, mais tout ce qui est légal est-il légitime, conforme au bon droit ? N'y a-t-il pas aussi de mauvaises lois, non pas illégales, certes, ni forcément contraires au droit, mais opposées à l'idée de droit ? Bien des actions que nous jugerons en notre for intérieur illégitimes peuvent être couvertes, à tel moment de l'Histoire, par l'autorité de la loi. Ainsi en a-t-il été des mesures antisémites sous le gouvernement de Vichy, et de l'inégalité des races, valeur de principe constitutionnel, en Afrique du Sud. Si les principes tirent une justification suffisante du fait qu'ils sont reçus dans une société, les principes du cannibale sont aussi défendables et aussi sains que ceux de l'homme civilisé.

Sur ces derniers mots, prononcés d'une voix sévère, il s'était arrêté devant l'unique fenêtre et son regard plongeait dans la nuit qui tombait. Marie, sous le choc de la longue tirade, ne voyait que son dos et fut surprise de son soudain silence. Quelque chose dans cette attitude la retint de parler. Et puis il reprit, plus bas et comme pour lui seul :

— Quand on se borne à exercer son droit, est-on pour autant en règle avec sa conscience ?... Tu pourrais finir en citant Kant, qui déclare que le devoir est plus facile à connaître que le bonheur.

Marie notait vivement sur son brouillon. Quand elle eut fini, elle releva la tête.

Pierre s'était arrêté devant elle et la dominait de sa haute taille. Instinctivement, Marie se cambra, se rappelant soudain ses efforts pour aviver sa séduction. Le regard de Pierre sembla remarquer le nouveau rebondi du buste, mais s'attarda à peine sur la peau fragile du cou dénudé.

Il se rassit à ses côtés, le plus à l'écart possible, conscient de l'attitude pleine d'attente de la jeune fille.

— Qu'en penses-tu ? demanda-t-il d'un ton badin, sans équivoque.

— Tu as raison. Mon devoir était bâclé.

La voix de Marie reflétait toutes ses émotions. Et soudain, celles-ci l'étouffèrent, la transcendèrent. Elle se jeta dans les bras de Pierre, aussi fougueuse qu'un jeune chiot confronté à ses premières pulsions.

— Je t'aime, je t'aime, fit une toute petite voix, depuis le visage enfoui dans le creux de la poitrine masculine.

Pierre pâlit.

— Redresse-toi, Marie, fit-il calmement à voix basse, en lui saisissant le visage à pleines mains.

— Dis-moi que tu m'aimes aussi. Dis-le-moi.

Marie n'osait plus ouvrir les yeux, redoutant de lire le rejet dans ceux de Pierre. Son effroi était sans borne à présent, il lui fallait vaincre, ou bien repartir honteuse. Les mains crispées sur son lainage, les joues enserrées dans les mains chaudes qui l'empêchaient de se laisser aller davantage, elle lutta en vain contre les larmes. Elle se mit à renifler.

— Ouvre les yeux, Marie. Ne fais pas l'enfant.

Si. Justement : elle aurait voulu, en un instant, oublier son malheureux geste et redevenir la Marie d'hier, la Marie de ses dix ans. Elle souffrait trop. A moins qu'il ne lui dise ce qu'elle attendait avec ferveur. Sinon, elle préférait en finir, là, tout de suite. Mourir. Elle avait tellement envie de se blottir contre Pierre, dc sentir ses bras, dont elle avait tant de fois rêvé, se replier sur elle, de se laisser bercer, pas plus. Pas plus.

— Je t'aime, fit-elle encore d'une toute petite voix en avançant son visage aux yeux toujours clos vers celui de Pierre qui la maintenait fermement à bonne distance.

Et puis, quand elle ne lutta plus, il déposa un baiser sur son front, l'amena tout contre lui et la berça un instant, comme un bébé.

— Aimer, c'est en grande partie vouloir être aimé, ma petite Marie.

— Non, je...

— Chut, ne dis plus rien. Tu crois m'aimer, alors que c'est l'idée de l'amour que tu aimes.

— Non, tu...

— Chut, calme-toi. Restons un moment comme cela, tous les deux. Nous sommes bien.

Pierre n'avait pas cru pouvoir résister à la colère qui l'avait saisi, aussi brutale qu'un coup de poing en pleine figure. Il aurait pu relever cette petite sotte impulsive d'un coup de poignet et lui conseiller d'aller se refroidir les esprits dans la neige. Il aurait pu aussi se gausser d'elle, la remettre à sa place, avec son corps de musaraigne inabouti. Il aurait aussi pu, tout bonnement, profiter de la situation. Mais il se découvrait depuis peu une sensibilité qu'il avait pourtant combattue. Sa réaction avec Marie confirmait la faille dans sa carapace. Il s'était longtemps cru empli de haine, or la petite chose qui se recroquevillait dans ses bras le touchait, bien qu'il ait longtemps lutté pour bannir toute fragilité de lui, et qu'il luttât encore pour se libérer de toute pitié.

Néanmoins, cette petite fille, aussi innocente qu'elle soit, n'était-elle pas capable, comme d'autres, de briser des vies ?

Partagé entre colère et compassion, Pierre achevait de se calmer.

Marie renifla et se redressa un peu. Il lui tendit un mouchoir en papier.

— Nous pouvons peaufiner ton devoir si tu le veux bien ?

Durant une heure, Pierre et Marie communiquèrent sur un autre registre, ce qui permit à l'un de retrouver son sang-froid, à l'autre de retrouver bonne figure.

Ils en arrivaient à rédiger la conclusion, lorsque des coups frappés avec insistance ébranlèrent la porte du bas.

— Ton grand-père ? demanda Pierre en relevant la tête.

— Je ne pense pas.

Pierre descendit. Il eut à peine tourné la poignée de la porte qu'un énergumène sauta dans la place, l'œil rageur et le poing serré, la mèche rousse en bataille.

— Où est Marie ? Où est-elle ? cria l'intrus. Je sais qu'elle est ici, avec vous, espèce de salaud !

— Hé ! Jeune homme ! On ne vient pas chez moi pour m'insulter ! lâcha Pierre en fronçant les sourcils.

— Sylvain ! Tu es complètement dingue, ma parole ! s'exclama en même temps Marie qui dévalait l'escalier.

— J'en étais sûr ! Tu ne peux plus te passer de ce vieux cochon ! Et lui ! Lui ! Et vous ! Vous !

Le rouquin en bégayait maintenant, trop soulagé peut-être de voir son amie intacte, en tout cas habillée décemment. Surpris aussi sans doute de ne pas rencontrer de combattant. Mais la colère ne s'estompa point, titillée à présent par une espèce de honte tardive. Il lui fallait assumer son entrée cavalière, ne serait-ce que pour briller aux yeux de sa belle, ou bien pour la quitter à jamais, après l'avoir superbement répudiée !

— Je comprends que maintenant mademoiselle a mieux à faire !

Sa voix avait cette fêlure caractéristique : si le jeune garçon ne surmontait pas la crise de nerfs, il allait éclater en sanglots.

Pierre avait pris le parti d'attendre, les bras croisés, faisant fi des insultes de l'enfant malheureux. L'absence de discernement chez un homme emporté par ses passions l'avait toujours fasciné.

— Sylvain, tu arrêtes à présent ! gronda Marie, les lèvres crispées, et le poing prêt à sévir.

— Je voulais voir sa tronche à ce vieux dégoûtant. Pouah ! cracha-t-il en direction de Pierre. Je m'attendais à une gravure de mode. Tu as un de ces goûts ! Bravo !

Sa colère le faisait sautiller sur place. On aurait dit un taurillon au combat.

— Mais tu es complètement barge ! Fiche le camp ! Tout de suite ! cria Marie au bord de l'hystérie, en venant bousculer Sylvain vers la sortie. Tu vas ameuter tout le monde, espèce de crétin !

Celui-ci la gifla. Marie riposta au quart de seconde et le gifla à son tour de toutes ses forces. Ils s'empoignèrent. Il l'insultait, elle lui balançait des coups de pied dans les jambes.

— Ai-je droit à la parole ? fit enfin Pierre en s'interposant.

Instantanément, il reçut un coup de pied dans le tibia et un coup de poing à l'épaule.

— Maintenant, ça suffit ! Je vais commencer à m'énerver ! gronda-t-il, en les tenant à bout de bras, écartés l'un de l'autre, jusqu'à ce qu'ils se calment.

— Tu es vraiment un imbécile ! souffla Marie entre ses dents. Je ne veux plus te voir ! Fiche le camp !

— Pas avant de savoir si c'est vrai que tu as couché avec lui !

— ... ?

— Avoue ! fit Sylvain, la voix trop haut perchée. Tu t'en es vantée auprès de Claudette !

Le rouge qui envahit le visage de Marie, s'élargissant du front au cou comme une étoile, vira en deux secondes au blanc. L'afflux et le reflux du sang furent si brutaux que la jeune fille en perdit le souffle et la voix.

— Vous avez abusé d'elle ! Avouez ! Elle n'a pas pu...

Dans sa détresse, Sylvain s'était retourné vers Pierre. Pour l'accuser, donnant une échappatoire à Marie. Mais la réaction de celle-ci, presque bestiale, le laissa à son tour muet.

— C'est moi qui ai voulu ! siffla-t-elle, dédaigneuse, en venant se mettre devant Pierre et redressant la tête comme un coq. Il n'y a rien à redire ! Tu n'es pas mon père ! Tu n'es pas mon fiancé ! Tu n'es rien ! Alors dégage d'ici en vitesse !

— Marie !

— Je te déteste ! Hors de ma vue ! hurla-t-elle.

Alors, Pierre intervint. Il attrapa le col de Sylvain qui allait prendre la porte, le cœur brisé, et retint Marie de l'autre main, qui repartait, droite comme un I, vers l'escalier.

— Attendez, tous les deux ! La scène ne va pas se terminer de cette façon.

Il les amena de force devant la table de la cuisine et les installa brutalement sur deux chaises, face à face.

— Ce qu'il y a entre vous ne m'intéresse pas le moins du monde, commença-t-il, la voix rude. Par contre, ce que tu crois qu'il y a entre Marie et moi me concerne, fit-il en s'adressant à Sylvain.

Le garçon aux cheveux roux dévisageait Marie, l'œil hargneux. Marie lui retournait des regards torves.

— Marie, je te laisse dire l'exacte vérité à ton ami. Mais sache que je n'interviendrai pas sur tes propos.

Marie le regarda avec des yeux éperdus de reconnaissance, mais aussi emplis d'une terrible gêne. Elle hésita un long moment, puis enfin se décida :

— Il n'y a rien entre nous... Il n'a pas voulu.

Et alors que Sylvain ne pouvait s'empêcher d'émettre un bruyant soupir, Pierre se pencha sur Marie.

— Tu n'étais pas obligée d'en dire plus.

Une fois seul, Pierre se remémora la scène.

Quelque chose s'était allégé en lui. La franchise de Marie l'aidait à se réconcilier avec les monstres féminins.

14

Talloires, janvier 1980

Georges Socrate filait sur ses dix ans, avec toute l'ardeur, la curiosité et l'insouciance de l'enfance, le cœur empli de bonne et de sage volonté.

— Georges ? Georges ? fit la voix d'Anna depuis la maison.

L'enfant décida d'ignorer l'appel encore un moment. Il lui restait du pain à donner à ses amis les canards. Il recula un peu pour se mettre en retrait de la haie enneigée, repoussa Nuts qui voulait aussi s'infiltrer entre les branches des thuyas, et s'amusa de voir la tête inquiète d'Anna apparue sur le perron de la maison. Quand elle le savait au bord de l'eau, la chère femme n'était pas tranquille. Elle l'épiait sans cesse depuis la fenêtre de sa cuisine, comme s'il n'était qu'un bébé.

— Georges ? reprit la voix alarmée. Georges, réponds !

Malicieux, Georges prit un résidu de planche qui traînait par là depuis que des ouvriers avaient refait le ponton à neuf, et le jeta dans le lac en imitant un cri désespéré. Le plouf associé au cri de l'enfant, ainsi que les aboiements désordonnés du chien bouleversèrent Anna.

— Georges ! Mon Dieu ! Georges ! cria-t-elle en se mettant à courir dans la neige en direction de l'eau, sa lourde poitrine tressautant sous le corsage de nylon.

Un rire étouffé lui parvint de la haie proche.

— Petit garnement !

Le ton n'avait rien à voir avec l'expression coléreuse. Elle s'empara de la main de son protégé qui riait toujours, de ce rire si léger qu'il tenait de sa mère, l'extirpa de sa cache blanche et l'entraîna après elle, d'un pas décidé.

— C'est pas Dieu possible de me donner des peurs pareilles, maugréa-t-elle, en remettant son chignon en ordre.

— Mais, Anna, je sais nager, protesta Georges en riant.

— Dans une eau aussi froide, je ne sais pas combien de temps tu tiendrais.

— En tout cas, ce n'est pas au bord que je risque de me noyer.

— Et si tu t'assommes en tombant, petit inconscient !

— Excuse-moi, Anna, mais j'aime bien te faire des farces.

Anna regarda avec tendresse le beau visage aux yeux joyeux levés sur elle pour quémander un pardon.

— Je sais, mon chéri. Allez, viens, tes parents vont arriver. Ils sortent chez des amis ce soir, ils veulent dîner tôt et tu n'as pas fait tes devoirs.

Elisabeth arriva la première, et vint retrouver Georges dans sa chambre pour vérifier que les devoirs et les leçons de son fils avaient été l'objet de l'intérêt qu'ils méritaient. Mais comme à l'accoutumée, Georges avait accompli son travail sans qu'il n'y ait rien à redire. « Vérifier » n'était pas le mot adéquat pour exprimer cette façon de perpétuer des liens privilégiés entre la mère et l'enfant, ces échanges habituels qui concrétisaient les retours de l'école, avant qu'Eugène ne vienne les rejoindre à son tour.

Mais, ce soir, Georges sentait sa mère distraite, et il était rare que ses parents sortent ainsi en semaine.

— La sortie de ce soir n'était pas prévue, maman, fit-il en rangeant son cartable.

— Non, mon chéri, elle n'était pas prévue. Anna viendra dormir dans la chambre d'à côté.

— Vous allez donc rentrer tard ?

— Je ne pense pas.

— Alors à quoi sert que vous y alliez ?

— C'est juste pour parler.

— Parler de quoi ? Vous allez chez qui ?

Il avait capté l'hésitation de sa mère, comme s'il l'avait prise au dépourvu avec ses questions anodines.

— Nous allons chez le proviseur du lycée Fontaine. Nous devons parler... de l'enseignement, des méthodes nouvelles, et d'autres choses encore, mon chéri.

— C'est la première fois que vous allez chez le proviseur de papa.

— C'est vrai. Tu vois, tout change, avait conclu sa mère en lui donnant une petite tape sur le nez. Je vais me préparer. Ton père va arriver, rendez-vous à la salle à manger.

Chose étrange, Georges saisit la même inquiétude chez son père, bien que celui-ci ne modifiât en rien son comportement à l'égard de tous. Mais il y avait ces quarts de silence en trop entre les mots, comme si l'esprit n'était pas tout à fait à son affaire, à cette table même, devant les bons mets apprêtés par Anna.

— A l'école, ce matin, on a parlé de la violence et du respect des autres, commença Georges en prenant garde de ne pas parler la bouche pleine. Et sur le chemin du retour, j'ai vu deux hommes qui se disputaient. Le premier écoutait l'autre et tentait de le calmer, mais l'autre n'arrêtait pas de l'insulter, il a même essayé de le frapper tant il était en colère.

Georges crut que son intervention ne déclencherait pas les habituelles leçons qu'il adorait. Pourtant Eugène ébaucha un sourire.

— L'homme qui se conduit mal est un ignorant, dit-il de sa belle voix grave en regardant son fils. L'homme libre est celui qui vise la maîtrise de soi.

— Peut-être que l'autre lui a fait du tort et ça l'a mis hors de lui.

— Crois-tu que c'est en agissant ainsi qu'il obtiendra réparation ? La colère n'a jamais rien résolu.

Comme toujours, Eugène laissait à son fils le temps de la réflexion.

— Les émotions sont souvent désordre, reprit-il, ne voyant rien venir. Le passionné est prisonnier de l'instant présent, il commence par conclure au lieu de raisonner.

— L'autre jour, tu as dit que rien de grand ne se fait sans passion.

— C'est Hegel qui disait cela, tu as bien retenu, mon garçon. Mais il te faut...

A ce moment, le téléphone sonna dans le hall. Eugène s'essuya les lèvres d'un coup de serviette rapide, tout en se levant pour aller répondre. Tout le temps que dura son absence, Georges sentit sa mère à l'écoute des mots prononcés sourdement. A son retour, les regards interrogateurs d'Elisabeth obtinrent un sourire d'Eugène, mais ce dernier avait oublié les questions de son fils.

La sensibilité aiguë de Georges avait décelé suffisamment d'indices dans les pauses, les soupirs, les regards et les gestes de ses parents, pour qu'il en soit tracassé. Il lutta contre le sommeil, sombra, se réveilla en sursaut à plusieurs reprises, se rassura en regardant l'heure à son réveil, vint même s'assurer sur la pointe des pieds que ses parents n'étaient pas rentrés pendant qu'il s'était assoupi. Enfin, il les entendit. Il était 3 heures du matin.

Il attendit que tous deux soient venus se pencher au-dessus de lui pour s'assurer de son bien-être et de son profond sommeil. Il attendit ensuite la fin des menus bruits en provenance de leur chambre, puis se risqua à venir aux renseignements.

Dans le noir, en pyjama et les pieds nus, surmontant la crainte d'être découvert, Georges vint coller l'oreille contre la porte fermée. Peine perdue. Le silence qui régnait au-delà du battant le glaça davantage que le froid qui régnait dans le hall.

Quelques heures plus tard, il partait à l'école, la mine chiffonnée et la tête inquiète. Son père était parti plus tôt que d'habitude, et sa mère n'avait pu cacher totalement son anxiété.

Ce que Georges pressentait depuis la veille fondit sur lui de façon terriblement sournoise.

Fatal, ce 25 janvier 1980 fut le déclencheur de drames successifs, mais Georges n'en comprit pas immédiatement toute l'ampleur.

Tout d'abord, en rentrant de l'école pour le déjeuner, il fut surpris de voir la voiture de son père garée dans la cour, alors que son emploi du temps aurait dû le retenir ce jour-là au lycée jusqu'en fin d'après-midi. Joyeux, sans quitter son épais anorak et ses *moon boots*, l'enfant courut se jeter dans ses bras, en lançant à sa mère :

— Oh, maman ! Si papa reste à la maison, permets-moi de rester avec vous !

— Voyez-vous ça, sourit sa mère en lui ébouriffant la tête. Un enfant qui aimerait faire l'école buissonnière !

— Mais non, maman, juste un enfant qui veut rester avec ses parents.

Georges fut attentif à l'ambiance du repas et fut heureux de ne pas constater d'aggravation par rapport à la veille. La seule chose qui différa des autres jours fut que le téléphone sonna à plusieurs reprises, et que les appels furent tous pris depuis le bureau à l'étage.

Mais quand il fut question pour lui de retourner à l'école, il interrogea son père :

— Tu me déposes, si tu repars au lycée ?

— Ton père partira un peu plus tard, répondit sa mère, prenant Eugène de vitesse.

Eugène fut sur le point de la contredire, mais elle le regarda si intensément qu'il retint ses mots. Georges vit la mâchoire paternelle se durcir, et il sentit bien que quelque chose lui échappait. Une ambiance particulière venait de s'installer dans la maison.

A partir de ce jour, Eugène n'alla plus au lycée, son cartable resta dans son bureau. Le prétexte donné à Georges fut : « Ton père a besoin d'un peu de repos, ces petites vacances lui feront le plus grand bien. » Mais Georges aurait voulu que ce soit son père qui le lui dise.

Alors il créa le moment propice, en l'amenant au bord du lac pour nourrir les canards.

— Tu es fatigué, papa ? demanda-t-il tandis qu'il agitait la main pour attirer ses amis flottant loin du bord.

— Pas plus que tout le monde, mon fils.

— Mais toi, un peu plus quand même ?

— Je ne pense pas, fit Eugène en s'accroupissant.

— Mais maman dit que...

— Mon petit Georges, dit Eugène en lui prenant les deux bras pour l'abaisser jusqu'à lui, ta mère pense que tu n'es pas en âge de supporter la vérité des grandes personnes. Elle a craint de te dire que je dois rester éloigné du lycée pour un temps.

— Pourquoi ?

— Il y a eu un problème... disons, de discipline, avec des élèves. C'est un des risques de ce métier. Dans ces cas-là, pour que les esprits se calment, il est parfois nécessaire d'éloigner le professeur.

— C'est quoi, ce problème ?

— Je te l'expliquerai en détail en temps voulu, mon garçon. Pour l'instant, j'attends que cette petite personne qui m'accuse injustement revienne sur ses propos. Elle a un peu de temps pour réfléchir.

— Tu vas aller au tribunal ? s'enquit Georges en ouvrant de grands yeux.

— Avant, je vais être interrogé par un juge à qui je donnerai ma version des faits.

— Quand ?

— Le plus rapidement possible, pour que cette affaire soit réglée. Jusque-là, je suis tout à toi et à ta mère.

La main qui se posa sur l'épaule de Georges eut un impact nouveau. Ou alors, ce fut le chaud sentiment d'être plus proche encore de ce père tant admiré qui en modifia l'effet. Et brutalement, Eugène le fit basculer et le roula dans la neige. La discussion se finit dans de grandes chatouilles et de grands éclats de rire.

Son père réussit donc, momentanément, à calmer l'angoisse latente de Georges. Mais une conversation saisie un peu plus tard – il restait à l'affût et avait écouté ses parents derrière la porte du petit salon, entre deux morceaux de musique – le laissa songeur.

— Je ne veux pas que nous lui mentions, ma chérie, avait dit son père à sa mère. Nous lui inculquons le respect de soi, le respect des autres. Il est intelligent, il mérite de savoir ce qui arrive à notre famille, tout comme Anna et Adrien.

— Nous le lançons trop tôt dans l'arène des adultes, Eugène, nous allons le rendre malheureux. Je voudrais tant le préserver de cet affront.

— Il souffrirait beaucoup plus de nos mensonges.

— Mais comment pourrait-il comprendre une telle vérité ? Il est si jeune.

— Je lui ai expliqué ce qu'il lui suffit de savoir pour l'instant.

— Il entendra forcément des choses, à l'école ou ailleurs.

Au ton de sa mère, Georges avait deviné qu'elle devait lentement frotter ses mains l'une contre l'autre, désespérée, avant de reprendre plus bas :

— La rumeur.

— Justement. Je préfère le voir malheureux à cause d'une vérité difficile à admettre qu'à cause de nos mensonges. Il n'y a rien de pire que de se sentir trompé, surtout par les siens. D'une certaine manière… je sais de quoi je parle…

Un petit rire dérisoire avait accompagné les derniers mots. Un bruit de froissement – la jolie robe de chambre aux couleurs pastel de sa mère, celle dans laquelle il la trouvait si belle – avait précédé les mots consolateurs.

— Mon amour, mon tendre amour.

Peu de temps après, menant toujours son enquête, Georges saisit des bribes d'une conversation entre ses parents et deux couples d'amis venus dîner à la maison. Ses parents recevaient plus que d'habitude ces derniers temps. Ce jour-là, on avait omis de fermer les portes. Caché à l'étage, à plat ventre sur le parquet du couloir qui menait aux chambres, Georges comprenait mieux les voix masculines qui empruntaient un long chemin avant de parvenir jusqu'à lui.

— Vous avez tort de ne plus vous montrer, mes amis, dit une voix forte, que Georges attribua à Albert Montgrand, professeur de mathématiques.

— Si tu crois que nous avons envie de sortir, en ce moment.

— Les gens penseront que vous vous cloîtrez, de là à supposer que vous avez quelque chose à cacher...

— Mon Dieu, Albert ! intervint sa mère, d'une voix blessée.

— Pardonne-moi, Elisabeth, mais c'est si dur de combattre une rumeur.

— Nous ne te connaissons aucun détracteur, intervint une autre voix, celle du grand Licher, professeur d'histoire. Tu n'as que des soutiens de toutes sortes, des pétitions circulent contre ton renvoi, on est tous avec toi. Les trois complices rasent les murs du lycée, leurs parents ne font pas d'esbroufe. Tu seras vite rétabli et lavé de tout soupçon.

— Le juge t'a entendu, attendons la confrontation. S'il y a procès, tu auras le meilleur avocat de la région. Maître Faure va ramener à la raison ces gosses sans scrupules.

— Aujourd'hui, Cottet me déteste, elle n'a plus aucun discernement. Je compte plus sur le revirement des deux autres. Elles ne sont pas mauvaises.

Georges reconnut la voix de son père et quelque chose, dans le timbre un peu déformé qui montait jusqu'à lui, lui fit mal. Il l'imagina malheureux, le front plissé pour achever plus bas sur des mots qu'il comprit à peine.

— Je crois bien que mon sort est entre leurs mains.

Et puis quelqu'un vint refermer une porte. Georges recula en rampant, jusqu'à revenir dans sa chambre pour ne pas se faire repérer par Anna. Celle-ci passait juste en dessous de lui, sur le grand carrelage à damiers, pour aider Elisabeth en amenant des plats depuis la cuisine.

Les jours se succédèrent sans que Georges réentendît le beau rire de sa mère. Celui-ci manquait dans la grande maison, manquait aux couloirs, aux pièces, à leur conversation. La bonne humeur et la tranquillité d'Elisabeth s'étaient altérées, malgré tous ses efforts pour se conformer aux désirs d'Eugène. Elle chipotait dans son assiette, oubliait des choses importantes, en oubliait même de peindre, comme si son subconscient se projetait déjà vers la fatalité monstrueuse. Seul son amour pour ses deux hommes était intact et débordant. Eugène y puisait une force inestimable, qui lui permettait de faire bonne figure le jour.

Leurs soirées ne furent jamais vraiment perturbées, avec au programme la musique et les jeux. Eugène, qui maintenant avait tout son temps, se fit bricoleur, un rôle que son fils ne lui connaissait pas, mais qui fut un moyen supplémentaire de les rapprocher.

Février passa ainsi, presque irréel, un peu comme en suspens dans un quotidien fragilisé, sous une neige froide et tenace. Le lac avait cette teinte grise et triste qu'Elisabeth, étrangement, fuyait. Au plus fort de l'hiver elle se calfeutra, prétextant un désir de chaleur, mais cela ressemblait à une espèce de découragement. Tout le monde savait que chacun faisait comme si rien n'avait changé. Seuls Anna et Adrien avaient du mal à rester sereins. Leurs mouvements de la tête dénotaient bien leur désarroi, et ceux-ci s'accentuaient encore lors des visites des parents d'Elisabeth. Car leur commerce, situé au centre d'Annecy, ainsi que leur lien de parenté avec le professeur Socrate les mettaient en plein cœur de la rumeur. Parfois, ils profitaient d'une courte absence de

Georges pour informer leur fille et leur gendre de son évolution et de son ampleur.

Et Georges eut droit à une première attaque, dans la cour de l'école.

15

Grenoble, le 31 mars 2002

Francis et Stéphane couraient en cadence, à travers le sous-bois humide du parc Bachelard. Leurs foulées faisaient craquer les branches mortes, écrasaient l'humus pourrissant accumulé depuis l'automne. Une vapeur blanche accompagnait les propos qu'ils échangeaient depuis une bonne heure. La sueur brillait à leurs tempes, avait mouillé leur sweat et la serviette enroulée autour de leur cou. En cette matinée pascale, les joggeurs n'encombraient pas le circuit, et les deux amis appréciaient leur course presque solitaire. Il faisait froid, un de ces froids secs qu'un pâle soleil printanier ne réussissait pas encore à réchauffer.

Ils s'étaient donné rendez-vous ici même, à 9 h 30, à Bachelard, près du stade Lesdiguière, sortie facile pour Francis depuis l'autoroute A48 en provenance de Lyon.

Francis était venu à Grenoble pour la journée, invité par les parents de Stéphane. Le jeune homme avait été surpris par l'absence, sur les lieux du footing, de la belle Odile, toujours prête à lui démontrer ses talents en toute occasion.

— Elle s'est proposée pour aider ma mère, dans les

préparatifs. C'est tellement rare que maman a voulu voir jusqu'où elle pouvait compter sur elle dans ce domaine, même si ça la dérange plus qu'autre chose.

Stéphane avait toujours la même façon de parler d'Odile et de ses rapports avec les autres, de cet air mi-amusé, mi-irrité, comme s'il parlait d'un enfant récalcitrant qu'il fallait rééduquer.

— Elle n'a pas son pareil pour agacer, mais j'ai compris comment elle fonctionne. On dirait qu'elle veut se mettre tout le monde à dos, pour l'unique plaisir de le voir peu à peu se réconcilier avec elle. C'est cet aspect frondeur qui me plaît en elle, j'ai l'impression d'un jeu, d'un test permanent où il lui faut vaincre à tout prix.

— D'après toi, signe de fragilité ?

— Les enfants terribles ne sont pas les plus cruels. Odile a de qui tenir, mais loin de sa mère elle a des chances de troquer cette arrogance qui la met en marge contre un naturel plus généreux.

— Tu me parais diablement confiant. Chassez le naturel, il revient au galop.

— Je l'aime, tout simplement, mais je fais surtout confiance au temps.

— Quels sont tes rapports avec sa mère ?

— Des plus hypocrites.

— Je suis surpris que tu aies accepté tant de compromission, cela ne te ressemble pas.

— Chacun joue ses cartes, mon vieux. A hypocrite, hypocrite et demi. Dans six mois, je libère Odile d'une mauvaise influence et constate si je me suis trompé ou non sur son compte.

— On dit que les gènes sont puissants.

— Grands dieux ! Ne me casse pas le moral ! s'exclama Stéphane en riant.

— Tu m'intrigues au sujet de sa mère, il me tarde de la rencontrer.

— Même si Annecy ne semble pas t'attirer particulièrement puisque tu n'es jamais venu nous y retrouver, il faudra bien que tu t'y rendes en septembre, car les fiançailles auront lieu là-bas.

Ignorant le léger reproche, Francis allongea sa foulée.

— On accélère pour un dernier tour ? Tu n'exagères pas un peu le portrait du monstre ?

— Elle est capable du pire. Des échos me sont parvenus, pas très flatteurs, que j'ai évité d'évoquer avec Odile. Mais ce n'est pas elle qui m'intéresse en fin de compte, alors il est inutile d'en parler.

— Et le père dans tout cela ?

— Inconnu, évaporé. Ou si tu préfères, inexistant, en tout cas sujet tabou. Le grand problème d'Odile, sans aucun doute, est d'être l'enfant d'une fille-mère.

Ils finirent leur dernier tour à bonne allure et vinrent longer l'étang pour souffler, tout en faisant des étirements. Le ciel était en train de se dégager de sa brume matinale et le soleil faisait étinceler les sommets enneigés des montagnes.

Il était presque 11 heures et demie quand, douchés et las, ils s'installèrent en soupirant d'aise dans le salon des parents de Stéphane. Ceux-ci habitaient un appartement de la rue Ampère, à deux pas des anciennes usines Cémoi. C'était un couple de quinquagénaires tranquille, aux propos sages, heureux de retrouver leur fils pour quelques jours et contents de recevoir son ami, qu'ils appréciaient pour l'avoir déjà rencontré et trouvé sympathique. Odile, quant à elle, avait accueilli Francis comme d'habitude, avec une ironie à peine dissimulée, après lui avoir glissé qu'elle le trouvait « ma foi, craquant » ce jour-là, habillé de noir de la tête aux pieds.

Elle-même était vêtue d'un pantalon de cuir noir moulant, d'un pull-over jaune, et était chaussée de bottines à talons effilés. Son maquillage et sa coiffure au roux agressif complétaient le tableau. Il aurait suffi d'un déhanchement supplémentaire ou d'un chewing-gum mâché la bouche ouverte pour friser le vulgaire. La conversation glissa d'une manière courtoise sur des sujets anodins, à travers lesquels Francis crut décrypter un certain agacement des parents de Stéphane, dont leur future belle-fille devait être la cause.

A table, il se retrouva à la droite de la jeune fille. Il fut soulagé. Mais elle réussit à deux reprises – une première fois en faisant tomber sa serviette pour la ramasser et une seconde fois en se penchant pour frotter une démangeaison imaginaire – à lui caresser la cuisse. Il ne lui autorisa pas une troisième tentative. Dès la seconde, il se pencha à son tour et vint lui pincer méchamment le mollet. Ce fut le déclenchement des hostilités.

— Ne trouvez-vous pas que notre ami Francis est bien mystérieux ? Depuis le temps qu'il nous parle de son amie... nous n'en avons jamais vu le museau.

Le silence qui accompagna sa déclaration aurait dû l'inciter à se taire, mais c'était mal la connaître.

— Un beau garçon comme lui ne devrait pourtant pas se retrouver célibataire si longtemps.

Ces propos, tenus dans une conversation jusque-là conventionnelle, laissèrent tout le monde hésitant.

— Tu nous connais assez maintenant pour te laisser aller à des confidences, fit-elle en se tournant vers Francis, avec une drôle d'expression sur le visage. Pas de petite amie, parce que... ?

Seul Francis conservait un calme serein, alors que les

autres avaient arrêté de manger et conservaient la tête baissée, inexplicablement gênés.

— Je voudrais savoir si j'ai bien deviné, insista la jeune femme, un sourire gourmand sur ses lèvres rouges.

— Tu ne crois pas que tu exagères, Odile ? fit Stéphane.

— Exprime ta pensée, suggéra Francis, tout sourire, en se tournant vers elle.

— Je pense que tu es homo, même si tu n'en as pas les manières.

— Odile !

— Odile !

— Odile !

Les trois exclamations fusèrent en même temps, sur des registres différents.

La jeune fille éclata de rire devant les mines déconfites.

— Ne jouez pas les vierges effarouchées, je n'ai rien dit d'obscène quand même ! Je plaisantais. Regardez notre Francis, se faire traiter de pédé ne l'affecte pas outre mesure.

La mère de Stéphane se leva, la mine offensée, et se rendit dans la cuisine d'où on l'entendit s'affairer à grand bruit. Le père resservit tous les verres, comptant sur ce geste pour oublier l'affront de sa future bru. Stéphane, les lèvres serrées, regardait sa fiancée d'un air mécontent. Seul Francis continuait à manger, un sourire en coin, comme si les choses autour de lui ne le concernaient en aucune façon. Le silence revint, avec un apaisement relatif, et le repas se poursuivit comme si de rien n'était. Le même sourire ne quittait pas ses lèvres et ses propos étaient si naturels, s'adressant aussi bien à Odile qu'à tout le monde, que, petit à petit, chaque convive se détendit.

Odile sut attendre son moment pour prendre Francis à

part. Cela se fit sur les quais de Grenoble, juste avant que tous trois n'embarquent dans les bulles qui allaient leur faire franchir l'Isère pour les emporter à la Bastille, colline historique sur laquelle couraient les fortifications qui protégeaient autrefois la cité grenobloise.

— Alors ? Ai-je vraiment une intuition du tonnerre, mon chou ? fit-elle dès que Stéphane se fut éloigné pour aller prendre leurs billets.

Odile se mordait les lèvres pour étouffer son envie de rire. Pour la première fois depuis qu'ils se connaissaient, Francis lui répondit, l'œil et la voix aussi aiguisés qu'un couperet :

— Si tu penses que c'est la raison pour laquelle je ne réponds pas à tes avances, tu as tort. Je n'ai pas de petite amie, non pas parce que je suis homosexuel, mais parce que je ne voudrais en aucun cas tomber sur une garce comme toi. Pour l'heure j'attends la femme idéale, celle qui entrera dans mon cœur par la grande porte, pas avec des moyens de pute en mal de séduction. Les filles comme toi...

— Les filles comme moi ?

— ... Ne me font ni chaud ni froid.

Le sourire d'Odile avait viré à la moue sarcastique.

— Je ne pense pas que...

— Je me fiche bien de ce que tu penses, l'interrompit-il sèchement, j'ai toujours été persuadé qu'avec des filles de ton genre il n'y avait que deux solutions.

— Je suis tout ouïe, ironisa Odile qui avait néanmoins perdu ses grands airs.

— Soit je tombe dans ton jeu et tu me balances dès que tu en as terminé avec moi, c'est-à-dire le soir même, parce que ton unique but est de tester ton pouvoir. Soit tu t'offusques de mes refus à répétition et, superbement vexée, tu fais en sorte de m'expédier en enfer, quitte à monter tout un scénario afin de me faire passer aux yeux de Stéphane pour le parfait salaud.

— Tu as une sacrée opinion des femmes ! s'exclama Odile, après avoir émis un long sifflement.

— Ce sont des filles comme toi qui m'ont inspiré !

— Alors, si je suis ton raisonnement, je n'ai plus que le choix de la deuxième solution.

— Epate-moi ! Trouves-en une troisième !

Comme par enchantement, Francis retrouva un sourire radieux. Désarçonnée, Odile ne trouva rien à lui répondre et demeura muette durant une grande partie de l'après-midi. Pourtant, le fabuleux panorama sur la capitale des Alpes et sa couronne de montagnes aurait dû lui délier la langue qu'elle savait activer à tout propos. Si Stéphane mit son silence sur le compte de sa maladresse de midi, il n'en montra rien, mais celui de Francis le convainquit que son ami éprouvait un amour identique au sien pour l'espace et la nature. A chacun de leurs arrêts pour admirer le décor, son regard se portait sur la Chartreuse et Belledonne, sur le Vercors et les Ecrins, avec cette part de nostalgie propre aux rêveurs, ce désir d'appartenance à l'univers, cet oubli de tout pour se fondre dans les éléments. C'était lors d'instants comme celui-ci que Stéphane ressentait une fragilité chez son ami, lorsque ce dernier se mettait à l'écoute du grand silence.

16

Dijon (Côte-d'Or), le 25 avril 2002

Sans prendre garde aux feux, la femme traversa la chaussée, la tête baissée, comme absorbée dans de lourdes réflexions. Un automobiliste la klaxonna avant de lui faire un geste obscène et de relancer le moteur de son Audi, un autre se frappa le front de l'index, après avoir donné un coup de volant.

Parvenue de l'autre côté du boulevard, la frêle silhouette, enserrée dans un imperméable trop mince pour la saison, marqua un temps d'arrêt sur le trottoir glissant avant de poursuivre son chemin. A son allure presque fatiguée, on aurait dit que la femme accusait bon nombre d'années, alors qu'elle avait à peine dépassé les quarante ans. Elle paraissait marcher sans but dans la ville de Dijon par cette soirée froide et mouillée. Et pourtant, elle poursuivait un itinéraire connu, emprunté des centaines de fois. Chaque jeudi, à la même heure, une sorte de devoir, en tout cas un besoin, la faisait se rendre à l'église Notre-Dame, où son âme, certainement, se déchargeait de remords trop lourds à supporter.

Les rues étaient presque désertes, la plupart des magasins avaient fermé leurs portes, il était déjà tard. Les pavés luisaient sous la lueur jaune des lampadaires, et chaque passage de voiture s'accompagnait d'un chuintement. Les rares promeneurs se hâtaient sous la pluie fine. Pourtant, un observateur attentif aurait compris que l'un d'eux avait adopté l'allure de la femme qui le devançait de quelques dizaines de mètres.

Sans rien remarquer, la femme s'engagea dans la rue de la Chouette, passant devant la maison Millière dont la façade à pans de bois donnait à la rue une physionomie particulière, et l'hôtel de Voguë, typique de l'époque classique. La Jacquelinette du jacquemart sonna le quart de 19 heures. La femme pressa le pas, l'entrée de l'église était proche. Des travaux avaient cours sur les façades de l'édifice et d'immenses échafaudages disparaissaient sous de grandes bâches vertes qu'il lui restait à longer pour atteindre son but.

L'homme derrière elle disparut comme par magie entre deux lourdes tentures superposées.

A cent lieues d'imaginer l'étrange manège, la femme s'apprêta comme à l'accoutumée à effleurer de la main gauche la chouette sculptée à même la pierre dans le flanc de l'église ; geste superstitieux, s'additionnant à des centaines de milliers d'autres depuis des siècles, qui avaient poli l'animal – fétiche des Dijonnais –, le temps d'émettre un vœu furtif.

Elle n'acheva pas son mouvement. Quelque chose de monstrueusement dur s'abattit sur sa tête, l'expédiant instantanément dans le néant.

Le père Fourrier attendrait en vain Michèle Mange, sa visiteuse du jeudi, fidèle par tous les temps, qui remontait habituellement l'allée silencieuse jusqu'à la nef où elle s'agenouillait pour prier.

Le père connaissait de cette brebis perdue le lourd secret échappé un jour de confession, et il savait que ni les Ave, ni les Pater, ni le temps n'allègeraient jamais son péché.

17

Le 25 avril 2002

L'homme avait longtemps roulé en pleine nuit avant d'arrêter son véhicule à l'endroit habituel.

Ici, le silence était total. Un léger vent froid, en provenance du lac, balançait faiblement les branchages qui se faisaient un nouveau feuillage. L'air sentait bon le printemps. De ses longs doigts argentés, la lune caressait la Tournette toujours enneigée, la parant d'un reflet irréel. L'homme arrêta sa marche silencieuse et leva la tête vers les montagnes qui avaient accompagné son enfance, ces monts qui faisaient partie de ses souvenirs, de ses joies comme de ses chagrins, dont il avait gravi les flancs au temps du bonheur. Mais rien ne vint remuer son cœur. Le seul émoi auquel il se laissait aller était celui qui l'étreignait ici, dès qu'il franchissait le seuil de la chambre, vers laquelle il s'approchait maintenant à pas de loup.

Il savait que l'invalide l'attendait. Il ne pouvait le faire patienter davantage.

Le loquet de porcelaine blanche tourna lentement, et la lourde porte pivota sans bruit sur ses gonds.

La veilleuse délimitait à peine les ombres, guidant les

pas du visiteur. Le malade était couché sur le dos, ses bras décharnés le long du corps, par-dessus les couvertures. La paupière paralysée, constamment ouverte sur un œil terne même lorsque son propriétaire dormait, ne le surprenait plus. Il avait appris à voir l'infirme au-delà de ses traits ravagés. La respiration était régulière. L'ardoise et la craie se trouvaient à leur place habituelle. Une douce chaleur était diffusée par un radiateur à huile.

A part un bouquet de jacinthes à la senteur forte qui ornait aujourd'hui la table de chevet, rien ne changeait d'une visite à l'autre. Ici, le temps paraissait suspendu. Seuls les traits de l'infirme se creusaient, sa peau se fripait et jaunissait, ses cheveux s'effilaient, signes du temps qui passait inexorablement.

L'homme hésita à peine. Une douce pression sur la main diaphane eut l'effet désiré. La paupière saine frémit et se souleva. L'œil valide se mit à briller et les doigts bougèrent sous la main protectrice pour tenter de s'y accrocher. L'homme glissa doucement ses doigts entre ceux de l'infirme, raidis et tordus. Prévisible, un immense espoir se concentra dans la pupille dilatée, tandis que la poitrine se soulevait à un rythme plus rapide. Et l'œil unique se fixa sur le calendrier qui lui faisait face, avant de revenir sur son visiteur, qui hocha la tête. Ce simple geste insuffla un regain de vie au corps ravagé. La pression des doigts se fit plus forte, un soupir souleva le thorax durant un temps interminable, avant de se transformer en une longue expiration, et une larme déborda de l'orbite, déversant à la fois toute sa joie, sa haine, sa peine.

Les deux hommes restèrent immobiles, à se regarder dans un silence religieux. Tant de mots inexprimés passaient entre eux, chargés d'émotion, qu'il leur suffisait de rester ainsi, de laisser ces fils invisibles les relier l'un à l'autre pour renouer avec le temps béni.

Ce n'était plus le corps handicapé que regardait le visiteur, mais le corps fort et athlétique de cet autre qui lui avait donné la vie et l'amour. Le fils retint l'envie folle de prendre le corps atrophié de son père entre ses bras, de le soulever pour l'amener jusqu'à la fenêtre afin qu'il voie les reflets de l'eau miroiter sous les rayons lunaires, à travers les arbres centenaires. Cette eau qui l'avait amputé de la moitié de son cœur, mais qui avait aussi été un témoin privilégié de son bonheur.

18

Talloires, printemps 1980

Georges Socrate était dans la cour de son école et avait mis un genou à terre pour refaire le nœud de ses chaussures. Alors qu'il était sur le point de se relever pour rejoindre les autres enfants qui rentraient dans la salle de classe, une forte bousculade l'envoya s'étaler contre un mur. Sonné, ne réalisant pas ce qui lui arrivait, Georges porta la main à son front qui venait de cogner la pierre. Il la ramena rougie de sang et entendit à ce moment dans son dos :

— Alors, comme ça, ton père a fait une grosse connerie à son lycée ?

Georges, en se retournant, se retrouva nez à nez avec Philippe, un camarade d'un an plus âgé qui habitait à quelques centaines de mètres de chez lui, mais avec lequel il n'entretenait pas de relations amicales. Jusque-là, les deux garçons s'étaient tacitement ignorés.

— Il fait moins le fier maintenant, il se cache dans sa maison.

Georges sentait le sang tiède couler le long de sa tempe. La poitrine oppressée, il ignora le garçon et entreprit d'aller voir le maître de CM1 pour se faire soigner, mais Philippe le bouscula une nouvelle fois méchamment.

— Quand je pose une question, j'aime bien qu'on me réponde.

Ce fut plus fort que lui. Enervé, souffrant de la tête et dans son cœur, Georges se rua sur son agresseur qui le dépassait d'une bonne vingtaine de centimètres. Le gamin se retrouva sur les fesses, son bonnet de laine de travers, le souffle coupé.

— Et moi je ne réponds qu'aux gens polis ! s'écria Georges qui sentait trembler tout son corps. Et tu ne sais même pas de quoi tu parles !

— Tu sais ce que ton père a fait aux filles de sa classe ? lança l'autre avec un mauvais sourire tout en se relevant.

Quelque chose mit en alerte l'esprit de Georges. Il aurait voulu ne pas entendre, il en était certain !

— Bien sûr ! fit-il crânement, les yeux enfoncés comme des lames dans ceux de son adversaire.

— Il te l'a dit, peut-être ?

— Parfaitement !

— Il t'a dit qu'il est un violeur ?

— Mais oui !

Le souffle court, Georges tourna les talons, laissant l'autre plus que perplexe.

Le soir, il ne sut pas dire l'exacte vérité à ses parents. Il avait fait une chute, tout seul, bêtement : version qu'il avait déjà servie au maître d'école. Mais les regards bienveillants et inquiets posés sur lui captèrent son malaise. Eugène hocha la tête à plusieurs reprises alors qu'Elisabeth perdait ses couleurs. Son père partit sur-le-champ pour l'école.

Elisabeth installa Georges sur la table de la cuisine, comme lorsqu'il revenait les genoux et les mains écorchés après une chute à vélo, et souleva délicatement le sparadrap pour examiner la blessure. La pâleur de son fils, son regard qui contenait tant de désespoir la bouleversèrent. Elle l'entoura de ses bras, et se mit à caresser ses cheveux tout en lui murmurant :

— N'écoute jamais quelqu'un te dire du mal de ton père, mon amour. Jamais !

— ... C'est quoi, un violeur, maman ? demanda Georges d'une drôle de petite voix.

Elisabeth enfouit son visage dans les courtes boucles dorées, retenant un sanglot, et réussit à répondre :

— Si tu veux avoir la meilleure définition qui soit, nous allons interroger le cousin Robert. Qu'en penses-tu ?

C'était une plaisanterie à eux pour parler du dictionnaire, mais Georges secoua la tête et garda les yeux baissés.

— ... Tu connais la définition.

— Violer, c'est ne pas respecter ses promesses, c'est enfreindre des lois ou des règles. C'est aussi ouvrir une sépulture, un tombeau sacré. Violer le domicile de quelqu'un, c'est y entrer de force. Tu comprends la définition de ce mot ?

— ... Et quand il s'agit des filles ?

L'enfant n'avait toujours pas relevé les yeux, adoptant malgré lui unc attitude coupable. Elisabeth souleva son petit menton, l'obligeant à la regarder, et lui sourit affectueusement.

— Qu'est-ce qu'on t'a exactement raconté, mon cœur ?

— ... Que papa était un violeur.

— Alors cela voudrait dire que ton père a abusé d'une jeune fille, qu'il lui a imposé sa volonté, l'a obligée à... faire des choses qu'elle aurait refusé... Tu comprends ?

Georges ne comprenait pas vraiment, mais il en devinait

suffisamment pour savoir qu'il ne voulait pas en apprendre davantage. Des photos avaient circulé en cachette un jour dans la cour de l'école, des nus de femmes accompagnés de sarcasmes de garçons se vantant d'être initiés à la « chose ».

Georges regrettait presque ses questions, il avait maintenant peur de ce qui le dépassait.

— J'ai une immense confiance en ton père, mon chéri, poursuivit sa mère en le câlinant. Tu l'imagines abuser d'une jeune fille ? Il est bien trop respectueux de ses élèves pour leur imposer des choses contre leur gré. Ton père est un homme merveilleux, qui s'est laissé lui-même abuser par une menteuse. Le temps qui passe devrait permettre à cette jeune fille inconséquente de réfléchir et de revenir sur ses accusations. Tu vois, c'est tout le contraire qui s'est produit, mais il y a des gens qui, ne sachant rien, colportent de faux bruits, pour le seul plaisir de faire du mal. Ces bruits, on les appelle la rumeur. La rumeur est terrible, mon petit, terrible, elle n'apporte généralement que du chagrin à ceux qu'elle touche. Il faut être très courageux pour la surmonter sans en être profondément blessé.

Les vacances de Pâques débutant quelques jours plus tard, il fut entendu que Georges ne retournerait en classe que mi-avril. D'ici là, les choses auraient probablement eu le temps de se décanter.

Mais, à deux jours de là, un autre événement, dont Georges fut écarté, aggrava les choses et décupla son angoisse. Les coups de fil recommencèrent et l'énervement de ses parents s'accentua, mais tout se fit en cachette. Et les jours défilèrent, ancrant la peur dans le cœur de Georges.

Georges se doutait bien que sa mère pleurait, car ses yeux étaient souvent rouges. Le faux prétexte d'un rhume ne leurrait pas l'enfant qui renforça sa surveillance. Quand Eugène n'allait pas voir le monsieur qu'ils appelaient l'avocat, il avait l'air de passer tout son temps dans son bureau, à répondre d'une voix de plus en plus sourde aux appels incessants.

Ce jour-là, Georges l'entendit s'emporter et en éprouva un profond désarroi. Jamais il n'avait entendu son père s'exprimer de la sorte. Il ne l'avait d'ailleurs jamais vu, une seule fois, se mettre en colère. Les mots franchissaient l'épaisse porte en noyer, comme autant de coups portés à l'interlocuteur invisible :

— Si votre fille maintient cette version, je vous jure que… ! Non, je ne vous menace en aucune façon ! C'est vous-même qui me menacez, monsieur Cottet ! Et dites-vous bien que… ! Et merde !

Le téléphone avait été raccroché si brutalement que Georges crut entendre éclater le socle de plastique noir.

Eugène Socrate avait passé encore plus d'une heure dans son bureau, avant de revenir dans le salon où Georges et sa mère donnaient la fausse impression d'être absorbés par leur lecture.

— Je sors un moment, fit Eugène sans les regarder, en se dirigeant vers la porte.

Il avait enfilé un blouson.

— Je viens avec toi, papa ? demanda Georges en sautant de son fauteuil.

Mais son père, pour la première fois de sa vie, secoua la tête en signe de refus, hésitant à porter le regard sur lui.

— Pas maintenant, Georges, je serais une bien piètre compagnie. J'ai besoin de marcher seul, il me faut réfléchir.

Georges eut mal quelque part dans la poitrine, mais n'en montra rien et se contenta d'acquiescer comme un petit garçon bien sage tout en se réinstallant dans le siège. Il savait que cela ne suffirait pas à faire revenir la belle insouciance dans la maison, mais il se contentait de rester le plus naturel possible pour ne pas compliquer les choses. Sans comprendre le drame que vivait son père, il voulait le protéger à tout prix, et sortir sa mère de la souffrance dans laquelle il la sentait s'enliser.

Quand il en eut assez de faire semblant de lire, il alla se promener vers la cuisine où Anna faisait cuire une ribambelle de petits gâteaux, et tenta sa chance :

— Vivement que papa voie ce juge et retourne à son lycée.

— Il l'a vu le juge, mon trésor. Maintenant c'est la confrontation avec son accusée que l'on attend. Mais je ne sais pas...

— Quoi, Anna ? fit Georges d'une manière insouciante, en se saisissant d'un biscuit tout chaud posé sur une serviette.

Anna essuya ses mains enfarinées sur le devant de son tablier avant de s'empresser d'oublier la question du petit. Un regard en direction de la fenêtre lui fit suspendre son geste. Georges vint à ses côtés et ses yeux virent ce qu'elle regardait avec tendresse : son père et sa mère blottis l'un contre l'autre sur un banc de pierre au bord du lac, la chevelure blonde de sa mère étalée sur l'épaule de son père.

Elisabeth avait attendu le départ de son fils pour aller rejoindre son époux sur la berge. Georges ressentit un deuxième petit pincement au creux de la poitrine en se sentant exclu du trio familial. Il enfourna trois gâteaux successifs dans sa bouche, en mit trois autres dans sa poche et se sauva avant qu'Anna ne réagisse en essayant de l'en empêcher.

Il s'approcha de ses parents, en courant, la main ouverte sur ses présents.

— Ils sortent du four.

— Merci, mon chéri, fit sa mère en lui caressant la joue. Tu aurais dû mettre ta veste, tu vas prendre froid.

Son père ne dit rien mais le prit sur ses genoux, le cala contre sa propre chaleur et rabattit les pans de son blouson autour de son corps. Puis il croqua la pâtisserie en silence. Georges se sentait bien dans ces bras protecteurs. Il leva la tête, trouva que le regard de son père était plus sombre qu'à l'ordinaire, sous un sourcil plus sévère aussi. La bouche même avait un pli inhabituel d'amertume. Eugène fut troublé par l'examen de son fils et lui sourit, effaçant d'un seul coup toute vilaine trace de contrariété pour retrouver ses beaux traits rassurants. Ils restèrent ainsi tous trois plongés dans leurs pensées, à écouter le doux clapotis de l'eau à leurs pieds. Et puis Georges n'y tint plus :

— Tu vas retourner le voir bientôt, ce juge ?

— Après-demain, répondit son père calmement.

— Et après ? Tu vas au tribunal ?

— On n'en est pas encore là, mon fils.

— Papa, si cette fille continue à mentir, qu'est-ce qui va se passer ?

Il sentit contre son dos la forte poitrine de son père se remplir d'air et eut très peur du silence qui s'éternisait.

— Si cette fille continue à mentir, dit enfin son père avec un petit rire sans joie, nous irons lui tirer les oreilles. Tu n'as pas d'inquiétude à avoir.

Mais comment Georges, petit enfant de dix ans à l'intelligence vive, aurait-il pu évacuer d'un claquement de doigts cette peur, née ce fameux 25 janvier qui avait ébranlé l'édifice paternel ? Le ton même d'Eugène, qui perdait avec lui l'accent de vérité, l'incitait à ne pas le croire. Les demi-vérités ne convenaient pas à Georges. Les mauvaises réponses l'affectaient terriblement. A cause de celles-ci, sa prescience lui soufflait qu'il assistait, impuissant, à l'effondrement de son héros.

Georges repartit à l'école, et il lui sembla que tous les écoliers avaient perdu de leur naturel avec lui. La leçon avait été faite, à n'en pas douter, pour qu'on le laisse tranquille. Des regards le suivaient, des murmures lui parvenaient – venant surtout des CM1 –, Philippe feignait de l'ignorer mais ne pouvait s'empêcher de ricaner sur son passage. Même le maître avait l'air de le considérer comme un convalescent et se montrait trop complaisant à son égard.

Georges conserva un entrain factice au milieu d'une ambiance familiale de plus en plus tendue. Mais il passait ses nuits à tourner inlassablement dans son lit, écoutant les bruits en provenance de la chambre de ses parents. Conscient de son manque d'information, de son manque de compréhension des choses, il redoutait le drame qui risquait de se jouer dans les prochains jours.

19

Yenne, le 29 avril 2002

En rentrant à Yenne, dans l'après-midi du 29 avril, après quelques jours d'absence, Pierre regarda longuement les volets fermés chez ses propriétaires. Il n'avait pas revu sa jeune voisine depuis plus de trois semaines. Si Pâques était tombé le 31 mars en cette année 2002, les vacances scolaires de la zone A avaient eu lieu du 7 au 21 avril, temps que Marie avait passé à Dijon chez sa mère.

L'appartement était froid, mais Pierre, insensible à la température, était pieds nus, comme à son habitude. Son épais col roulé gris, aux taches de peinture indélébiles, frottait contre un cou mal rasé. Il venait de poser son dernier ouvrage sur le chevalet et reculait pour l'examiner d'un œil critique. Il lui avait manqué quelques heures de lumière pour terminer sur place la célèbre Dent, sommet réputé de la chaîne de l'Epine, aussi acéré qu'une canine. Puisque la météo prochaine se déclarait pessimiste, il allait finir de mémoire le roc qui dominait le lac du Bourget.

Il se mit au travail, tout en repensant à ce promeneur solitaire qui s'était arrêté pour apprécier son coup de pinceau, et qui venait de lui raconter la légende de la Dent du Chat. Sans se soucier de le déranger, l'homme lui avait parlé tout en fumant sa pipe en écume, faisant de grands gestes avec le bras : « On dit qu'un pauvre pêcheur, depuis des jours et des jours, rentrait bredouille de sa pêche au lac, pourtant réputé poissonneux. Il se mit alors à implorer le ciel, promettant de rejeter à l'eau le premier poisson attrapé, offrande qui devrait lui assurer par la suite une bonne pêche. A peine eut-il prononcé ces mots, qu'un énorme poisson mordit à sa ligne. Il était si beau que notre pêcheur éprouva soudain trop de peine à le remettre à l'eau, prétextant qu'il y rejetterait le suivant. Il attrapa alors un poisson encore plus appétissant que le premier. Allait-il tenir sa promesse ? Le bougre s'en garda bien et fit une troisième tentative. Cette fois, il sortit de l'eau un énorme chat noir, qui se précipita sur les deux poissons et les dévora avant de bondir et de se sauver jusqu'au col que l'on appelle, depuis, le "Col du Chat". Devenu énorme, ce chat se mit à terrifier tous les voyageurs qui passaient par là, car il en laissait toujours passer neuf avant de dévorer le dixième. Inutile de dire que dans le pays on tenait les comptes avec une précision extrême afin de ne pas franchir le col en dixième position. Voici qu'un jour, alors que neuf personnes avaient déjà emprunté le périlleux chemin depuis la dernière victime, un soldat, venant de Yenne pour aller au Bourget, ou l'inverse, peu importe, un soldat qui connaissait en tout cas les habitudes du chat demanda, avant de s'aventurer dans le passage, combien de personnes étaient passées devant lui. Quand il apprit qu'il était le dixième, il hésita bien un peu, mais pressé de retrouver sa fiancée, il prit le risque. On dit que le combat fut si rude qu'on en entendit le bruit jusqu'à Chambéry ! Mais le chat, véritable fléau de la région, fut tué, et son corps dégringola jusque dans le lac du Bourget ! » Le promeneur avait doucement rigolé et secoué la tête en terminant son histoire, et se désintéressant soudain de son interlocuteur toujours muet, il avait repris sa descente après un dernier coup d'œil au roc de calcaire dont la couleur changeait d'heure en heure.

Pierre avait travaillé en perdant conscience du temps. Un coup d'œil à la fenêtre maintenant noire, et un autre à sa montre, le décidèrent à aller à la cuisine pour préparer une omelette aux lardons. L'aménagement des lieux était des plus succincts mais lui suffisait : il n'était pas ici constamment ni de façon régulière. Sa vie d'ailleurs intriguait les gens du coin, installés là pour la plupart depuis toujours. « C'est bien un artiste, allez. Toujours par monts et par vaux, pas de vie de famille. » « Un marginal, qui cause peu. » « J'en ai connu un, de peintre, autrefois. Sont sensibles ces gens-là, et ils ont la tête ailleurs. » « En tous les cas, il cherche pas à se lier. » On le regardait passer en jetant un œil indiscret sur le véhicule encombré de son attirail de peintre, ou bien on le saluait silencieusement de la tête quand on le croisait à la boulangerie. Les femmes n'étaient pas insensibles à son charme, mais son regard froid les tenait à distance.

A 23 heures, Pierre entendit un véhicule s'arrêter, des portières claquer. Il regarda par la fenêtre de la cuisine et vit, à la lumière des lampadaires, ses propriétaires qui rentraient chez eux.

Le lendemain matin, il ne cacha pas son étonnement de voir Marie sur le pas de sa porte.

— Pas d'école aujourd'hui, jeune fille ?

Marie, sans répondre, fit un signe négatif de la tête, et s'avança sans être invitée à entrer. Son visage était pâle et tiré. Pierre s'écarta.

— Que se passe-t-il ?

— Ma mère est morte. On l'a enterrée hier.

Ce disant, Marie éclata en pleurs et s'abattit contre sa poitrine.

Un pesant silence s'installa, à travers lequel les sanglots exprimaient toute la douleur de la jeune orpheline. Pierre ne savait faire autre chose que lui caresser les cheveux en attendant qu'elle s'apaise. Cela dura longtemps. Marie semblait se reprendre, se calmer, et puis une nouvelle vague de chagrin l'assaillait et les sanglots reprenaient, plus forts encore. Enfin, Pierre put la détacher de lui, lui tendre une serviette en papier et la faire asseoir.

— Tu peux me raconter, fit-il doucement en lui tendant un verre d'eau.

Marie secoua la tête, incapable de parler, mais sa main ouvrit une chemise cartonnée qu'elle avait déposée sur la table. Elle en sortit une page de journal tout en continuant à laisser couler ses larmes, la lui tendit, sans commentaire, et Pierre se mit à lire l'article.

Dijon, vendredi 26 avril 2002

Un dramatique accident s'est produit hier soir, au niveau de l'église Notre-Dame. Des travaux de réfection de façades étaient en cours depuis plusieurs mois, nécessitant, par endroits, un remplacement de pierres taillées. Malgré une protection et des consignes de sécurité obligatoires, trois de ces pierres se trouvaient dangereusement entreposées sur un échafaudage, à plusieurs mètres de hauteur. Une femme, Michèle Mange, 40 ans, est morte assommée sur le coup, passant malencontreusement à cet endroit au moment où les pavés, mal arrimés, ont glissé et chuté. L'enquête en cours devrait constater un manquement aux règles et impliquer la responsabilité du maître de chantier.

Marie avait posé sa tête sur la table entre ses bras et s'était remise à pleurer à petits sanglots plaintifs.

Pierre relut l'article et resta immobile et maladroit, incapable de consoler une telle souffrance. Il savait que les grandes douleurs sont solitaires.

Quand la jeune fille fut à court de larmes, il était toujours assis à ses côtés, le visage grave. Elle le regarda et émit un pauvre sourire.

— Saleté de hasard, fit-elle, en reniflant. Tu imagines ce manque de chance ? Elle est passée à la seconde même où...

— Oui.

— Je l'avais quittée le dimanche précédent.

Pierre se contentait de hocher la tête, la laissant évacuer sa peine.

— On devrait tuer des gens aussi imprudents. Risquer la vie d'innocents en laissant un chantier dangereux, c'est révoltant !

— Oui.

— Je l'aimais, ma mère... et je ne le lui disais jamais...

Marie se remit à pleurer doucement, cachée derrière son mouchoir, centrée sur ses remords tardifs et si lourds.

— Je voudrais... je voudrais... hésita-t-elle en regardant son ami. Ça me ferait plaisir que tu peignes son portrait. Comme tu l'as fait pour moi. S'il te plaît, oh ! s'il te plaît ! Ça fera plaisir à mes grands-parents. C'était leur fille unique, ils ont tellement de chagrin eux aussi.

En même temps, elle tendait à Pierre une photo d'identité de sa mère. Il avisa le visage menu, un peu flou, d'une femme sans beauté véritable.

— Je ne suis pas sûr... commença-t-il en reposant le cliché en noir et blanc sur la table.

— Si, insista Marie en lui remettant la photo entre les doigts. Tu as bien réussi le mien.

— Non, je ne...

— Alors, je te demande juste une esquisse, tu sais si bien les faire, l'implora Marie.

— Comment le sais-tu ? demanda Pierre un peu vivement.

— J'ai vu celles que tu as entreposées dans ton carton à dessin. Je l'ai entrouvert l'autre jour.

Pierre s'était levé et restait appuyé au dossier de sa chaise, paraissant contrarié. Les larmes de Marie avaient recommencé à couler le long de ses joues, mais la jeune fille se leva à son tour, et Pierre saisit une sorte de lourdeur dans ses gestes habituellement brusques, comme une maturité nouvelle, apportée par ce coup du sort.

Marie partit sans réitérer sa demande, laissant la chemise cartonnée sur la table, la photo en évidence. Pierre mit un moment avant de se décider à la reprendre pour mieux l'examiner. Il passa un autre long moment à essayer de s'imprégner des traits figés, tout en les imaginant à jamais évanouis dans le néant. S'il n'y avait plus que ce papier au vernis glacé pour rappeler la morte, il ne saurait jamais, lui – surtout lui ! –, la faire revivre par quelques coups de crayon. Marie avait mal vu. Il ne savait – il ne voulait ! – véritablement peindre qu'un seul portrait, que ce soit au fusain ou à l'aquarelle, ou encore à l'huile. Il n'y avait qu'un seul visage dans son carton à dessin, esquissé plusieurs fois, certes, mais qui le hantait et qu'il invitait dans ses rêves. Le portrait de Marie avait été une exception, une sorte de dette payée avant l'heure... Il n'en avait tiré aucun orgueil, au contraire.

Son regard fut attiré par le document resté sur la table. La jeune fille lui avait apporté le devoir de philo qu'ils avaient revu ensemble. Un 19 sur 20 figurait en rouge en haut de la première feuille.

Pierre franchit les marches de l'échelle meunière et s'approcha du grand carton à dessin glissé derrière des toiles. Il en défit les nœuds et en sortit une dizaine de feuilles qu'il étala sur le matelas. Si Marie avait été là, elle aurait vu Pierre se perdre dans la contemplation des portraits aériens. Elle aurait pu imaginer que la femme des croquis sépia était le grand amour du peintre, de ces amours impalpables et secrètes, sublimées par l'absence. Marie aurait été jalouse du soin que Pierre prenait à déplacer les feuilles, à s'en approcher comme pour en humer un parfum imaginaire, les yeux mi-clos comme pour mieux encore s'en approprier les traits, ou pour mieux les animer.

Quand il eut nourri son esprit, le jeune homme se redressa et rangea délicatement les dessins avant de rester de longues minutes immobile, la mine sombre, devant la fenêtre qui donnait sur la chaîne de l'Epine. Enfin, lorsqu'il se décida, il n'aurait su dire ce qui l'avait emporté : charité ou hargne.

Le cliché à bout de bras, il commença par les yeux qu'il imaginait de la couleur de ceux de Marie. Il en saisit tout de suite l'ovale rond et la paupière un soupçon tombante. Il n'aimait rien dans ce visage, rien qui l'aiderait à mieux en esquisser les traits. Sa sensibilité ne partageait rien, ne percevait rien, se fermait à ce que pouvait dégager la photo. Quelque chose même le désolait d'y retrouver quelques points familiers avec la jeune fille. Il comprit alors qu'il dissociait Marie du reste... et en ressentit une curieuse impression. Pour la seconde fois, la petite fille, vilain canard en pleine métamorphose, lui apportait la preuve qu'il n'avait pas perdu toute sensibilité. Mais il eut beau persister, les traits suivants souffrirent d'imprécision et Pierre serra les mâchoires si fort qu'il en devint laid. Brutalement il traça un trait en diagonale, comme un coup d'épée qui creva le papier. Un autre coup rageur finit de lacérer l'ébauche.

Pierre arracha son pull-over taché, enfila les premiers vêtements qui lui tombèrent sous la main, des chaussures, un blouson, et quitta les lieux comme s'il les fuyait.

20

Grenoble, le 29 avril 2002

Enfin, après une longue période pluvieuse, les rues faisaient fête au soleil qui annonçait son retour en illuminant la contrée de ses rayons éclatants. L'air de Grenoble sentait bon le printemps, les enfants couraient sur les trottoirs. La neige reculait sur les flancs des montagnes. Les jours continuaient à s'allonger inéluctablement vers l'été. Les étudiants mettaient les bouchées doubles pour réussir leurs examens.

Florence, ce jour-là, rentra de la fac démoralisée. Les derniers partiels n'avaient pas aussi bien marché que les précédents.

La vision de son appartement n'arrangea pas son moral. Petit, peu lumineux, à peine réchauffé malgré ses efforts pour colmater les courants d'air, il n'était pas fait pour lui redonner courage. Et puis, surtout, il manquait la présence réconfortante de Jacques, même si celle-ci n'avait jamais été quotidienne. A présent, elle ne l'attendait plus et c'était pire. Les deux mois et demi qui venaient de s'écouler avaient été difficiles.

Elle jeta ses cours sur son bureau, soupira en ôtant sa veste et son écharpe. Il lui fallait se reprendre, oublier ses soucis et se plonger dans ses livres. Avant tout, se faire un thé brûlant. Elle fit chauffer de l'eau.

La sonnerie de la porte la prit au dépourvu. Elle n'attendait personne. Se refusant à espérer, elle s'empressa de venir ouvrir, la boîte de thé à la main. La haute silhouette de Jacques dans son blouson de cuir beige occupait tout l'encadrement ! Fugace, comme un éclair à travers son émotion, une image identique vieille de six mois traversa l'esprit de Florence et elle crut presque entendre une porte se refermer, claquée d'un coup de pied. Mais ce Jacques-là restait figé sur le seuil, gauche, un peu mal à l'aise et pourtant souriant. Elle balaya d'un coup d'humeur le petit pincement au cœur qui calmait sa joie de le revoir pour se souvenir qu'il l'avait abandonnée à un moment crucial de sa vie.

— Un thé ? fit-elle, lui rendant son sourire.

— Un thé.

Jacques ramena le bras qu'il tenait dans son dos et lui tendit un bouquet de tulipes jaunes.

— Ce sont mes préférées, dit-elle d'une voix volontairement posée mais ravie.

— Je sais.

Les choses parurent soudain plus légères à Florence. Même l'appartement lui sembla plus chaleureux, la note de ses partiels moins catastrophique. Tandis que le jeune homme s'installait sur le canapé fleuri, elle vida un pot en terre cuite encombré d'objets récupérés de-ci de-là au cours de rangements rapides, et le remplit d'eau.

— Comment vas-tu ? demanda-t-elle en disposant les tiges dans le vase improvisé.

— Et toi ? Tes examens ?

— Moi, ça va, mes examens moins bien, expliqua-t-elle en déposant le bouquet à côté de ses livres.

Un silence tomba, mais qui ne les gêna ni l'un ni

l'autre. Ils en profitèrent pour s'examiner avec tendresse. Jacques portait un nouveau pull-over, dont le violet tranchait avec sa peau claire. Ses cheveux avaient poussé et formaient une masse au-dessus du front. Il ne s'était pas rasé depuis plusieurs jours, chose nouvelle pour Florence. Cela lui donnait une autre allure. Jacques parut deviner ses pensées car il dit en se frottant les joues :

— Si tu as un rasoir...

— J'ai un rasoir, lui répondit-elle gentiment. Tu connais le chemin.

— Tu as maigri, observa-t-il en se levant.

— Un peu. Ça a été dur.

Florence ne précisa pas si cela concernait son abandon ou le décès de sa mère. Jacques hocha la tête. Le silence revint. Florence se détourna pour prendre deux tasses et les déposer sur un plateau tandis qu'il allait dans la salle de bains.

Ils se retrouvèrent en tête-à-tête comme au bon vieux temps, l'un sur le canapé, l'autre en face, assis par terre sur un coussin, le plateau entre eux. Florence refoulait les reproches qui fleurissaient naturellement au bord de ses lèvres, calmait ses faux espoirs, sentant que Jacques était revenu en ami. Etait-elle capable d'apprécier ce nouveau statut ? Il serait temps, plus tard, d'aviser. Ce soir, Jacques était là, tout allait bien. Elle appréciait sa compagnie quelle qu'elle soit. Une sorte de paix l'envahissait, qu'elle n'avait pas ressentie depuis longtemps. La tasse chaude entre les mains, elle sentait son sang se réchauffer, elle aurait souhaité retenir le temps. Elle ne voulait rien attendre d'autre de Jacques qu'il fût heureux de se sentir aussi bien qu'elle.

— Nous pourrions aller dîner en ville, lui proposa-t-il.

Elle acquiesça, le trouvant étrange. Il réapparaissait à

l'improviste, sans explication, sans discussion. On aurait dit qu'il attendait quelque chose. Mais quoi ?

Elle se leva et alla mettre une cassette dans le magnétophone.

— Un cadeau de Christine, fit-elle en appuyant sur le bouton de départ. Je te laisse écouter, le temps que je prenne une douche.

Elle résista à l'envie de lui caresser la nuque en passant près de lui.

Elle se savonna vivement, se rinça rapidement sous un jet brûlant, pressée de se retrouver face à son ancien amoureux. Le terme « ancien » la peina quand elle y songea. Elle s'habilla tout aussi vite et revint dans la pièce au moment où débutait une nouvelle chanson. Elle vit tout d'abord son visage aux yeux fermés. Pâle. Figé. Renversé sur le dossier du canapé. Avec un air de souffrance qui lui plissait le front et abaissait les coins de sa bouche. Il tressaillit et ouvrit les yeux quand il l'entendit. Florence venait de le surprendre dans une évocation pénible. Avait-elle, involontairement, empiété sur son territoire secret ?

— J'adore cette chanson, tu la connais ? demanda-t-elle l'air de rien, en s'approchant comme si elle n'attendait pas de réponse.

Mais celle-ci vint, la surprenant. Jacques n'avait jamais répondu de cette manière à ses questions.

— *You've Lost that Lovin'Feeling*, des Righteous Brothers, fit-il d'une voix grave. Une des chansons de ma mère. Elle la repassait en boucle, des heures durant, avec aussi parfois les airs de Glenn Miller. De la nostalgie pure.

Il n'avait pas changé de position. Il avait refermé les yeux, tout à l'écoute de la musique. Florence hésita à s'installer à ses côtés, le canapé étant un deux-places exigu. Laissant parler son instinct, elle s'assit sur le coussin, aux pieds de Jacques, et sans plus réfléchir, s'empara d'une grande main qui pendait. La main se laissa faire et Florence sentit son cœur déborder d'amour. La chanson dura plus de trois minutes, durant lesquelles la communion des jeunes gens fut intense.

Si dur, mais si émotif, si seul. Ainsi Florence définissait-elle Jacques, à ce moment précis, à cause de ce bouleversement surpris presque par hasard. Ce fut plus fort qu'elle, il lui fallait savoir, pour mieux comprendre.

— Parle-moi de ta mère, fit-elle à voix basse.

— ... Une femme merveilleuse, qui ne m'a pas laissé suffisamment de souvenirs.

— De quoi est-elle morte ?

— ... Maladie.

— Quelle maladie ?

— ... Cancer.

Les réponses de Jacques arrivaient lentement, presque avec effort, comme s'il hésitait à les formuler. Florence n'abusa pas et se tut, heureuse au fond d'elle-même de ce relâchement.

— Quels sont les résultats de l'enquête au sujet de la tienne ? demanda à son tour le jeune homme, en la regardant au fond des yeux.

— Suicide, répondit tristement Florence. Pour la police, l'affaire est classée. Mais sa mort me hantera toujours, avec l'impression terrible d'en être responsable.

— Tous les enfants de la terre ont pour ambition de protéger leurs parents, même si ceux-là sont au centre de situations et d'intrigues qui leur échappent.

— Je ne saisis pas...

— Ne prends pas en charge ce fardeau qui te dépasse. C'est trop cruel de se sentir responsable alors qu'on ne l'est pas.

— Mais le plus dur est de ne pas comprendre, de ne pas...

— Qui peut se vanter de comprendre autrui ?

Florence avait senti l'irritation croître au fil des mots, mais ces derniers, ainsi que leur ton, l'offusquèrent. Que Jacques tentât de la défaire d'une façon si impersonnelle de son sentiment de culpabilité la décevait.

— Tu ne pourras jamais comprendre, fit-elle en soupirant et en lâchant sa main.

— Ah oui ? rétorqua-t-il d'un ton railleur qui la blessa.

Elle le regarda, incertaine. Tant de sentiments complexes semblaient pourtant se bousculer derrière le large front... Elle était presque sûre que ce désordre démentait la neutralité des propos... ou bien alors elle se laissait abuser par un parfait simulateur. Fourbes, les affirmations – les accusations ! – de Christine vinrent lui polluer l'esprit. Elle les chassa d'un coup, contrariée soudain par son amie, décrétant que l'exaspération de Jacques était le signe d'un bouleversement. N'avait-il pas toujours caché ses véritables sentiments, pour ne pas céder à la faiblesse ?

Et elle eut ce geste, à la fois si gracieux et si léger, de rejeter ses longs cheveux blonds en arrière. Les yeux de Jacques devinrent plus doux, ses traits se détendirent.

— Tu n'y es pour rien en ce qui la concerne, écoute ton père, ajouta-t-il gentiment.

Un court instant, elle entrevit de la tristesse, enfouie dans le regard au-dessus d'elle, à moins que ce ne fût le simple reflet de la sienne. Des larmes venaient d'avoir évoqué la morte, partie pour toujours avec ses secrets, des larmes contre lesquelles elle ne pouvait lutter. Elle prit conscience que Jacques la regardait comme s'il étudiait le cheminement de sa souffrance à travers son visage. Et lui-même, à mesure, s'attendrissait comme il ne l'avait jamais fait, tant et si bien qu'elle eut l'idée absurde qu'il ne la voyait pas, elle, mais une autre. Troublée, elle n'osa rompre le charme. Les larges mains vinrent en coupe se refermer sur ses joues, et ses yeux fouillèrent les siens jusqu'à ce qu'elle perde la notion des choses. Jacques se pencha encore et lui prit les lèvres avant de se relever en la soulevant dans ses bras, léger fardeau dont la poitrine se serrait si fort qu'elle en était douloureuse.

Jacques déposa Florence sur le lit et, pour la première fois, lui fit l'amour avec une telle douceur qu'il ne pouvait y avoir dans son cœur et son esprit que le désir simple de l'aimer. Il la regardait, se livrant tout entier à elle, alors que tant de fois il avait gardé les yeux fermés en l'aimant.

Quand ils émergèrent de ce monde, Florence se dit que la suite des événements importait peu. Jacques venait de lui démontrer ce qu'il ne savait avouer. Florence était femme de douce obstination, capable de patienter longuement dans l'ombre pour amener l'autre à la confiance.

Elle tira le couvre-lit sur eux et elle s'appuya sur un coude pour le regarder avec amour. Ses doigts légers se mirent à suivre les griffures qui contournaient le dessous du sein gauche. Elle allait l'interroger sur la signification de ces marques étranges, à la fois parallèles et emmêlées. Il l'en empêcha, s'emparant de sa main et la serrant juste assez fort pour qu'elle comprît la menace. Trop tôt. Le loup solitaire contrôlait encore ses secrets. Florence sourit et vint déposer un baiser sur les doigts qui emprisonnaient les siens.

— J'ai vu mon arrière-grand-mère, le jour de Pâques, à Annecy, commença-t-elle, les yeux baissés. Une adorable petite vieille dame de quatre-vingt-dix-huit ans, à la mémoire si morcelée que les autres disent qu'elle est dérangée. C'est elle qui avait dit à mon père que ma mère, lors de sa première tentative de suicide, payait pour ses erreurs de jeunesse, tu te souviens ?

Jacques garda le silence mais Florence le savait à l'écoute. Il avait relâché sa main, mais gardait la sienne à plat sur ses cicatrices.

— Je l'ai interrogée. Au début, elle semblait avoir du mal à comprendre de quoi je lui parlais, et puis elle m'a tenu ce discours bizarre : « Il s'est passé des choses, à un moment. » « Quelles choses, mémé ? » lui ai-je demandé. « Des choses pas très jolies. Mon fils a été sévère, oui, trop sévère avec Anne. Et puis, l'autre, cette garce qu'il est pas permis de l'avoir pour amie... » « De qui parles-tu, mémé ? » ai-je insisté à plusieurs reprises. « ... De cette autre, cette petite garce qui arrêtait pas de venir l'enquiquiner. Je voyais bien que ça ne faisait pas l'affaire d'Anne, que ça la faisait pleurer des heures dans sa chambre. Je l'entendais bien. Ah, je me rappelle plus de son nom, et pourtant, la ville en a tant parlé. » « Parlé de quoi ? Parlé de quoi, mémé ? » J'avais beau la presser, elle semblait s'être assoupie. Et puis brusquement, elle m'a pris le bras pour m'attirer à elle et reprendre tout bas, comme si elle se méfiait d'oreilles indiscrètes : « Un beau scandale, oui ! Mais personne, dans cette maison, ne veut plus en entendre parler ! »... Qu'en penses-tu, Jacques ? demanda Florence au bout d'un long moment de silence.

— Que ton aïeule est âgée.

— Le soir même, reprit Florence, ignorant le manque de curiosité de Jacques, j'ai interrogé mes grands-parents. « Elle débloque complètement, ne perds pas ton temps avec elle sur le sujet. Ta mère a eu la vie de toutes les jeunes filles de son âge, sans plus ni moins de tourments. Un scandale ? Ma foi, pas plus de scandale ici qu'ailleurs.

La mémé mélange tout. Mais sachant que nous lui avons tu la terrible nouvelle, demande-lui donc quand elle a vu Anne pour la dernière fois, tu seras fixée. »

— Tu l'as fait ? questionna Jacques, la tête sur un coude replié. Qu'a-t-elle répondu ?

Florence baissa le front, au bord des larmes.

— « Ma petite Anne ? Bien sûr, elle était là hier soir, elle m'a promis de repasser bientôt. »

21

Grenoble, juillet 2002

On était en plein été, un dimanche en fin d'après-midi. Le soleil écrasait la ville d'une chaleur lourde et inconfortable. Les Grenoblois se terraient derrière leurs persiennes en faisant des courants d'air dans les appartements. D'autres, pour échapper à la fournaise, étaient allés chercher un peu de fraîcheur à la campagne, en montagne ou au bord des lacs environnants. Les itinéraires étaient variés et répartis autour de Grenoble pour découvrir la fabuleuse diversité des paysages dauphinois : vallonnements du Trièves, secrète forêt de Chartreuse, profondes vallées de l'Oisans couronnées de hautes cimes et de glaciers, mamelons boisés du Chambaran, réserve naturelle – la plus grande de France – sur les hauts plateaux du Vercors. Les amoureux de la nature avaient de quoi faire, les amoureux d'histoire aussi : ne dit-on pas que le Grésivaudan, « boulevard des Alpes », est la « Vallée aux cent châteaux » ?

Mais si une partie de la ville s'était déplacée sur les abords des chemins ou des étangs, Christine et quelques amis s'étaient retrouvés dans la capitale du Dauphiné pour la journée et sirotaient une boisson glacée à la terrasse ombragée d'un bar, place du Tribunal. Ils avaient chaud et regrettaient de n'être pas allés au bord d'une piscine ; les filles s'éventaient avec des mouchoirs, les garçons hésitaient à quitter leur tee-shirt. L'un d'eux, un nerveux au teint mat, tentait de les persuader d'aller cet après-midi même au Megazone, nouvelle salle de jeu laser récemment ouverte à Grenoble, dont la publicité avait intrigué les garçons.

— Une arène de plus de cinq cents mètres carrés, un labyrinthe truffé d'obstacles, d'effets sonores et visuels, expliquait le garçon pour stimuler les filles plutôt amorphes. C'est à deux pas d'ici, rue Ampère.

— Je n'aime pas ces jeux de pistolets, commenta l'une d'elles. Et puis, s'enfermer par cette chaleur...

— Un de mes potes y a joué la semaine dernière, c'est plus un jeu d'adresse et de stratégie, rien à voir avec les jeux de guerre, je t'assure. Allez, je te demande juste une demi-heure de ton temps.

— Tu n'auras qu'à te greffer à d'autres joueurs, fit la même fille, décidément peu emballée.

— Je préfère jouer entre nous, c'est plus marrant.

Christine regretta de n'avoir su convaincre Florence au téléphone de se mêler à leur groupe. La jeune fille avait préféré rester à Annecy, comme elle l'avait décrété, jusqu'à la fin du mois. Ensuite elle reviendrait dans le même appartement sur Grenoble, en attendant la rentrée.

— Je te fais le pari que tu vas aimer, insistait toujours le garçon. Si c'est le cas, je réserve la salle pour fêter ton anniversaire en septembre. Il paraît qu'ils offrent le gâteau.

Enfin les filles se laissèrent convaincre. Avec les trois garçons, elles s'entassèrent dans la Polo du meneur qui ne mit pas longtemps à se garer devant le Megazone. Un groupe en grande discussion s'effaça pour les laisser passer : leur front et leurs épaules en sueur les signalaient comme joueurs, ils avaient tous une feuille de papier à la main et la commentaient avec verve.

Les six amis se retrouvèrent dans un hall neuf, frais et accueillant, que côtoyait un bar sur la gauche. Deux musiques se mariaient, sans vraiment se mêler, l'une en provenance du bar, l'autre, beaucoup plus dynamique, venant de l'arène elle-même. Une banque grise délimitait la zone d'accueil, derrière laquelle deux garçons joviaux s'affairaient à gérer un groupe bruyant qui venait de terminer sa partie.

— Vous n'aviez pas réservé ? leur demanda le plus jeune, un faux blond aux mèches décolorées. Je suppose que vous préférez jouer entre vous ? Si nous commençons immédiatement, nous avons justement une plage libre avant la prochaine réservation.

— Vous avez un CD particulier à nous proposer ? intervint le deuxième garçon, un brun aux cheveux ras, aux biceps tatoués. Tout le monde peut amener sa propre musique.

Déjà amusés, tous les six prirent leur ticket, regardant avec étonnement les visages en sueur des joueurs précédents, écoutant les commentaires vifs et gais. A coup sûr, on ne tricotait pas dans l'enceinte d'à côté : le jeu avait l'air d'être assez sportif. Ils étaient une quinzaine environ, il y avait plus de garçons que de filles, mais l'une d'elles accrochait tous les regards. Rousse, grande, elle dévisageait tout le monde à la ronde, s'attendant apparemment à ce qu'on lui retourne un intérêt suprême. Un bustier noir à fines bretelles mettait son bronzage et ses seins en valeur, tandis qu'un jean moulant délavé soulignait ses longues jambes. Le genre de fille dont

Christine avait horreur, qui commentait tout haut sa fiche de score :

— Francis s'est acharné sur moi. Il m'a touchée dix fois dans le dos ! Où est-il, cet hypocrite ?

Christine laissa la rousse à son affectation et s'apprêta à suivre les siens.

— Si ça nous plaît, nous reviendrons souvent, croyez-moi, disait aux responsables du complexe celui de ses amis qui les avait convaincus de venir. On est étudiants à Grenoble.

— Alors nous nous reverrons, fit le brun avec un large sourire. A présent, suivez-moi dans la salle de briefing.

A cet instant précis, au moment où chacun était convié à pénétrer dans la salle aux lumières noires pour apprendre à utiliser le matériel, Christine croisa le regard de l'homme qui sortait des toilettes. Elle eut le geste incontrôlé de tendre le bras dans sa direction et s'apprêtait à le héler quand une voix forte, aux intonations compliquées, la devança.

— Francis ! Espèce de faux frère ! Amène-toi là, mon chou, que je te dise ma façon de penser !

Christine se retourna vers la rousse qui apostrophait celui qu'elle avait pris pour un autre. Quand son regard revint vers l'homme, elle le vit se pencher sur sa feuille de score, lui tournant légèrement le dos. Elle eut juste le temps de comprendre son erreur, avant que la porte ne se referme. Si elle ne put pourtant se défaire d'un sentiment étrange tandis qu'elle suivait distraitement les explications, les minutes qui suivirent lui firent oublier celui qu'elle avait cru reconnaître. Joueuse dans l'âme, elle se concentra au milieu d'une musique techno sur les cibles qui se mouvaient et clignotaient dans le noir, englouties parfois dans une fumée artificielle, au travers de laquelle les rayons infrarouges traçaient un réseau de fils emmêlés.

Tandis que Christine se laissait emporter par le jeu, le groupe précédent quittait le Megazone à pied, en direction de chez Stéphane qui habitait à quelques dizaines de mètres.

— Pourquoi t'en aller maintenant ? fit le jeune homme à Francis qui regagnait sa voiture. Tu repars à Lyon ?

— Vraiment je ne peux m'attarder, expliqua Francis à son ami déçu, je suis attendu pour la soirée.

— Je pensais que nous allions finir cette journée ensemble. Mes parents nous ont laissé leur appartement et...

— C'était une bonne idée de me faire rencontrer ceux qui participeront à tes fiançailles. J'aurai plaisir à les revoir en septembre.

Les autres rigolaient fort sur le trottoir d'en face, comme le font des amis dans une belle ambiance. Ils avaient tous pique-niqué au bord du lac de Laffrey avant de venir s'affronter au pistolet laser, et ils allaient poursuivre la soirée dans quelque boîte. Odile, au milieu d'eux, ne semblait plus faire cas de Francis, comme s'il était déjà parti, mais un dernier regard appuyé, empreint d'ironie, lui prouva le contraire.

Le jeune homme éprouva un soulagement quand il passa la première. Il n'aimait décidément pas la foule, préférant de loin le calme et la solitude. Il n'avait accepté cette invitation que pour une seule et unique raison : la curiosité ! Stéphane lui avait assuré que la mère d'Odile serait de la fête. Apprendre sa défection de dernière minute l'avait contrarié plus que de raison. Il avait supporté, avec son flegme habituel, l'attitude toujours provocante, mais pourtant changée, d'Odile ; la jeune fille lui avait joué l'indifférence hargneuse. Il s'en allait, presque heureux de se retrouver seul.

Les derniers feux de la rue Ampère passèrent au vert. Il bifurqua sur la droite et, avant le pont de Catane, s'engagea, non pas sur l'autoroute de Lyon, mais dans la direction opposée.

Christine et les autres se défirent de leurs gilets et les reposèrent sur les supports adéquats. Ils étaient en sueur, plus que satisfaits, rieurs et blagueurs, à se moquer de certains scores, assoiffés, et prêts à recommencer. Mais d'autres joueurs étaient arrivés pour investir le noir labyrinthe. La musique battait son plein, il n'y avait pas de temps mort.

Pourtant, Christine n'avait pas oublié ses interrogations.

— Il me semble avoir reconnu un ami dans le groupe qui nous précédait. Connaissez-vous ce groupe ?

— Deux d'entre eux, seulement, fit le brun aux biceps tatoués, un grand mec et sa copine, une rousse.

— Vous connaissez leurs noms ?

Le garçon jeta un coup d'œil sur les réservations.

— Ils réservent toujours au nom de Marchet. Ils viennent et partent à pied, à mon avis ils habitent tout près.

— Marchet... Ça ne m'avance guère, grogna Christine en se détournant.

A présent, Christine se retrouvait allongée à plat ventre, sur son lit, revenue dans sa famille du côté de Voiron, à une trentaine de kilomètres de Grenoble. La nuit commençait à tomber, une fraîcheur venait enfin étouffer la moiteur de l'air, une douce brise chargée de parfums terrestres faisait onduler les rideaux de sa chambre.

— Je t'assure, c'était frappant, fit-elle, le téléphone coincé contre son épaule.

— Je te crois sur parole, se moqua Florence à l'autre bout du fil.

— J'aurais aimé que tu le voies aussi.

Florence était à Annecy, chez ses grands-parents. Pour digérer les « farcettes » anneciennes que sa grand-mère lui confectionnait avec un plaisir constant – choux hachés mélangés à des raisins, de la farine, de la muscade et des œufs, saupoudrés de beaufort et gratinés au four –, Florence avait accepté une sortie avec son grand-père. Bras dessus, bras dessous, ils venaient de faire une lente promenade au bord du lac ombragé, jusqu'à la statue du chimiste Berthollet, natif de Talloires. Depuis le décès de leur fille, ses grands-parents, déjà taciturnes et bourrus, avaient perdu leur entrain. Ayant toujours à l'esprit les commentaires, farfelus peut-être, mystérieux sûrement, de l'arrière-grand-mère, Florence croyait les surprendre à évoquer des souvenirs secrets, des choses qu'ils préféraient lui taire en baissant les yeux lorsqu'elle s'approchait, comme si quelque honte les eût retenus de raviver un certain passé. Ce soir encore, elle avait bien tenté de quémander quelques souvenirs, mais le grand-père n'avait fait que bougonner, sans jamais l'éclairer.

— Jacques était à Chambéry, annonça-t-elle à Christine, il m'a appelée en fin d'après-midi.

— Vous n'avez toujours pas renoué de manière plus officielle ?

— Disons que nous l'avons fait d'une façon plutôt... détendue, enfin, je t'expliquerai.

— En tout cas, ce garçon lui ressemblait.

— Te souviens-tu du jour où nous avons rencontré Jacques ?

— Bien sûr.

— Il nous parlait d'un cousin qu'il accompagnait justement sur le campus. Tu me dis que celui d'aujourd'hui était brun. De plus, il n'a pas eu l'air surpris, n'a pas rougi, n'a pas eu envie de se cacher de toi, n'a démontré aucun embarras, ni détourné la tête, ni...

— Ça va, j'ai compris... Pourtant...

— Pourtant, ça va t'empêcher de dormir, je sais. Alors, tu as la solution de retrouver ce... Marchet et sa belle rousse, pour leur faire cracher le nom de ce beau ténébreux.

— Moque-toi.

22

Talloires, printemps-été 1980

Ce 25 avril 1980 fut un deuxième jour fatal dans la vie de Georges Socrate.

Jamais il n'oublierait cette journée grise aux odeurs fortes de terre humide et d'humus. Le ciel, envahi de nuages bas, avait banni le soleil de ses jeux, et si des hirondelles y avaient enfin fait leur apparition depuis le matin, Georges n'avait vu que des corbeaux, aussi noirs que ses pensées, qui planaient en cercle au-dessus de sa tête, comme pour annoncer du malheur.

Ses grands-parents maternels vinrent le chercher à l'école à 15 h 12 exactement, après s'être entretenus avec le directeur et le maître du CM1 qui les accompagnèrent, escorte grave et silencieuse, jusqu'à la sortie. Lui, Georges le questionneur, lui, le curieux de tout, s'était mué en une petite chose déplorable, obéissante, livide, et pourtant soulagée que l'attente prît fin. La dernière vision qu'il emporta de sa classe, en rangeant prestement ses affaires dans son cartable, fut le sourire narquois de Philippe.

Depuis le matin, Georges se retenait de s'enfuir de l'enceinte comme un voleur en mal de forfait. Le repas de midi, pris entre Anna et Adrien, faussement détendus, avait été une épreuve ajoutée à celle de combattre ses craintes, et le retour à l'école en début d'après-midi, un calvaire.

Le matin même, du haut de ses presque dix ans, Georges avait eu toutes les attitudes du parfait petit homme, du maintien au sourire, des questions aux réponses, avec une implication qui avait ému ses parents concentrés sur la convocation au palais de justice d'Annecy.

— Cette fille va se dégonfler, papa, avait-il dit fièrement, en enfilant son vêtement.

Sa mère lui avait caressé l'ovale du visage et son père lui avait ébouriffé les cheveux. Plus aucun mot n'avait été prononcé avant qu'il ne quittât la maison, et ce silence, trop pesant, l'avait édifié sur l'inquiétude de ses parents.

A présent, il n'osait plus regarder Mireille et Simon Michallet qui l'encadraient comme un proscrit, avec des mains trop pesantes sur ses épaules, jusqu'à leur voiture. Ses grands-parents ne seraient jamais venus le chercher à l'école s'il n'y avait eu un grave problème à la maison. La peur de Georges grandit encore quand le véhicule prit la direction d'Annecy.

— Mais... où est-ce qu'on va ? cria-t-il en pivotant d'un bloc pour voir disparaître sa rue par la lunette arrière.

Sa grand-mère hésita et se retourna vers lui.

— Nous allons chez nous, mon chéri.

Alors il vit qu'elle pleurait. Son cœur manqua un battement.

— Tes parents ont... besoin d'être seuls.

— Non ! cria-t-il à nouveau. Je veux rentrer à la maison ! Je veux rentrer à la maison ! Je veux voir mes parents ! Je ne veux pas aller chez vous ! Non ! Non !

Il s'était mis à frapper les appuis-tête devant lui.

— Ta maman t'appellera ce soir, mon chéri, reprit la voix tremblante.

— Et mon père ?

— Ta maman t'appellera, elle t'expliquera...

Au même instant, le déclic de la fermeture centralisée des portes l'alerta. Sidéré, Georges en resta la bouche ouverte, le cœur galopant. On l'enlevait ! On l'éloignait ! En même temps, la tête lui tournait.

— Papa est encore au tribunal ?

— ... Non...

— Où est-il ? Je veux savoir !

La voix de Georges frisait l'hystérie. Le couple se regarda avec appréhension. La voiture sembla accélérer, les arbres défilèrent plus vite sur les bas-côtés. L'enfant se remit à marteler les sièges, les glaces, tout ce qui était à portée de ses petits poings. Et puis il s'accrocha à la manivelle de la fenêtre et la tourna à toute vitesse, à pleines mains rageuses.

— Si vous ne vous arrêtez pas, je saute par la fenêtre ! hurla-t-il. Je veux retourner à la maison !

— Mon Dieu, Simon ! s'écria la grand-mère. Il va le faire ! J'aurais dû passer à l'arrière avec lui !

La voiture freina, tangua, se mit à zigzaguer et enfin s'arrêta sur un terre-plein dans un crissement de pneus et un nuage de poussière. Georges avait déjà le corps à demi engagé à l'extérieur.

— Nom de Dieu ! Georges ! Arrête ! se mit à jurer son grand-père, pâle comme un mort, en s'étirant dans une grimace pour lui agripper les jambes. Tu n'es pas fou d'agir comme un enfant ?

Mais qu'était donc Georges, à cet instant, sinon un enfant éperdu qui ne comprenait rien aux affaires des grands ? Tremblant, il se rassit, une peur insidieuse envahissant tout son corps.

— On l'a mis en prison ? C'est ça ? Ces mauvaises filles ont réussi à le faire envoyer en prison ?

Ils étaient maintenant tous les trois immobiles comme des statues dans la voiture dont le moteur continuait à tourner. Le grand-père n'avait plus le cœur à redémarrer. La grand-mère se tapotait le front et la bouche à petits coups de mouchoir. Georges avait le souffle court.

— Bien. Nous allons repartir, Georges, reprit son grand-père d'une voix blanche. Je veux que tu te comportes raisonnablement. Ta grand-mère va passer à l'arrière et tu vas sagement venir à la maison avec nous.

— Quelle maison ? cria Georges déjà prêt à la révolte. Quelle maison ?

— La nôtre, mon chéri. Juste ce soir. Nous reviendrons demain chez toi.

— Non ! Non !

Et Georges, plus agile qu'un singe, se jeta par la fenêtre avant qu'on ait pu lui attraper les chevilles. Il retomba sur le sol dur après que ses tibias se furent râpés contre le châssis, n'éprouvant que le désir vital de se précipiter dans les bras de ses parents. Il n'entendit pas la voiture effectuer un virage sur les chapeaux de roues, démarrer en trombe derrière lui. Il avait dévalé une butte et courait déjà à travers champs, ses chevilles se tordant dans les sillons d'une terre labourée, entrevoyant le haut toit de sa maison à travers les arbres. Il franchit deux clôtures en se déchirant les mains et les vêtements, perdit son écharpe et traversa un jardin sans prendre garde où il posait les pieds. Enfin il déboucha sur la cour... et s'arrêta net, en dérapant sur les graviers ! Le cœur lui manqua.

La cour était pleine. Une ambulance, un véhicule de

pompiers, un autre de la gendarmerie, leurs gyrophares apportant la folie en ces lieux ordinairement si calmes, une Ford aussi, qui devait appartenir à Albert Montgrand, le professeur de mathématiques. Les grands yeux emplis de panique de l'enfant allaient d'un véhicule à l'autre, pour se fixer enfin sur la voiture de son père. A sa place habituelle, elle le rassura quelque peu. Mais Georges avait beau faire, la peur lestait chacun de ses membres. Il lutta entre l'envie d'avancer et celle de fuir pour, encore un moment, ne rien comprendre.

Le moteur rugissant du véhicule de ses grands-parents le sortit de ce terrible état d'esprit. Il mit un pied devant l'autre, tel un automate, et se surprit à franchir les derniers mètres qui le séparaient du perron.

— Georges ! Oh, Georges, mon chérubin ! Que fais-tu là ? se mit à geindre Anna en accourant vers lui, depuis la cuisine, pour lui barrer le passage.

— Qu'est-ce qui se passe, Anna ? Où sont mes parents ?

— Ta maman est là, mon tout-petit, répondit Anna en s'assurant de bien l'envelopper de ses bras.

Elle avait les joues pleines de larmes et des sanglots dans la voix.

— Et *papa* ?

Mais déjà, prononcer ce mot représentait un effort pour lui... comme s'il avait pressenti l'impensable...

— Georges ! hurla la voix de son grand-père qui fondait sur lui en courant, affolé, précédant sa grand-mère échevelée.

Alors Georges rua, se débattit, glissa entre les bras d'Anna comme une anguille, et franchit en courant les marches de pierre avant de débouler dans le vestibule. Où, là, une seconde fois, il s'immobilisa face à tous ces visages tournés vers lui.

Il n'oublierait jamais !

Il lui sembla qu'une éternité s'écoulait avant que des voix criardes lui parviennent et que des mains l'empoignent pour l'écarter de force.

Mais avant tout cela, il avait vu !

Dans l'ordre, il avait vu sa mère inclinée les mains jointes sur le corps immobile de son père, vu le vaste corps inerte de celui-ci étendu sur une civière, vu la poitrine de son père imprégnée d'un rouge écarlate.

Il s'évanouit dans un cri sans fin.

La première chose que Georges vit en ouvrant les yeux fut le beau visage de sa mère penché sur lui. Il respira un grand coup. Allons, il avait fait un rêve abominable... Un sourire, déjà, germait sur ses lèvres quand soudain tout lui revint. Il eut un haut-le-cœur et un geste brusque. Le visage se pencha un peu plus et chuchota :

— Mon amour, mon tout-petit...

« Non, ne dis rien ! » cria une voix au fond du cerveau de Georges. « Tout cela est un cauchemar, tout cela n'existe pas. Je t'en supplie, ne dis rien ! »

— Mon tout-petit, mon Georges... il s'est passé une chose affreuse...

— ... Papa est mort ? prononça Georges d'une voix rauque.

— Non ! Non ! s'écria presque sa mère. Il n'est pas mort... mais... c'est peut-être pire ! finit-elle dans un murmure incompréhensible.

— Qu'est-ce qui lui est arrivé, maman ?

— ... Un accident... Ton père nettoyait le pistolet de son grand-père... Le coup est parti. Le coup est parti, répéta sa mère soudain en proie à une fièvre délirante.

Ce que l'enfant vit dans le regard halluciné allait le hanter des années durant.

Après avoir basculé d'avant en arrière à plusieurs reprises, Elisabeth s'abattit auprès de lui, vomissant les sanglots qui l'étouffaient, plongeant son fils dans un désarroi total. Vivement, Anna apparut, suivie d'Adrien et de la grand-mère de Georges. Tous trois relevèrent la jeune femme et l'entraînèrent dans la chambre d'à côté, laissant momentanément l'enfant, seul, en proie à sa terreur. Le souffle court, les tempes battantes, Georges essayait de digérer les mots fatals, mais se raccrochait avec une volonté insensée au fait primordial et essentiel que son père n'était pas mort.

Pourtant, à partir de cet instant, il ne put obtenir davantage de précisions. Après avoir été un vrai moulin, avec d'incessantes visites, la maison devint aussi silencieuse qu'une église. Il avait supposé que l'accident s'était produit dans le bureau de son père, puisque les armes de la maison s'y trouvaient. Il avait tenté d'ouvrir les portes. Mais celles-ci étaient verrouillées.

— Ta mère n'a plus la force d'entrer dans cette pièce, mon chéri, avait maladroitement expliqué Anna.

On n'admit jamais l'enfant à l'hôpital. Par contre, Elisabeth restait au chevet de son mari, déléguant ses fonctions à Anna puisque l'enfant refusait, avec emportement, d'aller chez ses grands-parents. Anna était devenue à la fois gouvernante et nounou, mais ne savait comment faire pour éviter les questions incessantes de Georges, qu'Elisabeth avait tenu à garder à la maison.

— Plus d'école, pour le moment, avait dit sa mère, nous allons attendre que toute cette affaire se calme.

La voix s'était brisée, Georges n'avait pas eu le courage de venir interroger sa maman, ni de la contredire. De toute manière, il préférait ne plus croiser le regard sarcastique de Philippe.

— Que s'est-il passé, Anna ? avait-il demandé pour la énième fois, attendant toujours d'être seul avec elle. Cette fille a continué à mentir ? Le procès va avoir lieu ?

Adrien était plus sombre encore que sa femme et décourageait le petit par son lourd regard de chien battu.

— Mon ange, si tu penses que le procès a de l'importance, maintenant... avait répondu la brave femme avec un triste haussement d'épaule.

— Il va revenir bientôt, mon papa ?

— Je ne sais pas si ce serait une bonne chose, bougonna Anna en se détournant pour écraser une larme... Les garces... ça ne leur portera pas bonheur, je te le prédis, ah ça, oui, ajouta-t-elle plus bas pour elle-même.

Mais comme elle était un peu sourde, Anna avait tendance à parler un peu trop fort, aussi Georges, qui avait une ouïe des plus fines, emmagasina-t-il sans les comprendre des bribes de commentaires. Un jour, en les accolant un à un, il parviendrait peut-être à deviner ce que tout le monde lui cachait. Pour l'instant il ne pensait qu'à l'état de santé de son père, prenant l'habitude d'écouter Elisabeth à chacun de ses retours lorsqu'elle renseignait Anna et son mari. Il entendait des mots tels que vertèbre, moelle, poumon, drains thoraciques. Il soupesait les soupirs et les silences.

Il devint morose. Il fit des cauchemars, dans lesquels revenait la poitrine ensanglantée, qui l'éveillaient en pleine nuit. Mais il n'en parla à personne, pas même au docteur Robin qui veillait sur sa santé. Les semaines succédèrent aux jours. Sa mère venait en coup de vent récupérer quelques affaires et repartait après l'avoir serré dans ses bras de manière convulsive, lui promettant chaque fois de se rattraper plus tard. « Mon amour, tu comprends, ton père... Mais je reviendrai bientôt. » Elle avait perdu son rire fabuleux, son sourire, et avait maigri. Des ombres, des rides ainsi que quelques fils blancs avaient osé profaner cette tête jusqu'ici si jeune.

Mais les dix ans de Georges avaient ceci de merveilleux qu'une part d'insouciance parvint à reprendre le dessus, même s'il lui arrivait de se retrouver à pleurer au fond du jardin, avec Nuts, son seul ami, pour se jouer un film où tout finissait bien.

Et puis, fin juin – après avoir passé les huit semaines, le chien sur les talons, à déambuler dans la grande maison en traînant sa peine d'une pièce à l'autre, sans but, sans distraction, sans goût pour le piano ni pour rien, à tenter de piéger des confidences d'Anna, à surveiller les allées et venues du facteur, à tromper la vigilance de ses grands-parents qui repartaient de leurs nombreuses visites plus ou moins rassurés sur son sort –, fin juin, donc, la nouvelle tomba :

— Je ramène ton père, mon amour, je le ramène chez nous, fit Elisabeth avec un miraculeux petit sourire qui refleurissait son visage chiffonné. Seulement, tu dois savoir que... enfin, que ton père n'est plus tout à fait le même... Je ne veux surtout pas t'alarmer, mon poussin, mais il va nous falloir beaucoup de patience et de temps, pour qu'il recommence à marcher... à parler, à rire aussi. Il a subi un choc terrible... Et son regard... Mais tu verras, le mieux est que tu te rendes compte par toi-même... Tu es grand maintenant...

Durant tout ce discours, Elisabeth n'avait pas cessé de frotter, en les tordant, ses fines mains d'artiste, de passer sa langue sur ses lèvres sèches, de jeter des regards ailleurs pour éviter les yeux trop fixes de son fils. Elle avait pris, depuis peu, l'habitude de nouer ses cheveux très serré sur la nuque. Il n'y avait plus de longues mèches à rejeter en arrière de ce doux geste émouvant et tendre que Georges aimait tant surprendre. Même ses vêtements longs et légers, qui lui donnaient des allures de danseuse, avaient été remplacés pour ses visites à l'hôpital par des tailleurs stricts. Mais elle avait l'air si heureuse, malgré ces mille riens qui reflétaient son angoisse, que Georges se força à sourire et se jeta dans ses bras, en disant :

— On va tellement l'aider ! maman, on va tellement l'aider qu'il redeviendra vite comme avant.

— C'est bien, mon chéri, c'est bien, murmura Elisabeth avant que ses yeux libèrent un flot de larmes.

Alors, des travaux extérieurs furent entrepris et exécutés en un temps record. Des dalles remplacèrent les allées de gravier, une rampe fut aménagée au bord du perron, tandis que l'on installait une chambre au rez-de-chaussée. Car Eugène Socrate allait devoir circuler en fauteuil roulant.

L'instant tant attendu par Georges arriva.

Il errait dans la cour, guettant l'ambulance annoncée, quand il constata tout à coup, et s'étonna de ne pas l'avoir remarqué plus tôt, que le haut portail en fonte ouvragée, fermé, ne l'était que depuis l'accident. Depuis que lui-même passait toutes ses journées à la maison. L'enfermait-on ? ou bien le protégeait-on d'éléments extérieurs ? Habituellement, par le passé, le portail n'était fermé que le soir, par Adrien. Georges chassa ces questions inutiles et s'approcha des grilles, à travers lesquelles sa tête dépassait juste assez pour voir la route qu'il ne prenait plus, chaque matin, pour aller à l'école. Un nouveau coup d'œil à sa montre l'inquiéta. L'ambulance devait arriver avant midi, il était midi et quart. Il leva les bras, s'agrippa aux barreaux et se mit à espérer de toutes ses forces que sa mère avait dramatisé l'état de santé de son père. Si l'on souhaite très fort une chose, ne risque-t-elle pas d'arriver ? Il ferma les yeux et pria.

— Tiens, voilà le fils du violeur !

En reconnaissant la voix détestée, le cœur de Georges fit un tel bond dans sa poitrine qu'il en eut mal. Philippe, la mine effrontée, et deux autres garçons à l'air plutôt gêné avaient bifurqué de leur route pour s'approcher de lui, leur cartable tressautant dans leur dos.

— Il a bien fait de se suicider, ton père, ça lui a évité la prison !

— Mon père a eu un accident ! hurla Georges qui s'accrochait toujours à la grille.

Au cri désespéré de son petit maître, Nuts s'était mis à aboyer. Les deux autres garçons avaient déjà fait demi-tour en essayant d'entraîner Philippe, mais celui-ci se fit un cruel plaisir de rajouter :

— Ben quoi ? Quand on se tire une balle dans le cœur, ça s'appelle un suicide, non ?

— Foutez le camp ! Bande de vauriens ! Petits merdeux ! cria la voix rude d'Adrien qui surgissait de sa propre maison, empêtré dans ses grandes bottes en caoutchouc. C'est pas Dieu possible d'être aussi mauvais ! Toi ! là ! Le fils Dumain ! Tes parents vont avoir de mes nouvelles ! Fous le camp avant que je te botte le cul ! Viens Georges, viens mon grand ! Viens donc ! insista-t-il doucement, d'une voix soudain enrouée.

Mais Adrien, qui avait pour mission de surveiller Georges et qui avait entendu la terrible accusation, n'arrivait pas à dénouer ses doigts crispés autour des barreaux froids. Le visage exsangue, Georges avait peur que ses jambes ne le soutiennent plus s'il lâchait prise. Le mot fatidique, dont il connaissait pourtant le sens pour avoir abordé un jour le sujet avec son père, s'insinuait sous son front. Le mot dont il allait courir – dès qu'il le pourrait – chercher l'exacte définition enfouie dans *Le Petit Robert*, le mot qu'il n'oserait pas, cette fois, prononcer devant sa mère... Mais la voiture de son grand-père arrivait ! Avec, à son bord, Constant Robin, sa mère et sa grand-mère qui lui firent un petit signe, suivie de près par l'ambulance. Au bord de la nausée, Georges dut desserrer ses doigts et il se surprit à rester debout, à reculer de quelques pas afin qu'Adrien puisse ouvrir les larges battants. Il résista au besoin de partir se cacher au fond de la propriété pour s'extraire du temps et ne plus rien subir. Il résista aussi à ce besoin venu du fond des âges de se mettre à hurler pour évacuer sa rage. Il résista enfin à l'envie douloureuse de pleurer sur un malheur qui le dépassait. Par miracle, il réussit à sourire et à se tenir droit, à combattre ce tremblement qui lui refroidissait l'âme.

Nul ici présent n'aurait pu imaginer la souffrance qu'endurait le petit Georges.

L'enfant comprit, à la première seconde où il revit son père, que plus rien, jamais, ne serait comme avant.

23

Annecy (Haute-Savoie), le 8 septembre 2002

Ils étaient trente-cinq convives, ce dimanche, à se retrouver sur un bateau loué pour la circonstance et voguer paresseusement sur le lac d'Annecy. Trente-cinq fêtards venus célébrer les fiançailles de Stéphane Marchet et Odile Cottet, sous un soleil de feu. L'idée était excellente, les victuailles conformes aux spécialités de la région, le vin, bien évidemment, de Savoie. Une grande bâche bleue faisait écran aux rayons meurtriers, des baffles diffusaient les tubes des années quatre-vingt, l'heure était à l'apéritif. Le couple fêté était beau. Odile éclipsait ses amies, comme d'habitude, par son élégance et son allure, dans son ensemble en lin blanc très sexy. Stéphane portait un pantalon en tergal marron et une chemisette jaune qui faisait ressortir le vert de ses yeux dans son visage bronzé. Tout le monde leva son verre de champagne à la santé des nouveaux fiancés, dont le mariage serait célébré bientôt.

— A l'église Notre-Dame-de-Liesse, commenta tout bas une petite femme à la tête maussade, tout près de Francis. Comme les gens bien.

Le ton de la femme, qui devait avoir dans les quarante

ans, frôlait l'insulte. A la vue de ses regards peu amènes posés sur Odile, Francis se pencha discrètement vers elle et chuchota d'un air amusé :

— Existe-t-il des églises pour les gens « moins bien » ?

La question eut le don de détendre sa voisine qui se présenta :

— Paméla.

— Francis.

— Odile a l'air de vous apprécier.

— N'oublions pas qu'elle se fiance aujourd'hui, fit-il avec un faux air choqué.

— Pour ce que cela va changer, répliqua la femme avec une moue dédaigneuse, en avalant d'un trait le contenu de son verre.

Depuis qu'ils avaient embarqué, Francis avait eu le temps de cerner son monde, retrouvant du même coup les parents de Stéphane qui paraissaient déplacés parmi les invités. Le couple se tenait à l'écart et s'attachait à son verre comme à une bouée de sauvetage, après avoir accaparé un long moment le jeune homme, soulagés de rencontrer une tête connue. Les autres étaient ceux rencontrés à Grenoble en juillet dernier, déjà imbibés de champagne, et des proches de la famille Cottet. Deux hommes cependant restaient un peu à l'écart, la mine sombre et le regard vif, à l'affût de tout, l'un à un bout du bateau, l'autre à l'opposé.

Mais Francis avait très vite été assailli, par Odile d'abord, qui avait prouvé à tous, à grands renforts de gestes exagérés, son attachement pour lui, et par sa mère, cette figure dont Stéphane lui avait fait un tableau enchanteur. A travers un vernis de bonne éducation, Marianne Cottet s'était proclamée enchantée, ravie, et plus encore, de rencontrer enfin l'homme dont lui avait tant parlé sa fille. Elle avait une chevelure au roux entretenu, faussement livrée à elle-même, qui se laissait aller au gré de la brise. Ses ongles de tigresse, faux certainement, étaient fraîchement peints d'un rouge sang. Elle avait la taille élancée, ne faisait pas ses quarante ans, portait une jupe vert d'eau, courte et fendue haut sur une cuisse ferme et bronzée, un bustier plongeant en cuir noir qui écrasait des seins d'une densité douteuse. Enfin, elle était juchée sur des talons très hauts qui lui permettaient un balancement de hanches à rendre jalouse la gent féminine. A voir les regards et les coups d'œil furtifs de tout ce beau monde, Francis se demandait s'il y avait une seule femelle, sur le bateau, qui n'éprouvait pas ce sentiment.

Il avait détesté Marianne Cottet à la première seconde. Avant même qu'elle ne vînt lui jouer son numéro en direct.

Maquillé années soixante, son regard de biche condescendant était passé sans vergogne du pantalon beige au polo marine à manches courtes, s'attardant sur la bouche d'un air gourmand, détaillant le menton carré, appréciant l'œil sombre assorti à l'épaisse chevelure, effleurant à nouveau la peau hâlée et les pectoraux dessinés sous l'étoffe ajustée.

Francis avait subi l'examen visuel comme un homme habitué au mannequinat, ce qui avait plu à la belle qui avait pourtant dû retourner à ses hôtes.

— Ne te sauve pas, lui avait-elle jeté, riant de son humour, je reviens à toi dès que possible. Je crois que nous avons des tas de choses à nous dire.

— Que penses-tu de la sorcière ? lui avait demandé Stéphane qui s'était approché, amusé.

— Une mante religieuse.

— Elle a eu l'audace d'inviter deux de ses amants. Tu

vois ces deux grands types qui se font face, la mine renfrognée ?

— Je les avais repérés.

— Regarde son manège, elle va de l'un à l'autre, leur promet je ne sais quoi, et eux, pauvres cons, ne se sont pas encore rendu compte qu'il y a un troisième candidat à la connerie.

Il lui indiqua le troisième rival : l'homme en blanc qui servait les hôtes du bateau.

Francis s'était enfin retrouvé seul.

Il déposa sur son assiette du carré de porc au miel de romarin, un morceau d'agneau à la braise, prit un verre de vin rouge de Savoie et s'écarta des autres pour aller s'accouder à la rambarde. Le bateau longeait la montagne protégée du Semnoz, et s'approchait de la presqu'île de Duingt. L'air sentait bon, la brise était la bienvenue.

— Que penses-tu du mariage de ces deux-là ? fit une voix intruse, chargée d'intonations détestables.

— Qu'en pense la mère ? répondit Francis d'un ton neutre sans regarder la mère d'Odile qui s'était approchée de lui à le toucher.

— Qu'ils s'aiment trop.

— En amour, trop n'est même pas assez, disait Beaumarchais.

— C'est vrai qu'Odile m'a parlé de ton penchant pour les mots, ironisa la femme.

— Vous parliez de mariage, je parlais de celui de Figaro, mais... connaissez-vous seulement Beaumarchais ? fit-il, arrogant, l'œil fixé sur un vol de canards.

— Présomptueux, minauda Marianne Cottet, présomptueux mais séduisant. Donc, pour toi, ce mariage... ? insista-t-elle.

Elle avait une façon agaçante de tenir son verre et sa

cigarette, les deux mains écartées comme une déesse égyptienne immortalisée sur papyrus, et de s'obstiner à vouloir qu'il la regarde.

— Pourquoi tenez-vous tant à ce qu'il se fasse à l'église ? reprit-il, s'adressant toujours au paysage. Dieu n'est qu'une construction de l'esprit, Dieu, c'est la solution de facilité.

— Eclaire ma lanterne... Facilité de quoi et pour qui, dans ce cas précis ?

— S'il ne tenait qu'à Stéphane et Odile, ce mariage se ferait civilement. Donc, j'en déduis qu'il vous importe, à vous seule, que cela se passe ainsi. Un mariage pour remplacer le vôtre, peut-être ?

Accusant le coup, Marianne Cottet fit une moue de gamine attardée, qui lui donna instantanément cinq ans de plus.

— Votre fille ne porte-t-elle pas le nom de vos parents ? précisa le profil de Francis. A moins que vous n'ayez de mauvaises actions à vous faire absoudre, asséna-t-il, l'œil insolent, en se tournant enfin vers elle et s'adossant au bastingage.

— Présomptueux et audacieux, fit Marianne Cottet un peu démontée. Mais... je ne comprends toujours pas.

— Ce n'est pas toujours parmi les criminels qu'il faut chercher les gredins, disait Nietzsche, mais souvent parmi ceux qui ne commettent rien.

Le visage se figea, l'œil se rétrécit. La haine de cette femme-là devait être terrible. La mère d'Odile hésita entre se sentir humiliée ou seulement bousculée, et vint s'assurer que le regard était plus ironique qu'insultant.

— Toi-même, raisonna-t-elle finement, tu aimes bien trop te cacher derrière les mots et les citations pour être aussi innocent que tu veux bien le paraître.

— Personne ne connaît jamais personne, répondit-il en se courbant devant elle, la main sur le cœur.

— Décidément, tu me plais.

— De grâce, ne me faites pas l'affront de me mêler à votre basse-cour de dindons.

Elle éclata d'un rire de gorge, la tête rejetée en arrière.

— Les hommes sont tellement idiots, vaniteux, ennuyeux et lâches que j'aime les rendre ridicules. Certains méritent une leçon.

— Et les femmes ?

— La plupart, des gourdes dépendantes.

— Donc, pour résumer, les hommes vous amusent.

— Les mettre en compétition les rend encore plus minables. Aujourd'hui j'ai rajouté du piment. As-tu vu notre beau serveur ? Ne te fie pas à son cheveu blond, c'est un latin de pure souche, jaloux en diable, qui se retient d'envoyer les deux autres par-dessus bord. Combien de temps va-t-il tenir ? Je mène le jeu.

— Vous vivez dangereusement, fit Francis comme s'il lui avait annoncé le prix d'une courge, le regard à nouveau fixé ailleurs.

— Avec toi, je n'aurais pas besoin de cela, fit-elle en se cambrant avec provocation et en posant une main sur son bras nu. Odile m'avait dit que tu étais coriace, mais je saurais faire preuve de bonté.

— La bonté, chez vous, ne peut être qu'une forme raffinée du mépris.

Elle tiqua et plissa les yeux, ne sachant que répondre.

— Puisque votre fille vous a fait un fidèle portrait de ma personne, en profita Francis, sirotant son vin, elle a dû vous dire que je n'étais pas de votre bord.

— A présent que je t'ai vu, je n'en crois rien. Tu as l'air bien trop viril pour faire partie de ces « folles ».

Quelqu'un s'approcha pour lui glisser quelques mots à

l'oreille. Marianne Cottet ôta ses doigts qui avaient commencé un ballet sensuel sur l'avant-bras de Francis, et partit donner quelques ordres pour la bonne suite des agapes. Stéphane, qui venait de saisir au vol un signe de connivence entre la mère et la fille, en profita pour refaire une courte apparition.

— Tu m'as l'air d'être pesé en bonne et due forme, mais tu parais t'en sortir plutôt bien. Ah ! voici ma chère fiancée qui semble vouloir, à son tour, te faire subir quelque épreuve.

— Va donc t'occuper de faire danser nos invitées, mon chéri, le renvoya Odile d'un sourire exagéré.

Stéphane partit en adressant un clin d'œil à Francis, un « courage ! » muet et rieur.

— Que penses-tu de ma mère ? demanda la jeune fille en entraînant Francis sur la piste improvisée.

— Jamais l'adage ne se sera autant vérifié. Telle mère, telle fille.

— Mais encore ?

— La mère ne m'attire pas plus que la fille, fit-il avec une moue déplaisante.

— On ne peut pas dire que le tact t'étouffe, répondit Odile vexée. Je me demande de quoi tu es fait.

La réponse vint après un long silence, énoncée d'une voix indéfinissable, le regard sur les montagnes alentour.

— De souvenirs. Je suis insaisissable, tu ne l'as pas encore compris ?

Le bateau avait entamé son retour après avoir atteint le bout du lac et longé La Thuile, Doussard, revenant en flânant par la rive droite.

Odile était allée retrouver sa mère, les danseurs se déchaînaient à présent sur une musique techno. A l'écart de tout le monde, les deux amants délaissés avaient entamé une discussion animée. Le serveur jetait des regards hargneux à la ronde, plus spécialement destinés à Marianne Cottet qui n'en faisait aucun cas. Les parents de Stéphane occupaient toujours le même banc, leur fils accomplissait son devoir, allant de l'un à l'autre, avec sa gentillesse habituelle. Francis, quant à lui, étudiait la rive, spectacle apaisant, s'emplissant de l'odeur caractéristique des lacs.

— Vous connaissez notre belle région ?

Il devrait donc subir une autre conversation. Paméla avait aussi tourné le dos à la fête et s'était accoudée à ses côtés.

— Très peu, répondit-il, cachant son agacement.

— Voici la Tournette, les dents de Lanfon, et nous arrivons à l'embarcadère de Talloires.

— Tu fais du gringue à notre invité, Pam ? la coupa Marianne Cottet qui venait à eux en tendant un verre de vin à Francis. Je ne t'ai pas servie, ma chère. T'ayant vu boire un verre de champagne malgré tes bonnes résolutions, j'ai supposé que c'était le seul que tu t'autoriserais, ajouta-t-elle en toisant sa cousine.

Francis sentit Paméla se raidir avant de renoncer à répliquer. Ignorant l'arrogance imbécile de sa parente, elle reprit pourtant, le doigt pointé face à elle :

— Talloires... N'est-ce pas là qu'habitait ce prof que tu as...

— Ta gueule, Pam ! Lâche-moi, tu veux bien ? la coupa Marianne Cottet d'un ton si sec et si méprisant que Francis ne put résister.

— Savez-vous, fit-il lentement en emprisonnant son regard, que le sang-froid est un des secrets de la vie ?

Paméla s'était éclipsée, le rouge au front, en murmurant un : « Sale morue ! »

— Quels sont les autres secrets ? demanda Marianne en essayant de surmonter son énervement.

— A voir vos atouts, ma chère, vous les connaissez mieux que moi, répondit-il en lui relevant un bras pour faire un état des lieux de sa silhouette irréprochable.

Les yeux de Marianne Cottet luirent comme ceux d'un chat sournois.

— Que voulait dire Paméla au sujet de ce prof ? reprit nonchalamment Francis en regardant Talloires qui défilait au ralenti devant eux.

— Rien de bien croustillant, répliqua son hôtesse d'un geste agacé.

— Il y a de belles propriétés par ici. Prof de quoi ?

— De philo.

— Et alors ?

— Alors, rien.

— Paméla m'en dira plus, fit-il, soudain taquin.

Ces constants changements d'humeur déstabilisaient la mère d'Odile qui n'arrivait décidément pas à cerner l'ami de son futur gendre.

— Paméla te dira que c'était, à une époque, mon professeur de philo. Il a arrêté d'enseigner suite à une histoire de viol. Encore un qui n'avait qu'à bien se tenir ! Satisfait, monsieur le curieux ?

— Quelle est sa maison, parmi toutes celles-ci ?

— Ah, ça, je m'en contrefiche bien et je ne vois pas ce qui peut t'intéresser dans cette vieille histoire.

Ils furent interrompus par le serveur qui se planta au garde-à-vous à un mètre d'eux, l'œil irrité, le teint blême, la voix crispée comme s'il se retenait de mordre.

— Madame est servie ! Madame a d'autres ordres ? Madame pense-t-elle qu'il est bon de passer au café ?

— Ça suffit, Luigi ! Tiens ton rang, s'il te plaît !

— Mon rang ? gronda l'Italien en serrant les dents et les poings. Mon rang ?

— Parfaitement. Pas d'esclandre ou bien...

— Ou bien ? grinça l'autre, menaçant.

Le regard de Marianne Cottet fut certainement des plus explicites. Le bel Italien baissa ses poings et repartit non sans avoir assassiné Francis d'un coup d'œil farouche, avant de retourner le même regard aux deux autres prétendants qui semblaient avoir trouvé un terrain d'entente.

— Madame a un succès fou, fit Francis avec un sourire railleur.

— Quand tu souris... tu me rappelles quelqu'un.

Francis s'était à nouveau détourné d'elle, dérobant son regard.

— Tu me rappelles...

Elle tourna la tête vers les maisons proches, revint à Francis, réfléchit, avant de hausser les épaules.

— Un air, seulement un air... Cela me rappelle que ce prof était un bel homme, vraiment un bel homme.

— Un de ceux qui méritaient une leçon.

— Pourquoi dis-tu cela ? fit Marianne Cottet, brusquement.

Francis lui fit alors face, l'œil aussi froid que celui d'un serpent.

— Tous les hommes vous intéressent, dit-il presque menaçant, mais ceux qui vous résistent vous posent des problèmes !

— Ce sont les prétentieux qui me posent un problème ! répliqua l'autre d'un ton sec.

— Les prétentieux sont ceux qui ont l'outrecuidance de vous dire non ! Qui résistent à vos charmes ! Les prétentieux sont ceux qui ne se risqueraient pas, pour des désirs qui ne concernent que votre petit ego minable, à détruire leur propre bonheur ! Je connais les garces telles que vous !

— Qui te permet... siffla Marianne Cottet.

— Je connais cette histoire, figurez-vous !

— Qui es-tu ?

— Un parent de cette famille que vous avez détruite ! La maison est celle-ci, et je voudrais que vous la regardiez. Regardez-la ! Nom de Dieu ! Regardez-la ! Vous en avez détruit les propriétaires autrefois si heureux ! Faisant de leur paradis un tombeau ! Et vous êtes là, sans aucun remords ! A rire des malheurs que vous engendrez par vos mensonges !

Il lui avait agrippé le bras et la maintenait tournée dans la direction indiquée.

Leur altercation n'était pas passée inaperçue des trois amants de la garce qui n'avaient d'yeux que pour ses faits et gestes. Les deux premiers se retenaient de jubiler, mais Luigi crut certainement gagner du galon en se portant au secours de sa belle. Marianne Cottet, qui avait déjà levé la main, se retourna, excédée. La gifle, qu'elle avait destinée au mufle qui tordait violemment son bras, frappa Luigi en pleine figure.

24

Talloires, 1980 à 1984

Deux infirmiers robustes avaient saisi le brancard et son fardeau, long corps paraplégique enfoui sous une couverture, et l'avaient transporté jusqu'au lit. La vue de ce corps immobile, aux jambes amyotrophiées, n'avait pas amoindri la nausée de Georges, devant qui les grands tentaient de minimiser leur désespoir. Mais son regard, surtout, avait cherché à rencontrer celui de son père. Il n'y parvint pas, se demanda si tous avaient bien conscience de ne pas avoir affaire au géant blond, philosophe de son état, mari d'une adorable femme, et merveilleux père d'un petit garçon qui doutait à ce moment même de sa propre raison.

Quelqu'un – son grand-père peut-être, ou Adrien, non, plutôt cet étranger, l'avocat, ou bien ce Montgrand, professeur de mathématiques, qu'il n'avait pas vus arriver – s'était soudain empressé de l'évacuer de la chambre, prétextant qu'on allait « arranger le malade », « le faire beau », et autres stupidités de ce genre, que Georges écouta sans broncher.

Quand il se retrouva face à cet autre qui n'était plus son père, poussé en avant par des mains hésitantes – il apprendrait plus tard que le médecin avait tenu à cette confrontation, aussi brutale fût-elle –, il combattit son malaise, son dégoût, et la violente envie de faire demi-tour et de les planter tous là. Il ne retrouvait pas celui qu'il avait quitté un matin d'avril après l'avoir fougueusement embrassé. Mais Georges sentit tous les regards braqués sur lui, à l'exception de celui de l'invalide qui fixait le plafond sans sourciller. Au prix d'un immense effort, il détailla son père. Le visage, qu'il avait toujours vu rayonner d'une paix intérieure, était devenu aussi inexpressif qu'un moule en plâtre, hormis ce pli amer dans la bouche jusqu'ici toujours gaie. Des rides, inexistantes si peu de temps auparavant, avaient creusé leurs sillons dans la peau blême. Mais le pire de tout était cet éloignement, cette démission de la réalité, cette absence de regard dans des orbites trop enfoncées, ombrées de larges cernes. Les bras étaient allongés sur le drap, contre le corps amaigri et immobile, que des coussins soulageaient. Y avait-il seulement encore une âme dans ce corps fantôme ? Pour Georges, cet homme était mort, et n'était pas son père.

Il était enfin sorti de la chambre, mais se retournant pourtant, commandé par l'instinct tragique qui oblige à regarder encore une fois ce qui blesse à mort.

A partir de ce jour, que les autres avaient voulu considérer comme une fête, Georges avait collé son oreille contre le lourd battant de la nouvelle chambre de son père, à l'affût des murmures plaintifs de sa mère. Jamais il n'entendit le son de la voix masculine. On aurait dit qu'Eugène Socrate n'existait plus que par la volonté des siens.

L'angoisse de l'enfant n'avait pas décru. Constant Robin veillait à la dépression inévitable, mais Georges, jamais, ne se livrait. Il se sentait dans une impasse, imitant de manière inconsciente le comportement de sa mère, inconsciemment aussi craignant son abandon après celui de son père.

A nouveau, les semaines se succédèrent. Georges avait le sentiment d'être peu à peu expulsé hors de ces murs. Elisabeth ne quittait guère la chambre de son mari, signifiant à son petit garçon que son père, maintenant redevenu aussi fragile qu'un nouveau-né, était plus démuni que lui. Et par là même, que Georges était devenu l'homme de la famille. Sa vie avait basculé.

Elle l'amenait devant le corps immobile chaque matin et aussi parfois les après-midi, mais elle préférait les instants où, seule, elle s'imaginait voir le regard s'animer et enfin la tête recouvrer ses esprits.

« Il va retrouver ses facultés au fil des mois, mon Georges », disait-elle, le regard trop brillant.

Maintenant, en dehors des multiples visites du kiné, d'une infirmière et du médecin, Georges attendait avec impatience celles de ses grands-parents. Ils étaient les seuls à apporter un peu de couleur à sa vie. L'épreuve les avait marqués, disaient-ils, « et les ragots, les bruits, suite à ce procès, mon Dieu ! Tenir un commerce dans ces conditions... Je crois que nous allons vendre. Nous avions l'âge de nous arrêter avant, nous aurions dû... » Et vite changer de ton et de discours dès que Georges apparaissait.

« Es-tu sûre qu'il a failli parler ? » demandait parfois sa grand-mère à Elisabeth.

« Bien sûr, mentait posément celle-ci, en se forçant à paraître gaie. Un jour, il utilisera la craie et l'ardoise que nous laissons près de ses mains, un jour que je sens proche. »

Un rapide coup d'œil vers Georges les incitait à faire

de même. Mais il n'était pas dupe. En perdant son enfance, Georges avait aussi perdu sa capacité à croire les adultes. Et les mots, ou mieux encore les silences gênés, l'édifiaient sur la situation. Mais le plus terrible, le plus dévastateur pour Georges, était que son père avait voulu se tuer, disparaître à jamais. « Suicide : action de causer volontairement sa propre mort (ou de le tenter) pour échapper à une situation psychologique intolérable, lorsque cet acte, dans l'esprit de la personne qui le commet, doit entraîner à coup sûr la mort. » Il avait retenu tous les mots du dictionnaire, se les répétant inlassablement, la nuit durant ses insomnies. Ni sa mère ni lui n'avaient pu empêcher le geste irrémédiable. La colère lui faisait jeter avec rage, durant des heures, des cailloux dans les eaux du lac, visant même les canards qui s'éloignaient, offusqués, pour déserter bientôt ce ponton autrefois amical. A chaque jet, il répétait, comme un leitmotiv : « Je suis trop petit. C'est de ma faute. Je sers à rien. Il m'a abandonné. Je suis trop petit. C'est de ma faute... »

Enfin le kiné décida que le moment était venu. Eugène Socrate avait récupéré suffisamment de force pour se tenir assis sur son fauteuil roulant.

La première sortie fut triomphale, même si elle n'apporta aucun changement majeur dans le masque blanc. C'était un samedi, un de ces jours parfumés et chauds du mois d'août. La campagne environnante somnolait sous les rayons généreux du soleil, la crête argentée des vaguelettes dansait sur le lac comme un ballet de lucioles, Annecy s'étirait au loin comme un chat ronronnant. De nombreux bateaux sillonnaient les eaux dans tous les sens, augmentant le clapotis sous les pontons, des cris d'enfants fusaient au loin, depuis les embarcations. Le labrador gambadait d'un individu à l'autre, surpris de se faire chasser par tous comme un vulgaire insecte.

Enveloppé dans une robe de chambre, Eugène eut droit à un tour complet de la propriété sous l'œil vigilant de sa femme, du médecin, du kiné, d'Anna et Adrien. Georges se tenait à l'écart, le cœur serré à l'idée d'une fausse manœuvre, s'agrippant au cou de Nuts qui ne comprenait plus rien à la vie de la maison. Il resta ainsi, en retrait malgré les appels de chacun, à ronger une dernière part d'ongle encore mangeable – manie qui datait de peu. Un coup de dent vorace lui arracha une grimace. Il souffla sur la plaie à vif et se rapprocha pour s'installer sur les marches de la gloriette, les coudes sur les genoux, le menton entre ses mains, le chien à ses pieds. Le fauteuil avait été poussé jusqu'à l'embarcadère, et chacun au fond de lui attendait un signe, un rien qui aurait fait éclater sa joie. Mais le visage resta impassible. La tête, penchée sur le buste voûté, se laissait aller à l'unique pesanteur. Le regard ne voyait même pas l'eau qui autrefois était un spectacle pour Eugène. Des soupirs discrets fusèrent çà et là. En écrasant une larme, Anna passa devant Georges pour retourner à sa cuisine. Elle marmonnait : « Il ne reviendra jamais, c'est sûr. Encore heureux que les parents, Dieu ait leur âme, aient échappé au terrible affront fait à leur fils, et à sa déchéance. »

Les jours qui suivirent se ressemblèrent. Soins, visites, sorties, repas et monologues face au regard absent, aux mains inertes, au corps plombé. Peu à peu, aidée d'Adrien, Elisabeth put installer et relever Eugène de son fauteuil. Georges prit l'habitude de voir ses parents évoluer dans un monde dont il sortait petit à petit, en courtes promenades dans les allées, ou installés côte à côte, son père au bout du banc où elle positionnait son fauteuil, elle sur la pierre, la tête penchée comme autrefois sur l'épaule voûtée, à écouter leurs silences. Elisabeth se convainquait de l'impossible. L'admirable machine à espérer fonctionnait à nouveau.

Bientôt, elle évoqua la pension pour Georges.

— Je ne suis pas une mauvaise mère, mais... ne le sacrifions pas, donnons-lui une chance de se sortir de cette atmosphère confinée, qui n'est pas de son âge. S'il restait, je ne saurais le défendre contre ces enfants cruels... Talloires, Annecy n'existent plus pour nous. Annecy... c'est ma hantise, vous comprenez... moi-même je ne peux plus y mettre les pieds sans penser... sans... Je suis allée les voir ces petites garces, l'une après l'autre... en vain. Mon Dieu, quelle honte !

Elisabeth s'était effondrée dans les bras de sa mère, envahie de haine, de honte et de regrets.

— Tu as raison, ma chérie, la calma celle-ci, le visage altéré, Georges ne peut rester dans la région. Le risque est trop grand pour lui.

— Ah ! rugit Elisabeth, je hais ces jeunes filles, je hais tous ces prétentieux qui se permettent de juger et de prêter foi à des horreurs. Je me hais moi-même de n'avoir rien pu faire, de... Combien de temps vais-je tenir, mon Dieu !

Silencieusement, Georges fit deux pas en arrière pour disparaître avant de se faire repérer. Le cœur lourd, il écouta les autres bruits de la maison et se dirigea vers la chambre. Il n'y venait pas souvent seul, éprouvant d'inexplicables craintes. Mais il savait que ses jours étaient comptés dans la grande maison. Sa mère avait déjà abordé le sujet de son départ avec lui, le préparant doucement à cette nouvelle réalité. Cachant sa détresse, il avait approuvé de la tête, ses lèvres serrées retenant ses protestations. Il ne pouvait être un fardeau supplémentaire. Pour le reste – sa hantise de partir vers l'inconnu ; sa souffrance de ne plus veiller sur sa mère, de la quitter, si fragile et si seule, et de le quitter aussi, lui, si émouvant dans sa coquille de douleur, dans sa douce absence ; son chagrin de perdre l'affection protectrice d'Anna et Adrien, de ses grands-parents ; et aussi son angoisse de disparaître à jamais de tous ces cœurs – pour le reste, il s'arrangerait avec lui-même, avec un courage de grand. Il n'avait pas encore atteint cette maturité qui lui aurait dicté que cette vérité qu'on lui cachait aujourd'hui, il la trouverait plus tard. Mais après tout, que pouvait-il faire pour changer le cours des choses ? Georges sentait seulement qu'il lui fallait enterrer sa peine pour adoucir celle de sa mère.

Il entra doucement dans la chambre et s'avança jusqu'au lit.

Le voilage de tulle ondulait doucement, devant la fenêtre entrouverte. Des chants d'oiseaux leur parvenaient. La pièce était claire, fraîche et fleurie ; elle ne ressemblait pas à une chambre de malade, si ce n'était l'odeur caractéristique des médicaments et des désinfectants qui flottait dans l'air.

Parce que les yeux de son père étaient fermés, Georges osa le dévisager. Il s'aperçut que les cheveux blonds viraient au blanc.

Une forte émotion l'étreignit. Georges avait tout à coup envie de pleurer et réalisait qu'il ne l'avait jamais fait en présence de l'infirme. Il s'en voulut de ce qu'il considéra comme un manque d'amour. « C'est grâce à nos sentiments que le monde prend pour nous une signification. Si nous n'éprouvions jamais aucune peine, aucune colère, aucune joie, nous serions comme absents de ce monde. » Les mots de son père lui revenaient à l'esprit et le démoralisaient. Ce corps qui dormait devant lui ne ressentait plus rien, ni amour, ni joie, ni peine. Son père n'appartenait plus à son quotidien. Georges se sentait encore plus orphelin que s'il l'avait réellement perdu. La gorge nouée, il s'approcha encore un peu.

L'enfant regarda les grandes mains inertes et se laissa emporter par une impulsion. Avec une précaution infinie, il s'empara de l'une d'elles, longue et diaphane, et la prit entre ses deux petites mains, ressentant pour la seconde fois en trois minutes une vive émotion. Il ne sut combien de temps il resta ainsi, aussi immobile que possible, osant à peine respirer, la tête crépitant de toutes ces choses qui avaient fait son enfance, grâce à son père. Et soudain les doigts emprisonnés dans les siens se mirent à bouger – oh ! à peine. L'enfant en fut bouleversé et leva des yeux surpris vers le visage sans expression. Son cœur fit un bond dans sa poitrine. Son père l'examinait ! Une union soudaine, inespérée, totale et intense ! La main se refermait sur les deux siennes, les emprisonnant comme au temps des jeux. Un faible sourire accompagna tous ces menus gestes, un sourire – un miracle ! – qui illumina le cœur de Georges. « Papa », murmura-t-il, sans voix, les lèvres seules formant le mot. Le père pleura deux grosses larmes qui coulèrent de part et d'autre des joues creuses, qu'il vint avec lenteur essuyer de l'autre main.

Et puis un bruit, menu, encore lointain, leur parvint. Inexplicablement, mystérieusement, le regard se vida et traversa à nouveau l'espace comme une vitre. Seule la main garda le contact. Quand Elisabeth entra dans la chambre, elle trouva Georges et son père enlacés par leurs mains jointes.

— Il m'a regardé, maman, dit-il à sa mère, plein d'espoir.

— Oui, mon chéri, certainement... Tu vois, il va bientôt « se réveiller » complètement.

Georges sentit bien qu'elle ne le croyait pas.

Durant les derniers jours d'été, l'enfant rechercha en vain la même communication. Poussant lentement le fauteuil à travers les allées ombragées, il parlait à voix basse, encourageait son père à renouveler son effort, à le reconnaître, à lui faire un signe. Il lui fallut se contenter de furtives pressions de mains.

La rentrée scolaire arriva. Georges allait passer sa dernière année de primaire comme pensionnaire à Genève, à cinquante kilomètres d'Annecy. Il rentrerait tous les vendredis soir.

Les mots ne suffiraient pas à décrire l'affliction de l'enfant, ni la tristesse de la séparation. Courageux, Georges alla dire au revoir à son père, se tenant debout devant lui dans des vêtements neufs ; le malheur qui s'était abattu sur la maison ne l'avait pas empêché de grandir. La chemisette de coton à petits carreaux vert et blanc, rentrée dans un pantalon beige à pinces, ainsi que ses cheveux démunis de ses boucles, lui donnaient l'air d'un grand. Assis dans son fauteuil, Eugène, toujours un peu voûté et enveloppé dans sa robe de chambre de velours imprimé, posait sur lui son regard vide. L'enfant lui prit la main et hocha la tête à plusieurs reprises, comme le fit après lui Constant Robin, qui allait l'accompagner, avec sa mère, jusqu'à sa nouvelle destination.

Que dire des années qui suivirent, sinon qu'après avoir fait son CM2 à Genève, Georges partit à Lausanne, avec l'option de rentrer pour les vacances scolaires. Le docteur Robin, qui avait approuvé le choix d'Elisabeth, dut l'expliquer à Anna et Adrien et aux grands-parents, qui pleuraient à l'évocation de ces prochaines et trop longues absences.

— Ce n'est pas folichon ici pour lui, convenez-en. Il lui faut sortir de ce cadre. Ses retours, qu'il désire pourtant par-dessus tout car vous lui manquez terriblement, déclenchent systématiquement un phénomène d'angoisse. Cet enfant a besoin d'autre chose pour se développer normalement. Sa mère est accaparée par Eugène... notez que je ne lui reproche rien... mais comment laisser ce gosse confronté à la déchéance de son père après ce qu'il a représenté pour lui ? Je crois que nous n'imaginons même pas le quart de ce qu'il doit éprouver. Les dépressions d'enfant sont si graves. Nous avons la chance d'avoir affaire à un petit bonhomme qui accepte bravement de partir, j'en connais bien d'autres qui s'enferment, hélas, d'eux-mêmes, dans le schéma inverse.

Quand il rentrait à Talloires, Georges remarquait de menus changements. Pas les progrès que sa mère lui annonçait pourtant par courrier ou par téléphone. De ce côté-là, l'enfant avait appris à ne plus rien espérer. Mais il comprenait que sa mère s'enfonçait peu à peu dans le monde de son père, alors que lui-même se sentait ne plus appartenir à personne.

Lors de ses retours, les silences qui régnaient dans la grande maison l'oppressaient. Il reprenait sa surveillance et se confiait à Nuts. Il voyait le couple, comme autrefois, mais sans lui, rester des heures au bord de l'eau à contempler longuement l'onde, ou à l'intérieur face au feu de cheminée, lui perdu dans sa nuit, elle lui remémorant d'une voix unie des moments de leur vie, comme si elle lui racontait une histoire. Rien, pas même la musique, ne faisait tressaillir le masque. Sa mère, elle, écoutait inlassablement certains airs, les programmant en boucle sur la chaîne.

Elisabeth avait recommencé à peindre, mais avait abandonné les jolies couleurs pastel d'autrefois. Le lac l'attirait davantage. Georges la voyait parfois debout au bord de l'eau, les mains croisées autour de ses épaules devenues maigres, vacillant presque. Il s'avançait alors vers elle, d'un pas insouciant pour ne pas l'effaroucher, se retenant de la saisir à pleins bras. Elle se retournait en l'entendant, effaçait vite une légère crispation de son visage, comme si elle s'était attendue à... – mon Dieu, était-elle sotte ! –, souriait et l'attirait contre elle d'un doux geste et sans un mot. Il lui arrivait à l'épaule, maintenant. Il avait douze ans. La mère et le fils restaient là, silencieux, lui à emmagasiner des sensations pour combler sa solitude en pension, elle à rêver d'avant, de ces instants merveilleux qui avaient fui la maison.

Toujours en butte aux silences gênés et aux têtes baissées, Georges n'interrogeait plus personne. Petit à petit, il oubliait ce qu'il aurait dû savoir, et commençait à vouloir s'éloigner de la pensée de Talloires. Ce fut certainement ce qu'il se reprocha le plus, deux années plus tard, quand le drame frappa de nouveau.

Le 25 novembre 1984, un mois après avoir fêté ses quatorze ans, Georges, pour la troisième fois, connut le fond de la misère morale. Son absence lors des événements le protégea pourtant de l'affreuse tragédie.

Cette nuit-là, Anna et Adrien sursautèrent dans leur lit, réveillés par les aboiements de Nuts. En maugréant, Adrien, qui commençait à souffrir de rhumatismes, se leva lourdement et vint à la fenêtre de leur chambre, située sur l'arrière de la cour. Le chien avait cessé d'aboyer. Le réveil affichait plus de minuit.

— C'est la petite, fit l'homme à sa femme en

refermant la croisée sur la nuit froide. Tu savais qu'elle avait pris la voiture ?

— Elisabeth ? Oui, ça m'a étonnée, mais fait plaisir. Elle qui ne sort plus depuis si longtemps. Mais rentrer aussi tard... s'étonna la brave femme en se levant à son tour. Mon Dieu ! Il ne faudrait pas qu'il soit arrivé quelque malheur au petit.

— Elle nous aurait prévenus.

— Ou bien à Eugène.

— Elle nous aurait prévenus, voyons, grommela Adrien en se recouchant.

— D'où peut-elle bien revenir, à cette heure ? s'inquiéta Anna. Je vais voir. Avec ce froid, d'où qu'elle vienne, une tisane chaude lui fera du bien. Je la sens bizarre depuis quelque temps.

Tout en parlant, Anna avait enfilé une robe de chambre molletonnée qui enveloppait à peine son opulente poitrine. Elle endossa une large veste pardessus et glissa ses pieds dans d'épaisses charentaises avant de traverser en courant l'espace entre les deux maisons. S'attendant à trouver Elisabeth au rez-de-chaussée, elle la chercha du côté des cuisines d'où provenait de la lumière, s'interrogeant encore sur les raisons d'une telle escapade. La femme d'Eugène ne sortait plus, restait cloîtrée dans la propriété, ne recevait plus ; leurs derniers amis semblaient les avoir abandonnés à leur triste sort. Anna serra les dents à cette pensée.

Indécise, elle ne savait plus si elle devait faire chauffer de l'eau. A ce moment, elle entendit comme un cri étouffé, ou un sanglot. Alarmée, elle s'élança en direction de la chambre d'Eugène.

— ... comme une malpropre, faisait la voix suraiguë d'Elisabeth.

La porte de la chambre était restée ouverte. Anna allait

se précipiter pour relever la malheureuse qui s'était effondrée en pleurant sur les jambes mortes de son mari, mais les mots qui suivirent la figèrent sur place.

— Moi ! Moi ! C'est moi que l'on a traitée comme une moins que rien. Oh ! je n'en puis plus de devoir supporter cela. Non, mon amour, on nous a fait trop de mal, je ne puis plus lutter contre cette injustice, ni te voir ainsi, prostré, loin de moi. Cette Marianne Cottet m'a toisée, m'a narguée, sa petite fille dans ses bras, comme si elle avait voulu m'obliger à me rendre compte, à... Ah ! me faire douter de toi, mon pauvre amour, jamais ! Elle m'a jetée à la rue, sans se soucier des gens qui passaient et qui me regardaient d'une manière... d'une manière... si tu avais vu leurs yeux ! Je me suis cachée, comme si j'étais, moi, la coupable ! Dieu, ô Dieu ! si tu existes, je te hais ! Je te hais !... Mon amour, si tu avais vu leurs yeux... reprit-elle d'une toute petite voix épuisée.

Le regard d'Eugène, réveillé par les cris de sa femme, reflétait l'éternelle incertitude de l'attardé mental. Pourtant, ses doigts se recroquevillaient convulsivement sur ceux d'Elisabeth, mais celle-ci, trop tourmentée par le nouvel affront subi, ne sentit pas leur force inhabituelle.

Anna eut toutes les peines du monde à emporter hors de la chambre celle qui était entrée dans la famille Socrate un jour de 1960, devenant en quelque sorte sa « petite ».

Elisabeth but une tasse de tisane, affectueusement cajolée par Anna. Et puis les deux femmes se quittèrent sur de dernières paroles réconfortantes.

On avait retrouvé le corps d'Elisabeth Socrate dans le lac, au petit matin glacé du 25 novembre 1984.

Quelques heures plus tard, contre toute attente, son époux était victime d'une rupture d'anévrisme et faisait un accident vasculaire cérébral.

25

Annecy, le 25 novembre 2002

— Seigneur ! Alors, les deux autres... C'était toi !

La terreur débordait des yeux fardés de Marianne Cottet. Son mascara coulait, lui barbouillant le dessous des yeux comme ceux d'une pocharde. Sa bouche, pourtant admirablement dessinée, se tordait dans un rictus affreux.

Le lien de satin se resserrait lentement, très lentement, autour de son cou.

— C'est le moment de soulager ta conscience, murmura l'homme penché au-dessus d'elle. Donne-moi la version vraie des choses.

— Quoi ? J... je...

Ses derniers mots moururent dans sa gorge. La ceinture lui écrasait les cordes vocales. L'homme desserra son garrot, s'inclina un peu plus sur la bouche tremblante. Trois mots auraient suffi, sans toutefois pouvoir l'acquitter. Un tribunal lui avait rendu grâce autrefois, un autre aujourd'hui la condamnait. Crut-elle sauver sa vie en se taisant ? Trois mots qu'elle lui refusa aux portes de la mort, restant fidèle à sa façon de vivre et de mépriser les hommes. L'homme tira sur les deux bouts de la ceinture.

L'acte qu'il était en train de commettre ne procurait ni joie, ni remords à l'assassin. Cela faisait partie d'un contrat. Il exécutait ce contrat. Point.

Le corps de sa victime ramollit.

C'était fini. Devoir accompli. « Tu avais raison, père, celle-là c'était la pire. »

L'homme regarda une dernière fois la chambre au décor sophistiqué, le corps parfumé qui avait cru le corrompre, comme tous les autres, dans une nuisette violette. Et puis il partit normalement par la porte.

26

Talloires, le 25 novembre 2002

Il saisit le loquet de porcelaine d'une main ferme, il se savait attendu.

Il allait enfin stopper sa fièvre et lui ramener quelque paix.

— C'est fini.

Il l'avait toujours su. Glissés dans l'oreille de l'invalide, ces deux mots allaient mettre un terme à cette infernale souffrance morale.

Ce fut le cas. S'il l'avait pu, le corps paralysé aurait subi cette espèce d'affaissement qui marquait la détente. Les doigts déformés, qui parvenaient malgré tout dans un effort frénétique à saisir la craie pour la faire crisser sur l'ardoise, se plantèrent dans la chair de sa main si vivement que Georges se demanda d'où pouvait bien provenir leur force.

Tout en surveillant l'œil valide qui s'était agrandi à l'évocation de sa victoire, aussi brillant et expressif qu'avant ce soir d'avril 1980, Georges se demanda s'il n'avait pas assené à son père une trop grande nouvelle. L'œil eut l'air de chavirer dans l'orbite creuse. Le souffle, habituellement saccadé, se syncopa davantage. Georges résista à l'envie de poser une main sur le cœur en déroute. Il comprenait bien ce que pouvait provoquer l'achèvement brutal de tant d'années de frénétique attente.

Georges regardait son père qui avait fermé les paupières, devinant sans effort ce que pouvait maintenant espérer l'homme autrefois trahi.

— Elle a avoué, lui dit-il en lui caressant l'épaule.

Trois nouveaux mots, qui eurent un résultat identique aux deux précédents. Ce soir, cinq petits mots venaient de changer enfin le cours des pensées d'Eugène Socrate. Cinq mots venaient de lui redonner une paix relative.

Il était 4 heures du matin. Georges, après avoir remonté le drap sur les épaules de son père et baisé son front brûlant, se cala dans le fauteuil de l'infirmière, qui n'allait pas tarder à venir faire un tour, et repartir se coucher en le voyant dans la place.

Il se réveilla vers sept heures, aux bruits que fit la grosse femme en arrivant pour les premiers soins.

Georges se rendit dans la cuisine où Anna l'accueillit comme l'on accueille l'enfant prodigue, à grands renforts de cris, d'émerveillement, de sourires et de gestes retenus.

— Assieds-toi, mon petit, assieds-toi, s'exclama-t-elle, des larmes dans ses yeux ridés, tu vas prendre ton café et déjeuner avec moi. Adrien est parti en ville, il ne va pas tarder. Mon Dieu, ça me fait plaisir de te revoir. Si longtemps, si longtemps que tu n'es pas venu, depuis janvier, oui, janvier. C'est trop long pour nous, tu sais. Enfin, tu es bien au moins, mon trésor ? Que fais-tu en ce moment ? Tu nous restes un peu de temps ? Combien ? Tes cheveux ont poussé et ont un peu foncé, tes beaux cheveux bouclés blonds, tu te souviens ? Les jolies boucles de ta maman et l'épaisseur de ceux de ton père.

Ah, mon Dieu, fit-elle en joignant ses deux mains, tes pauvres parents, mon petit, chaque fois que je te revois je repense à eux, tu leur ressembles tellement, tu es le portrait vivant de ton père à son âge. Tu es peut-être encore plus beau, tiens. Ce pull-over violet te va bien, il se marie à tes yeux sombres. Toujours pas de bonne amie ? Toujours pas de projets de ce côté-là ? On aurait besoin d'un regain de vie ici, de petits bambins dans les jambes, affirmait-elle, les mains maintenant sur les hanches. Ah ! Si tes grands-parents étaient encore de ce monde… on les inviterait, ils seraient si contents. Mange, mon trésor, je bavarde, mais c'est parce que je suis si contente.

Georges souriait, comme autrefois, attendant qu'Anna ait fini ses débordements de paroles et de gestes. Elle virevoltait autour de lui comme une abeille, caquetait comme une poule, malgré ses soixante-dix-neuf ans. Mais elle le regardait, fouillant ses traits, cherchant ce qui avait changé, essayant de deviner s'il allait bien, s'il souffrait toujours. Car elle l'avait vu tellement souffrir, pauvre amour.

— Tu as vu ton père ? Comment le trouves-tu ? Avec Adrien nous l'avons vu aller de mieux en mieux depuis tes dernières visites, enfin si mieux veut dire quelque chose dans son état.

— Je l'ai vu, il est heureux de me voir.

— Pourquoi n'es-tu pas venu pour ton anniversaire ? Nous t'avons tous attendu dans cette maison, le 25 octobre.

— Je ne veux plus fêter ces jours-là, chère Anna, je ne veux plus jamais fêter le moindre anniversaire. Je m'efforce depuis si longtemps de tout oublier.

— Il ne faut pas vouloir tout oublier, mon chéri, fit lentement Anna en secouant sa tête immaculée. On a besoin de souvenirs pour exister, et quand ils deviennent enfin doux, c'est que la guérison est proche.

— La guérison de quoi, Anna ? J'ai voulu guérir, comme tu dis, je me suis éloigné, je suis parti. Je n'ai jamais ressenti le moindre bienfait à me souvenir de choses qui ont fait mon bonheur, bien au contraire. Se souvenir, c'est se faire souffrir. Je traîne au fond de moi de vieilles douleurs insurmontables.

— Mon pauvre chéri.

— Petit, je voulais comprendre, adolescent, j'ai voulu oublier ce besoin de comprendre, sentant qu'il me fallait échapper à tout ce sordide, après j'ai cru ne jamais surmonter mes terribles remords, ensuite... j'ai paniqué, et enfin vous m'avez révélé les faits... Depuis, j'essaie de faire table rase. Ne me parle plus d'anniversaire, Anna, le petit Georges n'existe plus.

— Mon pauvre petit, murmura Anna en lui caressant la main, comme autrefois – un geste qu'elle n'osa prolonger, ayant face à elle un adulte de belle carrure.

Elle fut remuée par le contenu du regard, à la fois triste, grave et rêveur.

— Je vais partir, Anna. Bientôt. Très loin.

— Loin... Comme lorsque tu es allé à l'étranger ?

— Plus loin encore, Anna, expliqua le jeune homme qui s'était levé et maintenant regardait le lac par la fenêtre, plus loin et... pour longtemps.

Il avait failli dire « toujours ».

— Tu me fais peur, Georges, fit la brave femme en se pressant la poitrine à deux mains. Explique-toi.

A ce moment, Adrien surgit dans la cuisine, des paquets au bout des bras. Il était agité.

— Ah ! J'ai vu ta voiture, Georges, s'exclama-t-il en se déchargeant de ses paquets sur la table. Tu es là, c'est bien ! J'ai une nouvelle incroyable ! La fille Cottet s'est fait assassiner !

— La Marianne ? s'exclama Anna en se détendant comme un ressort, aussitôt tournée vers Georges qui restait immobile, sans surprise, attendant la suite.

— La Marianne ! Etranglée avec la ceinture de sa robe de chambre ! Dans sa chambre. Cette nuit même !

— Assassinée ! Ça alors ! répéta plusieurs fois Anna, une main sur le cœur, presque gênée maintenant d'avoir tant appelé le malheur sur la tête rousse. On paie toujours, un jour ou l'autre, murmura-t-elle. On a une idée... ?

— Il paraît que les gendarmes sont sur une piste. Elle a dû tomber sur plus mauvais qu'elle. Il faut entendre les ragots qui courent sur son compte ! Y a justice, enfin ! Comme... Comme pour les deux autres, ajouta-t-il plus bas.

Georges venait de quitter la pièce, laissant le couple à sa stupeur teintée de soulagement, à son jugement sévère lié aux faits d'autrefois, à une réminiscence brutale et douloureuse des jours anciens, si beaux, en ces lieux. Ce meurtre les concernait, finalement.

Leur protégé parti, subitement muets, ils ne se parlèrent plus que par de longs et lourds regards. Une tristesse, encore mal définie, s'abattait sur eux en même temps qu'une jubilation malsaine.

Quand ils virent la silhouette difforme qui s'avançait tout là-bas vers le lac, ils se figèrent, avant de se regarder, de s'élancer d'un seul mouvement, dans un seul cri :

— Il est fou !

Mais Adrien freina sa course, s'arrêta, sommant sa femme de faire de même, de rester en retrait, d'attendre, car...

— Il n'y a rien à craindre, murmura-t-il, laissons-les.

— Tu n'as pas peur... ?

— De quoi ? Regarde comme il le porte ! Regarde comme il l'a emmitouflé ! A quoi pensons-nous donc, bon Dieu !

Georges était allé dans la chambre de son père, avait passé outre aux ordres de l'infirmière, qui le regardait, horrifiée, soulever avec aisance le long corps maigre, l'envelopper délicatement dans une robe de chambre – celle en velours imprimé, trouvée dans l'ancienne chambre –, le rouler encore dans une couverture, et encore l'envelopper dans une couette blanche.

— Il s'est fragilisé à ne plus bouger depuis si longtemps ! Il ne tiendra pas dans son fauteuil ! s'était écriée l'infirmière affolée.

— Il n'a pas besoin de fauteuil.

Avec une précaution infinie, Georges avait pris le beau fardeau ainsi momifié entre ses bras musclés, avait descendu les marches au chemin de laine grenat, poursuivi par les objections de l'infirmière déroutée, et avait franchi la porte, puis s'était arrêté sur le perron, laissant à l'infirme le temps de calmer son bouleversement. Il s'était penché sur le visage d'albâtre, ressentant l'intense émotion d'un amour jamais démenti. Leurs yeux s'étaient accrochés, brillant d'une même lueur. Doucement, Georges avait calé la tête de son père tout contre son cou pour le protéger des secousses.

Lorsqu'une brise fraîche souleva quelques cheveux épars sur son front, Eugène crut défaillir. Il n'avait plus vécu de telles sensations depuis si longtemps. Il était comme un prisonnier oublié dix-huit ans dans un cachot sans fenêtre, libéré par une grâce miséricordieuse. Quand il était rentré de l'hôpital, après son attaque cérébrale, il avait fallu attendre des mois avant qu'il émerge de sa torpeur, pour prendre, peu à peu, avec une horreur indicible, toute la mesure d'une situation tragique et pathétique. Depuis le début, il n'avait commis que des erreurs, se fourvoyant à chaque étape, fort de son honnêteté morale, mais la pire aberration... Damnation ! Il avait été submergé par un insurmontable dégoût, fait de rage et de remords, qui venait, par vagues, à longueur de journées et de nuits, lui briser le cœur et l'entendement – car trop souffrir rend fou. Comment avait-il pu survivre ?

Il avait oublié le goût de l'air, les odeurs qui lui heurtaient les narines, les couleurs de l'automne qui parait la campagne de ses ors changeants, le pâle soleil qui saupoudrait le lac d'une myriade d'étoiles et s'étirait comme une coulée de miel sur les montagnes.

Georges avait senti contre son torse les sanglots de son père.

Evitant les à-coups, il avait franchi le perron et s'était lentement avancé dans le parc. Georges allait prendre le chemin de l'ancienne promenade ; commençant par un crochet vers le lac, il reviendrait vers l'autre bout de la maison, vers la cuisine, et traverserait l'allée en passant devant le portail – sur lequel deux plaques destinées à arrêter les regards avaient été fixées. Le père et le fils longeraient ensuite la maison du couple, iraient jusqu'au fond de la propriété admirer le résultat du travail constant qu'Adrien effectuait pour éviter l'invasion d'une nature prolifique. Ils passeraient à l'endroit où, un jour d'été 1977, l'enfant qu'il était avait découvert son lapin mort. « Dis, maman, on est aussi triste quand on perd quelqu'un de sa famille ? — Oh, oui, mon chéri, et même plus encore. » Ils reviendraient ensuite par la berge, s'arrêteraient un instant sous la gloriette pour imaginer, avec un bonheur éphémère, la belle jeune femme aux pinceaux agiles, et puis ils iraient jusqu'au banc de pierre et s'arrêteraient pour communier avec la morte qui, trop fatiguée de lutter contre l'injustice des hommes, s'était enfoncée dans les eaux froides et noires du lac, dans la nuit du 24 au 25 novembre 1984.

Quand ils passèrent devant Anna et Adrien, figés dans une espèce de ravissement inquiet, Georges devança leurs questions :

— On a quelque chose à fêter, tous les deux.

Bouleversé, le couple resta à suivre mentalement le père et le fils, pensant confusément que les rôles s'étaient inversés. Ce fut aussi ce que se dit Georges et dut penser Eugène quand, installés sur le banc, ils revécurent l'un de ces derniers instants privilégiés volés au temps, vingt-deux ans auparavant, qui les avait réunis, le fils blotti contre le père, enveloppé dans le blouson paternel pour échapper au froid, à s'interroger sur ce qu'il adviendrait si... « Papa, si cette fille continue à mentir au procès, qu'est-ce qui va se passer ? — Si cette fille continue à mentir, nous irons lui tirer les oreilles, mon garçon. Tu n'as pas d'inquiétude à avoir. » Comme Georges avait voulu croire son idole « indétrônable » ! Son idole aujourd'hui fracassée. Qui pleurait dans ses bras, comme un petit enfant effrayé et fragile, de n'être plus rien qu'un corps sans cri, et au-delà de cette souffrance, de se savoir à l'origine de leur perte à tous. Qu'avait-il fait, lui, Eugène, en voulant la tromper, Elle, croyant la préserver mais la plongeant dans un terrible enfer ! Fatalité ! Les eaux du lac – son tombeau – le renvoyaient à son propre tourment. Et puis, peu à peu, le calme descendit en lui, l'enveloppant d'une espèce de sérénité, de douceur. Un sentiment, presque d'abandon, déjà, s'emparait de lui. Un semblant de sourire étira imperceptiblement un côté de ses lèvres. Il La devinait auprès d'eux...

Un rire vint les surprendre, qui les fit tressaillir

ensemble. Un rire léger venant de loin sur leur gauche. Des promeneurs sans doute. Mais ils avaient eu le temps de réentendre Elisabeth, de la revoir se pencher de cette façon bien à elle pour égrener ses notes aiguës et cristallines.

Les heures suivantes apportèrent à Georges une espèce de relâchement, une satisfaction du devoir accompli. Comme ce bonheur qui vous saisit à la fin d'un examen difficile, remporté haut la main.

Quand il avait réinstallé son père dans la chambre du premier étage, les doigts de celui-ci s'étaient emparés de la craie et avaient, avec difficulté, tracé sur l'ardoise en grinçant les lettres suivantes : M A I N T... Pour stopper la question, Georges avait enveloppé de ses larges mains les doigts malhabiles, faisant passer dans son regard, qui avait aujourd'hui la couleur grise du lac, l'absolue vénération qu'il ressentait pour Eugène. La complicité du père et du fils venait d'atteindre un degré tel que le premier, tout d'abord empli d'un bonheur excessif – dû à l'aboutissement d'une vengeance des millions de fois rêvée, espérée –, puis d'une reconnaissance éperdue, s'interrogeait enfin sur les lendemains du second. Mais le sourire grave de Georges l'avait encouragé à ne se préoccuper de rien. Son fils allait assumer la suite qui, maintenant, lui appartenait.

Dans l'heure qui suivit, déjà, l'infirmière remarqua un changement.

— Il n'est pas comme d'habitude, je vous assure, fit-elle avec son fort accent suisse.

— Il a l'air bien, s'étonnèrent Anna et Adrien. Il dort, tout simplement.

— Non, précisa l'infirmière en regardant Georges. Il est trop détendu, voyez.

— Eh bien tant mieux s'il est enfin détendu, émit Anna.

Elle se retourna vers Georges pour murmurer en le regardant longuement dans les yeux :

— La nouvelle a dû l'apaiser.

Pendant que l'infirmière, un tricot à la main, restait auprès d'Eugène pour surveiller comme chaque jour son sommeil, Georges se rendit dans le bureau de son père et s'y enferma.

Quand il en ressortit, il prévint Anna qu'il allait jusqu'à la poste du village.

Le lendemain matin, l'infirmière maintint son idée qu'Eugène était différent : « Il a refusé de manger. »

— On n'aurait peut-être pas dû l'informer, s'inquiéta Anna auprès de Georges, nous ne savons pas vraiment s'il nous a suivis dans le temps.

— Oh que si, il nous a suivis, Anna, crois-moi !

Georges passa la matinée au chevet de son père, souvent interrompu dans ses rêveries par les entrées inquiètes d'Anna. Et puis ce fut au tour d'Adrien de lui apporter le journal, ouvert à une page précise.

Annecy – 26 novembre 2002

Une Annecienne de quarante ans, Marianne Cottet, a été assassinée à son domicile dans la nuit du 25 novembre. L'absence de lutte semble confirmer que le meurtre a été perpétré par un individu connu de la victime. La police recherche un suspect, avec qui Marianne Cottet a été vue à plusieurs reprises. Des altercations ont même été relatées par des témoins entre la victime et cet homme.

Tout le temps de sa lecture, Adrien était resté debout devant lui. Quand il eut fini, Georges lui rendit le journal, ne craignant pas d'affronter son regard, laissant le brave homme lire en lui à cœur ouvert.

27

Annecy, le 27 novembre 2002, 10 heures

Assis à son bureau, le lieutenant Bruno Bigeat réfléchissait en se curant les ongles avec son Opinel. De taille moyenne, trapu et bedonnant, un peu rougeaud, il aimait la bonne chère et le bon vin. Une calvitie précoce dégageait son front bombé et lui donnait un faux air bon enfant, contredit par des rides du lion prononcées. Dans la police depuis trente ans, il glissait vers une retraite méritée, se donnant une dernière année pour former son nouvel équipier fraîchement sorti de l'école de police, un jeune mariolle d'après lui, qui avait tout à apprendre du métier. L'enquête Cottet était sa première enquête.

Le jeune policier, attablé à un autre bureau face à lui, était en train de lire des notes, une main perdue dans son épaisse chevelure brune taillée en brosse. Il était grand, mince, et arborait une fossette au menton qui rappelait Kirk Douglas. Il avait dans les vingt-cinq ans, était célibataire, et plaisait aux femmes qui aimaient son allure de cow-boy.

— On vient de coincer le rital, fit-il, mais ça va pas être facile de lui faire cracher le morceau. Il se défend, le bougre.

— Te tracasse pas, petit, c'est pas lui, même si l'on a retrouvé ses empreintes un peu partout dans la chambre, répondit son vis-à-vis qui continuait à s'occuper de ses ongles, très concentré.

— Ça, c'est toi qui le dis, répondit Yves Prince avec une grimace.

Chaque fois qu'il énonçait un fait, l'autre « je-sais-tout » le contrait. « Je vais avoir droit à la leçon du flair », se dit-il en pestant.

— Le flair, petit, sers-toi de ton flair.

— Ce gars-là est louche, tu en conviens ?

— Disons que les apparences sont contre lui. Tout le monde a vu l'altercation sur le bateau, ses regards haineux, on sait aussi qu'il est venu à plusieurs reprises menacer la femme, jusqu'à ce qu'elle réussisse à l'éconduire. Mais il faut savoir regarder au-delà des apparences, petit.

Annie, une jolie brune aux longs cheveux bouclés, entra dans le bureau et croisa ses bras sur sa poitrine.

— Savez-vous que deux autres types rôdaient vers chez la victime, le soir du meurtre ? D'après les témoins, ce seraient deux amants en peine. On les recherche.

— Nous voici avec de nouveaux suspects, réfléchit tout haut Yves Prince, en regardant les jambes de sa jeune collègue qui repartait.

— Si tu te mets à soupçonner les amants de la belle, tu vas coffrer vingt pour cent des habitants de cette ville, émit Bigeat en rigolant silencieusement. Je suis étonné qu'elle ne t'ait jamais fait du gringue, elle avait le chic pour traquer les beaux gosses. Allergie à la fonction, sans doute.

Sa bedaine tressautait par-dessus le ceinturon de cuir. Il arborait une mine de chérubin réjoui. S'avisant de la moue de son jeune équipier, il se fit bon camarade.

— Moi, j'ai une autre idée, parce que je suis du pays et que j'ai des informations que tu n'as pas. J'attends d'une minute à l'autre un dossier qui va parler, petit. La Cottet était une garce de première, elle a toujours plus ou moins fait jaser, mais il y a quelques années elle a trempé dans une sale affaire. Qui sait... conclut-il en faisant basculer son siège en arrière.

— Accouche du reste, demanda Yves Prince qui commençait à bien connaître son aîné.

— Ce qui me met la puce à l'oreille c'est la mort de deux autres femmes, répondit l'autre, presque à contrecœur, en ouvrant un tiroir sur sa droite. Tiens, reluque, ajouta-t-il en lançant une chemise cartonnée sur le bureau de Prince.

Celui-ci la plaqua sur le meuble avant qu'elle ne finisse sa glissade sur le bois verni, et en parcourut le contenu d'un œil averti.

— Je ne vois pas ce qui... commença-t-il en regardant Bigeat. Un suicide, un accident. A part le fait qu'ils se sont produits cette année, quel est le lien avec ce qui se passe aujourd'hui ?

— Ces deux femmes sont, elles aussi, originaires d'Annecy, et ont trempé dans la même affaire que la fille Cottet, cette affaire dont je te parlais à l'instant. Nous avons trois morts : un suicide par noyade, un accident – la femme s'est fait assommer par une pierre – et un crime par strangulation. Trois lieux différents, trois manières distinctes, aucun lien apparent. Aucune raison d'en voir un, sauf les gens au courant d'une certaine histoire, à une certaine époque. A mon avis, à l'heure qu'il est, tout Annecy aura fait le même rapprochement que moi.

— C'est quoi, cette affaire ?

— Viol.

La porte s'ouvrit sur Annie.

— Dossier Socrate, fit-elle en tendant un dossier jaune à rabats verts à Bigeat. Il ne date pas d'hier.

— Il a ton âge, gamine, répondit celui-ci en l'ouvrant, se désintéressant aussitôt des deux autres.

— Un café ? demanda la fille à Yves, pendant que notre BB replonge dans le passé.

Les deux jeunes gens sortirent en riant. Bigeat avait horreur de son surnom, mais l'intérêt de l'affaire qu'il étudiait l'emportait sur sa susceptibilité.

Lorsque Yves Prince revint, son homme réfléchissait, les mains croisées derrière la nuque, la tête tournée vers la fenêtre qui donnait sur une cour ombragée. C'était toujours la vue d'un vieux platane au tronc noueux qui aiguisait les réflexions du lieutenant Bigeat. Plus que centenaire, l'arbre scandait les années au rythme des saisons et appartenait au quotidien de son ami humain, comme l'immuable café matinal de ce dernier. Aujourd'hui, il perdait ses atours, pointant tristement ses bras dénudés vers un ciel mouillé. D'un signe, Bruno Bigeat invita Yves à se plonger dans les événements de 1980.

— Prends ton temps, petit. Quand tu auras terminé, nous irons faire un tour à Talloires, chez Eugène Socrate.

Presque à la même heure, ce mercredi matin, Odile à Annecy et Marie à Yenne décachetèrent une enveloppe identique, postée de Talloires. La troisième enveloppe fut relevée à Grenoble par Jacques, aux environs de 14 heures. Il venait attendre Florence à son appartement, elle devait rentrer de cours en début d'après-midi.

Odile, à la lecture du feuillet, pâlit et s'assit brutalement.

Marie dut s'y reprendre à deux fois avant de

comprendre que sa mère avait été impliquée dans une vieille histoire qui remontait à... elle relut la date qui figurait en début d'article... 1980.

Annecy – 27 avril 1980

Le professeur Socrate n'a pas supporté l'accusation.

Le professeur de philosophie Eugène Socrate, confronté avant-hier à sa victime, a tenté de se suicider en se logeant une balle dans la poitrine. Rappelons les faits : une jeune élève de terminale avait porté plainte en janvier 1980, accusant son professeur de l'avoir violée après l'avoir poursuivie de ses assiduités depuis le début de l'année. Ne supportant pas les refus réitérés de la jeune fille, son professeur l'aurait attirée dans un piège un soir de janvier et aurait abusé d'elle. Deux autres jeunes filles, se trouvant sur les lieux par hasard, auraient heureusement pu venir en aide à leur amie et témoigner sur ce qu'elle venait de subir. Le professeur Socrate avait été aussitôt démis de ses fonctions.

Des noms avaient été rajoutés à l'encre rouge, en marge de l'article photocopié. Le premier : Marianne Cottet, se rapportait à la « jeune élève de terminale ». Le deuxième et le troisième étaient reliés par une flèche à « deux autres jeunes filles » : il s'agissait de Michèle Mange – sa mère ! – et d'Anne Martin. Plus troublantes encore étaient les dates qui accompagnaient chacun des noms ; 25 janvier pour Martin, 25 avril pour Mange, 25 novembre pour Cottet.

Les autres noms ne disaient rien à Marie. D'ailleurs elle n'avait jamais entendu parler de cette affaire, qui remontait à cinq ans avant sa naissance. Perplexe, elle vint rôder du côté de chez Pierre, mais ne vit pas sa voiture. Le jeune homme l'avait prévenue de son absence pour un vernissage prévu depuis plusieurs mois. Elle attendit donc que sa grand-mère revienne de ses commissions dans le bourg, et lui tendit la photocopie de l'article.

— Personne ne m'a jamais parlé de cela, mamie, commença-t-elle. Et cette date, face au nom de ma mère, qui correspond à celle de sa mort... Qu'est-ce que ça signifie ?

— Mon Dieu ! s'alarma aussitôt sa grand-mère en portant la main à sa poitrine. Où est ton grand-père ?

La femme s'était pesamment assise, et s'évertuait à lire entre les lignes.

— Tu as reçu cela, sans un mot ?

— Comme une lettre anonyme, mais je ne comprends pas pourquoi tu as l'air si effrayée, tout à coup ?

— Cette vieille histoire que l'on a tous voulu oublier... murmura madame Mange, aussi pâle que le feuillet.

— Je t'ai entendue dire un jour que vous aviez quitté Annecy pour des raisons familiales... C'est à cause de cette histoire que vous êtes venus vous installer à Yenne ?

— Pas tout à fait, ma chérie. Disons que Yenne nous attendait depuis quelque temps déjà, les événements ont précipité les choses.

A cette même lecture, Florence eut la même réaction que Marie. Jacques, qui l'attendait pour aller en ville, la regarda froncer les sourcils et s'interroger.

— Je ne comprends pas, fit la jeune fille en lui tendant la feuille.

Jacques lut, s'attarda sur les noms et les dates.

— Ce serait cette histoire « pas très jolie » dont parlait ton arrière-grand-mère ? fit-il en levant la tête.

— On dirait bien. A ton avis, que signifient ces dates ?

— Pour ta mère, sa mort, pour les autres...

— J'appelle mes grands-parents. Ils ne pourront plus se taire.

Bigeat et Prince se regardaient sans un mot, depuis le départ d'Odile Cottet. Bigeat avait glissé dans une pochette en plastique transparent la missive reçue le matin même par la jeune fille. Celle-ci, à la lecture du courrier sibyllin, n'avait pas perdu son temps en conjectures et avait foncé à l'hôtel de police.

— A vrai dire, je ne m'attendais pas à ça, fit Bigeat, les sourcils froncés au-dessus de ses petits yeux enfoncés.

— Un tel courrier, posté de Talloires, est un peu comme un aveu, se hasarda Yves, et en même temps il peut être le fait d'un de ces types malmenés par Cottet. Si j'ai bien compris, elle a pu se mettre des tas de gens à dos, de là à tomber sur un taré… Mais dans les deux cas, j'y vois une forme de provocation.

— Je rajouterais même, une menace, fit Bigeat, plus que dubitatif.

— A ce point ?

— Si c'est l'œuvre de l'assassin, oui !

— A la première lecture, je ne vois pas…

— A mon avis, les deux autres filles ont reçu le même courrier.

— Il suffit de le leur demander.

— A quoi bon les affoler si ça n'est pas le cas ? On a le temps.

— Je ne comprends plus ! Tu parles de menace et ensuite de temps. Pas compatible, tout ça.

— J'ai ma petite idée. Si je tombe juste, on a un peu de temps. L'assassin n'est pas pressé, mais méthodique. Il n'y a qu'une chose qui m'échappe : pourquoi avoir attendu si longtemps avant d'agir ?

Bruno Bigeat avait posé un regard entendu sur le dossier jaune à rabats verts.

— Tu penses au fils Socrate, fit Yves Prince. Mais si c'est quelqu'un qui veut lui faire porter le chapeau ?

Au même instant, leur collègue féminine passa la tête par la porte à peine entrebâillée et s'adressa à Bigeat :

— 25 novembre ! BB.

— Quoi, 25 novembre ? fit Yves en voyant Bigeat sourire béatement.

— Le suicide d'Elisabeth Socrate ! Tout colle !

— Si tu le dis ! maugréa Prince.

— As-tu fait attention aux dates lors de ta lecture ?

— Euh... Ouais, bien sûr ! fit effrontément le jeune homme.

— Habille-toi, nous allons chez lui.

— Mais enfin, résista Yves qui garda volontairement les pieds croisés sur son bureau, admettons que tu raisonnes juste, pourquoi terminer la série noire en attirant l'attention par un assassinat ?

— Parce qu'il en a terminé justement, et qu'il se fiche d'être pris ou non. La lettre va aussi dans ce sens.

— Pas si les autres filles n'ont rien reçu.

— Elles recevront.

— Ton flair ?

— Mon flair.

— Explique-moi alors pourquoi, d'un côté, tu penses que c'est terminé, et de l'autre qu'il y a menace. Pas compatible non plus, tout ça.

— Ça dépend à quel genre de malade nous sommes confrontés.

28

Talloires, le 27 novembre 2002, 17 heures

Les deux hommes se garèrent devant le haut portail de la propriété, examinant les lieux tout autour d'eux, attentifs et curieux.

Il avait plu une bonne partie de la journée et l'humidité flottait encore dans l'air. Des nuages oisifs et crayeux s'effilochaient dans un ciel sombre. La Tournette paraissait se pencher sur eux, du haut de ses 2 350 mètres, comme si la destinée des Socrate l'intéressait tout à coup.

Si Anna s'était attendue à la venue de la police, elle n'en montra rien en examinant le tandem bizarrement assorti. Elle fit encore une fois glisser son regard du petit bedonnant habillé d'un blouson de velours marron et d'un pantalon gris au grand bellâtre qui avait les deux mains enfoncées dans un blouson de cuir noir.

— Quel monsieur Socrate voulez-vous voir ? s'enquit-elle en croisant frileusement les pans de son gilet sur sa poitrine. Le père est là, bien évidemment, mais le fils est reparti.

— Reparti ? fit Bigeat en dissimulant son intérêt.

— Il était là jusqu'à ce matin.

— Depuis quand était-il ici ?

— Hier matin.

— Vous doutez-vous de l'objet de notre visite ?

— Pas du tout, mentit Anna.

— Vous êtes certainement au courant de la mort de Marianne Cottet, de son assassinat, pour être plus précis.

— En quoi cela peut-il nous concerner ? J'espère que vous ne venez pas chercher quelque regret chez nous, monsieur. Vous savez ce qui s'est passé, ici, par la faute de cette... femme !

Les deux hommes sentirent l'agressivité d'Anna ainsi que son effort pour retenir son franc-parler. Ils la suivirent jusqu'à la maison, tandis qu'elle faisait un signe à Adrien qui poussait une brouette pleine de branchages. L'homme cessa son travail et vint les rejoindre.

— Monsieur Socrate est-il visible ? s'informa Bigeat.

— Il ne reçoit jamais de visite, hésita Anna en regardant son époux. Ça vous avancera à quoi de voir un invalide incapable de bouger, de proférer un mot ? Sa chambre est plus un sanctuaire qu'un salon, messieurs, je ne sais si je peux vous y emmener. Vous allez plus le gêner qu'autre chose, et l'inquiéter, cela va de soi.

— Nous nous ferons discrets, madame. Prenez cela comme une visite de courtoisie, rien de plus.

A contrecœur, Anna les précéda. Ils gravirent, à la suite les uns des autres, les marches qui les amenèrent à un étroit palier, devant une porte close.

— Quand il a eu son attaque, après le suicide de sa femme, on a agencé cette chambre pour lui, expliqua Anna à qui l'on ne demandait rien.

Elle tourna le loquet de porcelaine blanche, la porte s'ouvrit sans bruit. Elle entra la première.

— Il s'est assoupi, chuchota-t-elle en se tournant vers les visiteurs, un doigt sur la bouche.

Ses yeux plissés les priaient silencieusement de faire vite et sans bruit. Bigeat et Prince s'avancèrent, plus mal à l'aise qu'ils ne voulaient le paraître, saluèrent d'un coup de tête l'infirmière, qui s'écarta discrètement.

L'atmosphère et l'assortiment médical de la chambre avaient de quoi surprendre tout étranger. Les rideaux tirés sur la nuit qui commençait à tomber lui donnaient une allure confinée, renforcée par la veilleuse qui délimitait une zone de lumière étroite. Une prison, pensèrent-ils en prenant conscience de l'état d'Eugène Socrate. La moitié du visage semblait s'être affaissée comme si elle avait été tirée vers le bas par quelque fil invisible. Ce visage était pitoyable, monstrueux, ressemblait à un masque raté. Ouvert, l'œil de cette partie paralysée était sans vie, trouble comme celui d'un poisson mort. La bouche était fermée sur un pli triste d'un côté et de l'autre retombait, tordue comme souffrant mille morts. Après avoir examiné les résultats de l'hémiplégie faciale, Bigeat imagina le trou qui avait dû se combler sur la poitrine, occasionné par la balle de revolver. Il avait tous les éléments du dossier en tête. Il fit une moue bizarre, comme un peu dégoûtée et, quittant le corps des yeux, se concentra, l'air de rien, sur la chambre.

Avant de tourner les talons, Bigeat interrogea brièvement l'infirmière sur l'état de santé du patient.

— Il est en train de décliner, avança celle-ci la mine contrite, on dirait qu'il part tout doucement, après avoir tant lutté.

— Vous avez là de bien belles peintures, fit Bigeat lorsqu'ils débouchèrent sur le grand hall.

Il venait de remarquer les aquarelles accrochées aux murs d'une pièce ouverte près de l'escalier.

— Elles sont d'Elisabeth Socrate, expliqua Anna avec

soudain un peu de bonheur dans la voix et dans les yeux. Entrez donc.

Ils pénétrèrent dans une belle pièce aménagée en confortable salon de lecture et de musique. Un Pleyel fermé semblait s'ennuyer contre la porte-fenêtre qui donnait sur le lac.

— De jolies toiles, approuva Bigeat. Aucune d'elles n'est signée, remarqua-t-il en s'approchant du piano pour venir étudier de près un cadre doré posé sur le dessus laqué. Qui joue du piano ?

— Jouait, voulez-vous dire ? Georges, et un peu sa mère. Il a hérité de son goût artistique. Il peint, lui aussi.

— Dans quel état était Eugène Socrate, après son terrible geste ? demanda Bigeat dont l'esprit fonctionnait à toute allure malgré son air nonchalant.

— Avant son attaque cérébrale, il était absent, ailleurs, perdu pour nous tous. Après, ça a été pire, avec une paralysie quasi totale. Il a fallu attendre des années avant qu'il puisse communiquer par de vagues signes ; oui, non. Il nous parle à sa façon.

— Il vous parle ? l'interrompit Yves Prince, mais...

— Enfin, parler est un grand mot, il arrive à tracer quelques lettres sur une ardoise posée à ses côtés. Vous avez dû la remarquer, tout à l'heure.

— Son fils vient souvent ?

— Il est revenu pour ses trente ans et nous a fait le grand plaisir de rester plus d'une semaine. Et puis avant-hier. Mais on ne l'avait pas vu depuis janvier.

Les deux hommes échangèrent un coup d'œil.

— Il n'est pas revenu depuis ?

— Non, en janvier, je vous dis, n'est-ce pas, Adrien ?

Adrien hocha la tête.

— Que fait-il ? insista Bigeat, mine de rien.

— Il voyage beaucoup. Il a de l'argent, celui de sa famille.

— Pas de métier ?

— Il a fait des études de philosophie, comme son père, mais il n'a jamais supporté l'enseignement.

— Il s'est trompé de vocation ?

— Oh non, mais... il devait sans doute penser à ce que ces filles ont osé faire à son père.

— Son père a pourtant été condamné, remarqua Yves Prince, aussitôt fusillé du regard par son confrère.

— Son père est innocent, monsieur ! lui jeta froidement Anna.

— Quelle est l'adresse de Georges ? fit gentiment Bigeat pour calmer Anna. Comment le joignez-vous ?

— Il est resté à Lausanne, là où il a fait ses études et s'est fait quelques amis. C'est lui qui nous appelle généralement. Mais nous, on se désespère de ne plus le voir assez souvent. C'était un brave enfant.

— Comment a-t-il supporté tout cela ?

— Quand il nous interrogeait, on lui répondait très peu. On ne voulait pas le traumatiser davantage. A quel âge un gosse peut-il supporter une telle vérité ? A la mort de sa mère, à quatorze ans, il a exigé de tout savoir, et il ne nous a plus rien demandé par la suite. Après, pendant des années, il s'est éloigné d'ici, refusant de revenir même pendant les vacances, préférant s'inscrire dans des stages ou des formations. Maintenant, quand il lui arrive de revenir, il passe des heures avec son père, à « bavarder », à rattraper un peu ce temps perdu tous les deux.

— Ce... « grand retour », appelons-le ainsi, date de quand ?

— C'était en octobre 2000. On a cru qu'il revenait s'installer ici, hélas trop de mauvais souvenirs ont enterré les bons. Il n'a jamais voulu aller habiter non plus chez ses grands-parents, qui sont d'ailleurs décédés presque en même temps, rongés par la souffrance.

— Ça a dû être dur, en effet.

— Le plus terrible est qu'il y a toujours eu ce doute qui entachait la moralité de Monsieur, et cette garce n'a jamais démenti ni le viol... ni le reste.

— Comment était Georges, adolescent ?

— Comment peut devenir un enfant qui avait tout pour être heureux, après de tels drames ? s'énerva Anna, sans tenir compte de la main d'Adrien venue se poser sur son épaule. La tristesse, le dégoût se sont abattus sur lui, quelle réponse attendez-vous donc ? Maintenant venez au fait de votre visite, messieurs, nous avons à faire.

— Le meurtre de Marianne Cottet élimine l'accusatrice principale d'Eugène Socrate.

— Vous insinuez... ? s'exclama la brave femme avant de rester la bouche ouverte et tremblotante.

— Nous n'insinuons rien, madame, nous constatons et tentons de déduire. N'oublions pas que les deux témoins à charge ont aussi eu leur compte.

— Alors arrêtez de déduire des âneries ! intervint Adrien d'une voix bourrue. On sait comment les deux autres sont mortes. Si notre Georges les avait supprimées de manière adroite, pourquoi se faire pincer en étranglant celle-ci ? Et puis, franchement, il en aurait sacrément mis du temps pour se venger, le gosse ! Cette Cottet, n'importe qui aurait pu l'assassiner, elle poussait au crime. Ne nous dites pas que vous soupçonnez le petit. Il a toujours voulu oublier cette vilaine histoire.

— Vous ne l'avez pas connu, cet enfant ! renchérit Anna en se portant à la hauteur de son mari pour faire front à ces mauvais pensants. Un ange, un adorable bambin promis à un avenir aussi brillant que son père !

— Excusez-nous si nous vous semblons trop directs, fit calmement Bigeat, mais nous n'accusons encore personne. N'empêche que… Si je vous demandais à quoi correspondent ces dates…

Tout en parlant il extirpa un calepin de sa poche, en détacha un crayon, écrivit prestement quelques mots et tendit le carnet au couple rembruni.

— Je vous écoute, fit-il en passant lentement son écrit d'Adrien à Anna, d'Anna à Adrien, lequel se pencha enfin, lut, puis regarda son épouse en faire autant.

— On sait tous, dans cette maison, fit enfin l'homme d'un ton méfiant, à quoi correspondent ces trois dates.

— Je vous écoute, reprit Bigeat patiemment, sous l'œil intéressé de Prince.

— Le 25 janvier 1980 est le jour de l'incroyable accusation d'Eugène Socrate, le 25 avril de la même année, celui de son terrible geste, et le 25 novembre 1984, le jour du suicide de son épouse Elisabeth.

— Toujours un 25, commenta Bigeat d'un ton neutre.

— Et alors ? vous n'avez jamais entendu parler de la loi des séries ?

Bigeat regarda Adrien, se demandant si l'homme, derrière une posture un peu servile, ne le prenait pas de haut.

— Elles correspondent aussi à trois morts, monsieur, fit-il doucereusement, dont un assassinat.

— Pourquoi attirer l'attention sur un détail que vous ne pouviez que remarquer ? Georges n'est pas idiot !

— Je n'en doute pas une seconde, approuva Bigeat qui s'était mis en tête de déchiffrer les titres des ouvrages posés sur un guéridon à côté d'un large fauteuil.

De l'un d'eux dépassait un marque-page.

Il sortit ses lunettes de la poche de sa veste et les tint devant ses yeux sans les poser sur son nez.

— Ce sont vos lectures ? demanda-t-il au couple, en se redressant.

— Ce sont celles de Georges, il a gardé ses habitudes de gosse, fit Anna, attendrie. Il lisait encore ce matin. Mais d'habitude, il range tout avant de partir, finit-elle plus pour elle que pour les autres.

— Comment Elisabeth Socrate a-t-elle supporté les drames ? reprit Bigeat, revenant à sa préoccupation essentielle, comme s'il poursuivait une conversation mondaine.

— Vous avez de ces questions, fit Anna désabusée. Très mal, bien sûr. Trop d'épreuves l'ont terrassée, mais ce qui l'a tuée, c'est la conspiration de ces trois filles qu'elle était allée voir à plusieurs reprises, à la fin du procès, pour les supplier de dire la vérité. A la naissance de la petite Cottet, les mauvaises langues ont ravivé la rumeur, misant sur des ressemblances, inexistantes fort heureusement. La veille de sa mort, Elisabeth est revenue désespérée de chez Marianne Cottet qui l'avait jetée à la rue devant témoins, comme une malpropre. Elisabeth savait que tant qu'Eugène ne serait pas rétabli dans l'estime des gens, il ne pourrait faire aucun progrès. Elle le disait retranché dans l'oubli par angoisse. Elle a tenté sans succès d'obtenir une autre vérité de ces filles. Moi-même, je vous avoue les avoir accostées dans Annecy. La Cottet m'a insultée, les deux autres ne faisaient pas les fières et cherchaient à m'éviter, mais la Cottet les terrorisait. Dans la semaine qui a suivi le suicide d'Elisabeth, l'une d'elles, la petite Anne Martin, a tenté de se supprimer aussi. Elle avait pourtant une fillette d'environ deux ans. On a chuchoté qu'il pouvait y avoir une relation, mais bon... Elle a fini par quitter la région parce qu'elle ne supportait plus tout ça. Ça la rongeait. En fin de compte, elles ont toutes les trois payé leurs mensonges. On peut pas faire du mal impunément, comme ça, sans que ça vous revienne un jour, comme un boomerang. C'est sûr.

— Avez-vous des photos de Georges ?

— Pas de photos récentes, les dernières datent de ses douze ans. Mais vous avez vu un portrait de son père, tout à l'heure, sur le piano. Il a beaucoup de lui.

— Qu'avez-vous remarqué de spécial en lui, hier ?

— Rien ! firent Anna et Adrien d'un seul et même ton âpre, avant de s'interroger, dès qu'ils furent seuls, sur la disparition du calendrier accroché au mur de la chambre, surligné par Georges, cela allait de soi...

29

Annecy, le 27 novembre 2002, 19 heures

— J'étais devenu plus qu'un médecin pour cette famille, un ami, un véritable ami, expliqua le vieil homme aux deux policiers qui lui faisaient face, assis au bord de leur siège. J'ai partagé leurs malheurs. Je peux vous dire que Georges avait atteint un degré de souffrance intolérable.

Reçus dans un vaste bureau de style empire, Bigeat et Prince venaient d'entamer une conversation avec un homme qui portait beau ses quatre-vingt-sept ans. Celui-ci, médecin de la famille Socrate depuis 1945, avait longuement et pensivement secoué sa tête chenue tandis qu'on lui faisait part d'interrogations dérangeantes. Une femme d'une soixantaine d'années fit une apparition discrète pour venir s'enquérir des souhaits de l'homme de la maison et donner quelques coups de tison dans l'âtre. De hautes flammes vinrent lécher les bûches qui se mirent à crépiter et diffuser une agréable odeur de forêt. Les visiteurs ne désirant ni thé, ni alcool, la femme s'éclipsa sans bruit.

— Ce jour-là, j'aurais donné ma vie pour ne pas avoir à lui annoncer pareil malheur, reprit Constant Robin.

Après une crise de démence... une crise terrible... j'ai vu Georges sombrer dans une espèce de coma protecteur, que nous appelons la fuite par syncope... Ah ! La vie sait être cruelle parfois, ce petit en sait quelque chose. Il aimait profondément ses parents qui le lui rendaient bien. Il s'est senti tellement coupable d'avoir abandonné sa mère... Mais répondre à vos questions, messieurs, m'est impossible... Je revois encore Georges aux obsèques d'Elisabeth, abattu mais dominant ce qui le rongeait indéniablement, faisant preuve d'un trop grand courage pour son âge.

— Il a donc tout voulu savoir de cette vilaine histoire.

— Il a exigé de tout savoir, c'est vrai, et c'était bien normal.

— Pouvez-vous récapituler les faits, docteur ? Eugène Socrate semble innocent pour ses proches, pourtant il a préféré mettre un terme à ses jours.

— Il aurait fallu que vous connaissiez Eugène Socrate, lieutenant, rétorqua le vieillard en redressant le buste, vous ne jugeriez pas cette histoire d'une manière aussi simpliste. Lorsque Marianne Cottet l'a accusé de viol, Eugène savait pourquoi. Pour lui, il ne faisait aucun doute qu'elle allait se reprendre. Il a donc tenté le dialogue, passant outre à l'accusation et à la gravité de ce qui pouvait en découler pour lui, pensant plus à la jeune fille blessée dans son amour-propre qu'à ce qu'il risquait lui-même. Quelle imprudence ! Eugène ne voulait pas croire que Marianne Cottet, sa plus brillante élève, puisse œuvrer à sa perte, et pourtant elle a aussi profité de sa gentillesse pour doublement l'accuser de corruption.

— Comment cela ? s'exclama Yves Prince, agaçant Bruno Bigeat qui pensa que son jeune collègue, décidément, devait apprendre la patience.

— A plusieurs reprises, expliqua le vieil homme en jetant un regard froid à Prince, elle l'avait gêné avec ces petits riens, vous savez, ces petits sourires, ces petits gestes qui se veulent anodins, mais qui font trembler les professeurs masculins quand ils ont affaire à des jeunes filles de cet âge. Eugène avait toute l'estime de ses collègues et de ses élèves, il se surestimait un peu trop lui-même, se croyant protégé par son intégrité. Toujours est-il qu'il a préféré gentiment lui expliquer qu'elle n'avait rien à attendre de lui. La gamine, vexée, a commencé à faire courir le bruit que le professeur Socrate la trouvait à son goût et lui tenait des propos déplacés. Cela a servi à renforcer son accusation. Un soir de janvier, elle a monté sa dernière petite mise en scène. Eugène a eu la surprise de la voir pénétrer dans son bureau en dehors des heures de cours – parce qu'il l'y avait invitée afin de lui faire des excuses, dira-t-elle. Avant qu'il ait eu le temps de faire quoi que ce soit, la chipie avait ôté son pull, déchiré son chemisier, lacéré ses collants, arraché sa jupe, à croire qu'elle avait déjà fait tout ce travail avant de pénétrer dans la pièce tant cela s'est passé rapidement, et s'était jetée contre un bureau pour se marquer le corps. Quand il réussit enfin à l'attraper pour l'empêcher de poursuivre son manège hystérique, deux filles étaient apparues à la porte, pour le trouver rouge et échevelé, penché sur leur amie qui hurlait et pleurait.

— Les deux fameux témoins, souffla Bigeat, les filles Mange et Martin.

— Exactement. Un coup monté. Des filles qui n'avaient rien à faire ce soir-là au lycée, ni gymnastique ni étude ni rien, mais venues soi-disant parce que leur amie leur avait fait part de ses craintes de se retrouver seule avec Socrate. Ni plus ni moins qu'un timing bien orchestré. Mon ami Eugène a essayé de voir Marianne Cottet, après qu'il eut été renvoyé du lycée, pour la raisonner, mais elle a dit ensuite qu'il l'avait menacée.

— Les trois filles ont tenu bon dans leurs accusations.

— S'il y avait eu procès, maître Faure aurait tenté de les confondre. La petite Martin ne faisait pas le poids. Il était sûr que les témoins subissaient des pressions extérieures, c'est pourquoi il ne craignait guère un procès.

— Alors pourquoi monsieur Socrate n'a-t-il pas attendu ? s'étonna trop vivement Prince, qui récolta un regard sévère de leur hôte.

— Il me disait que, même innocenté, même sans procès, il était un homme déshonoré, que rien jamais ne viendrait laver l'outrage. Mon ami aurait trop souffert d'être exposé davantage. Il avait subi un interrogatoire, humiliant pour un homme qui pensait que sa parole avait un poids et serait retenue. Eugène était homme pour qui l'honneur est tout. Il avait aussi une haute opinion du genre humain, il s'était attendu chaque jour à ce que ses dénonciatrices se rétractent. « Je doute, disait-il, que nous allions jusqu'au procès. Elles vont se reprendre. » Et puis, il y a eu cette nouvelle qui a perturbé tout le monde. Ah, elle a bien joué, la môme Cottet. Peu après le viol, la nouvelle a couru dans Annecy que la victime était enceinte. Elle a joué à l'abusée ingénue et silencieuse. La rumeur enflait de jour en jour. Vous en imaginez les conséquences sur le moral du couple Socrate.

— Seconde épreuve pour Socrate, murmura Bigeat en se frottant les lèvres.

— Bien sûr, maître Faure a espéré que la fille accuserait son violeur. Il aurait eu toute latitude pour la piéger plus tard, au moyen d'une demande de recherche de paternité qu'elle n'aurait pu que refuser. Il en avait parlé à Eugène, qui ne pouvait imaginer devoir se résoudre à une telle avanie. Mais la fille, jamais, n'a accusé Eugène Socrate d'être le père de son enfant. Elle ne l'a pas fait parce que, premièrement, il ne l'a jamais touchée, et que, deuxièmement, n'accusant personne, elle laissait planer le doute. Il n'y a rien de pire que le doute, messieurs, en toutes circonstances. Avant l'heure, maître Faure se préparait à vouloir l'accuser de n'avoir dénoncé le professeur que deux jours plus tard. Il trouvait étrange qu'elle n'incrimine pas son violeur d'être le père de son enfant, au vu des dates du viol et du début de sa grossesse. Il avait eu vent, et espérait le prouver, que la jeune fille était enceinte d'un notable de la ville qui faisait lui-même pression sur elle. Il pouvait l'accuser aussi de se venger d'un homme qui refusait ses avances. Il avait dit tout cela à Eugène.

— Ce jour-là, le 25 avril, jour de la confrontation... Que s'est-il exactement passé ?

— La confrontation a été pénible et dégradante pour notre ami. Les trois filles ont menti effrontément, de manière abominable. Eugène a été accusé. Le juge allait délivrer un mandat de dépôt pour le mettre en détention provisoire. Mais Eugène Socrate connaissait la procédure. Pour gagner du temps, il a déclaré qu'il voulait entendre le gardien du lycée, histoire de déterminer l'heure d'arrivée des filles et le temps requis pour leur numéro... Ce qui lui a donné le sursis nécessaire pour rentrer encore une fois chez lui en attendant la convocation du gardien. On sait comment il a utilisé son temps... Cette tragique et radicale solution du suicide qui, hélas, a engendré une situation plus absurde encore.

— Avait-il toute sa tête, après ?

— Je ne saurais le dire avec certitude, au début non, ces dernières années un peu plus. Il n'a jamais parlé, pourtant rien de physiologique ne l'en empêchait. On a attribué son mutisme à une perte de raison, ou au traumatisme. Il a néanmoins réagi au suicide de sa femme, à sa manière, en faisant une rupture d'anévrisme.

— Georges est au courant de tout cela.

— Oui, enfin de l'essentiel, fit Constant Robin, qui paraissait s'être perdu dans de lointaines pensées.

— C'est son comportement d'alors qui nous intéresse, docteur, insista doucement Bigeat. La violence est universelle, le désir de vengeance est en tout homme.

— C'est drôle ce que vous dites là, lieutenant, fit leur hôte en croisant les doigts et les approchant de son menton pour mieux réfléchir. Eugène Socrate enseignait à son fils les préceptes du grand Socrate, à savoir que la volonté du mal est un monstrueux contresens ; l'homme est originellement bon, vouloir le mal serait contre nature. Qui ne se souvient de ses cours de philosophie... « C'est en voulant le bien que l'homme fait le mal ; on ne commet de faute que par ignorance ; l'homme est plus bête que méchant », etc., etc.

— « Connais-toi toi-même ; il vaut mieux subir l'injustice que la commettre », renchérit Bigeat d'un ton bonhomme, je sais bien tout cela, docteur, mais je peux vous dire qu'à l'heure actuelle, les lectures de votre Georges ont changé de registre, affirma-t-il en se penchant doucement en avant comme s'il venait de proférer un sacrilège.

Un regard d'Yves, plus qu'étonné, fit sourire intérieurement le policier roublard, avant qu'il ne poursuive, d'un ton maintenant badin :

— On ne peut pas dire que la lecture de Sartre soit une lecture équivalente, n'est-ce pas ?

— En effet, approuva Robin intéressé, attendant que l'autre s'explique.

— Les livres de Sartre n'ont-ils pas souvent pour

thème la liberté de l'homme, la responsabilité de ses actes ?

— C'est vrai, fit lentement le vieil homme, pour Sartre, tout acte assumé est un pas vers la liberté.

— Exactement, assumer ses actes sans éprouver de remords était pour lui une chose importante. Si je vous disais que Georges lisait, ce matin encore, *Les Mouches* de Sartre ?

Constant Robin se frotta le menton du revers de la main, avant de conclure :

— Ma foi, je répondrais que Georges est professeur de philosophie comme son père, et qu'il n'y a rien d'étrange à ce qu'il lise Socrate ou Sartre, bien au contraire.

Bigeat se pencha avant de reprendre :

— Parlez-moi encore de lui, de Georges.

— Il est devenu très renfermé, intériorisant tout. Je n'ai jamais réussi à lui soutirer la moindre parole concernant son calvaire, comme s'il s'était fait un point d'honneur de surmonter seul ses propres difficultés. On sait cependant combien il est difficile d'évacuer de telles névroses traumatiques. J'ai même craint un dédoublement de personnalité, avec d'un côté ce qu'il montrait de lui, c'est-à-dire cette indifférence à l'angoisse, de l'autre le sentiment d'abandon, d'impuissance et d'échec qui réveille l'angoisse endormie. La dépression chez l'enfant prend très souvent une allure réactionnelle trompeuse. L'hystérie est souvent invisible, elle n'en est pas moins douloureuse et cela pour une raison essentielle, à savoir l'envahissement constant des affects. Je suivais de loin l'insertion de Georges dans sa vie scolaire, attirant l'attention des directeurs et de mes homologues sur d'éventuelles idées suicidaires, qui sont plus courantes que l'on ne croit. Georges, contrairement à ce que je craignais, n'a pas sombré dans une dépression grave, même si les deux années scolaires qui ont suivi la mort de sa mère ont été très difficiles. Il s'est protégé à sa manière, en occultant une tranche de sa vie. Je l'ai revu, à l'occasion d'une de ses visites, ma foi trop rares. Il m'a fait bonne impression, il a l'air sûr de lui et paraît honnête. Nous pouvons dire que nous avons eu affaire à un caractère fort, mais je reste persuadé qu'il n'a pu évacuer la totalité de sa peine. Heureusement, la peinture l'aide à extérioriser.

— Selon vous, aucun désir de vengeance ?

— Souvent, derrière une carapace de sûreté de soi se profile une dépendance considérable vis-à-vis de l'entourage, qui fera ses preuves face à une menace de perte. Mais où est la menace aujourd'hui, lieutenant, dans le cas de Georges ?

— Georges n'a-t-il pas hérité du code d'honneur de son père ?

— Je le lui souhaite, mais pas dans le sens où vous l'entendez. Le petit Georges que je connaissais possédait toutes les qualités qui auraient fait la fierté de ses parents. Eugène, comme son père avant lui, avait le goût des nuances plutôt que l'emportement des passions, il n'interdisait rien, il donnait l'exemple. J'ai vu Georges poursuivre, en grandissant, une voie que son père, admirablement secondé par son épouse, n'avait cessé de lui tracer durant les années de l'enfance qui comptent double, les meilleures pour un enseignement. Chaque personnalité représente un curieux équilibre où les éléments hystériques et obsessionnels, s'ils ne sont pas évidents, n'en existent pas moins dans la complexité des conflits internes, tels les moteurs essentiels de notre vie pulsionnelle. Nous sommes tous, à des degrés différents, des névrosés. Mais, bien que notre subconscient renferme un monde d'inconnu, je ne pense pas que Georges soit devenu le monstre que vous supposez.

— Résumons-nous, dit Yves Prince en mettant sa ceinture de sécurité tandis que Bigeat faisait faire une marche arrière au véhicule, pour repartir de chez le médecin. Eugène Socrate est innocent, malheureusement pour diverses raisons l'affaire dérape et c'est le drame. Des trois filles, la seule qui a vécu sans remords est Marianne Cottet. Anne Martin, appelons-la Baup – elle était mariée et pas divorcée –, a préféré fuir Annecy après avoir survécu à un suicide. Michèle Mange a divorcé et a sombré, d'après nos rapports, dans la bigoterie. On dirait que ces filles semblent avoir traîné des remords comme des boulets. De quoi abonder dans le sens des braves employés de maison des Socrate.

— N'oublie pas que pour ce « brave couple », la mort des trois filles est considérée comme un détail.

— Ça leur a échappé ! Mets-toi à leur place.

— Ça n'était pas une maladresse, bougonna Bigeat.

— Soit, répondit Prince, mais ne me dis pas que cela les rend complices. Je poursuis néanmoins ; n'oublions pas aussi que les parents Cottet ont quitté Annecy en 1985, coupant les ponts avec leur fille. Que les parents Mange, eux aussi, sont partis d'Annecy pour emménager à Yenne. Coïncidences peut-être, mais nous sommes bien placés pour savoir que les coïncidences n'en sont pas toujours et peuvent être de sacrés indices, et que si elles s'accumulent, c'est pour mieux crier leur signification.

— Comme ce livre mis en évidence dans la bibliothèque des Socrate, fit Bigeat d'un ton rêveur.

— En parlant de livres, tu m'as épaté, mon vieux ! s'exclama Prince avec une drôle de moue. Je ne te savais pas porté sur la lecture, encore moins sur la philo !

— J'ai un bac littéraire, sembla s'excuser Bigeat. Mes deux filles m'ont aussi remis à niveau avec leurs devoirs, et c'est vrai, j'aime la philo.

— C'est quoi, cette histoire de mouches ?

— Je t'en conseille la lecture, affirma Bigeat, on en reparlera après. Bien, reprit-il d'une voix forte, une visite à l'avocat devrait éclairer les propos du médecin, cependant restons concentrés sur notre affaire. Je ne crois pas aux meurtres par la pensée, mais par procuration, oui. Qui est le mieux placé pour trouver son compte tout en vengeant son père ? Je retiens aussi que le père, Eugène Socrate, est en train de se laisser mourir, dixit l'infirmière. Comme par hasard il a survécu toutes ces années, pour enfin lâcher prise maintenant qu'il est vengé.

— Des meurtres perpétrés par amour ? osa Yves, inspiré.

— Pourquoi pas ? Maintenant, la question est de savoir si le meurtrier va s'arrêter là. Tout dépend de son profil : un psychopathe, un faible d'esprit manipulé par son père, un blessé de la vie tourmenté par son passé, un fils qui aimait trop sa mère, ou trop son père, et prêt à se sacrifier pour eux ? Il faut dire qu'il a eu une drôle d'enfance... Mais ce courrier me dérange.

— Que crains-tu exactement ?

— Que cet ange ne soit devenu démon.

— La série finie, il peut avoir envie d'en entamer une autre ? D'où cette copie de journal adressée à Odile Cottet ?

— Bien, petit, tu me suis dans mes raisonnements.

— Le flair, Bigeat, le flair, ironisa Yves. Ça vient !

— J'espère que ta patience aussi se manifestera, rétorqua Bigeat. Quand on bavarde avec les gens, c'est pour les faire parler, pas pour les bloquer. Laisse venir les mots, les pensées, laisse-les raisonner dans le calme, sans irritation, bon Dieu ! Et pour ceux qui ont des choses à cacher, sache que la parole est un leurre, c'est là que ton silence et ton écoute deviennent une arme.

— Ouais, fit Prince, sans se démonter, en enfournant trois chewing-gums entre ses mâchoires. Ce que la bouche ne veut pas dire, le visage le trahira quand même. Que fait-on maintenant, chef ?

Maintenant, Bruno Bigeat se taisait, accaparé par ses pensées. Sa façon de conduire s'en ressentait. Il allait lentement, comme s'il cherchait un coin pour faire demi-tour.

— Le désir de vengeance reflète dans une certaine mesure la souffrance, et la difficulté, pour la victime, de prendre ses distances, fit-il au bout d'un moment. Mais si nous pouvons comprendre cela, sans l'accepter bien sûr, nous ne le comprenons plus pour quelqu'un qui a un recul de presque vingt ans. Nous connaissons le principe de l'amnésie, que nous a rappelé le vieux toubib. En revenant voir son père, il y a deux ans, le fils a replongé dans l'histoire... Mais depuis octobre 2000, c'est encore trop long... Ne le sous-estimons pas, ne sous-estimons jamais quelqu'un pour qui le temps ne compte pas, surtout dans le cadre de la vengeance... Comprends-tu pourquoi je m'inquiète, petit ?

— Tu penses avoir affaire à un sacré teigneux, qui s'est découvert, du moins s'est redécouvert, une vengeance à honorer ? Et cette patience anormale laisse présager que... Bon sang ! Tu crois que nous aurions face à nous un type encore plus tordu... un type...

— Tu brûles.

— ... un type qui aurait tissé sa toile...

— Un homme qui rôdait autour de ses victimes ! abrégea Bigeat.

— De celles-ci, ou des prochaines ?

— Pourquoi pas les deux ? Il rôde déjà autour des prochaines, je le sens ! Je le sens, petit !

— Merde ! On oublie les autres pistes ?

— Je me concentre sur celle-ci. Occupe-toi des autres si le cœur t'en dit.

— Alors, courrier ou pas pour les autres filles ? Qu'est-ce que tu paries ?

A ce moment, le portable de Bigeat se mit à sonner.

— Monsieur et madame Mange sont dans ton bureau, BB, fit un de ses collègues depuis l'hôtel de police, ils ont voulu t'attendre. On a aussi eu un coup de fil d'une certaine Florence Baup. Tous trois ont à te parler d'un courrier anonyme.

Bruno Bigeat se retourna vers Yves Prince.

— On aurait dû parier ta prime, mon vieux.

30

Talloires, octobre 2000

A la mort de sa mère, Georges connut un enfer inimaginable. Le peu d'espoir en des jours meilleurs, incertain et trop fragile, qui lui restait, se disloqua sous le choc, avant que la douleur ne vînt le jeter dans un état proche de la folie. De tous les sentiments qui assaillirent l'enfant, de l'immense détresse à la terrible solitude, le plus dur à supporter fut la culpabilité. Après avoir assisté, impuissant, à la chute de l'idole, il avait abandonné sa mère à une solitude pire encore que la sienne, car confrontée chaque jour à une déchéance plus insupportable que l'absence. S'il s'était trouvé plus qu'orphelin, sa mère avait dû se sentir plus que veuve, délaissée aussi par un fils qui tentait de se reconstruire ailleurs. Le constat de ses fautes l'avait précipité dans un remords incurable. De quatorze à trente ans, il n'avait fait que de brèves apparitions à Talloires, cherchant à fuir la réalité des lieux, l'esprit même de la maison. Il avait tenté de survivre avec courage, mais la douleur était bien là, avec ses petites fêlures qui le jetèrent longtemps d'un état à un autre avant qu'il ne reprenne le contrôle de ses émotions, pour les bannir à jamais.

Son plus long séjour dans la demeure familiale remontait à l'année 2000, dû à une étrange envie de se retourner sur son passé. Etait-ce l'approche de ses trente ans qui lui avait insufflé le besoin d'un retour ? Ou quelque chose de plus fort encore, enfoui dans les replis de son cœur ?

Alors qu'il croyait avoir enfin réussi à mettre un peu d'ordre dans son chaos intérieur, un miracle avait eu lieu, le replongeant dans une période que son esprit avait partiellement occultée pour son propre salut. Miracle, en ce sens que son père décida, à ce moment précis, de sortir de son isolement.

Expliquer l'événement ainsi, en quelques mots dérisoires, pourrait laisser perplexe, et l'on pourrait aussi supposer qu'il suffit à l'homme de se laisser entraîner dans la vie par les événements qui le gouvernent, et attendre ! Comme il est des diagnostics, en médecine, qui laissent indécis par leur caractère incertain, imparfait, les gens de la maison avaient adopté, peut-être à leur insu, un fatalisme incompris mais commode, pour éviter le désespoir d'une attente vaine. L'ardoise et la craie, déposées depuis des années à portée de l'invalide, n'avaient jamais été utilisées, mais gardées là, un peu pour conjurer le sort ou pour s'éviter tout regret.

A son arrivée, Georges, à la vision du corps devenu presque étranger, eut cette désagréable impression de venir se recueillir devant une dépouille au faciès à demi tordu.

Il s'était attendu à voir son père plongé dans une sorte d'inconscience rêveuse. Mais à sa grande surprise, la paupière relevée au bruit de son approche libéra un œil vif. Cet œil l'examina, posé sur lui comme... comme cette fois si lointaine où, dans la chambre, avant l'apparition de sa mère... Vivement Georges se rapprocha et saisit une main crispée dans les siennes, une main qu'il sentit frémir, bouger véritablement. Et l'œil soudain contenait tant de vie, tant de... questions... de choses à dire... à déverser ! La main s'agita, frénétique tout à coup. Mû par un pressentiment, Georges, le cœur en émoi, rapprocha l'ardoise et mit la craie entre deux doigts raidis. Et tandis qu'une euphorie sans borne le gagnait, pulvérisant cette fragile carapace qu'il avait édifiée pour sa protection, la craie traça des lettres plus ou moins déchiffrables, mais néanmoins des lettres, qu'il se mit à épeler tandis que son père approuvait avec des battements de cils saccadés.

Mais quand Georges fit part à Anna, à Adrien et à l'infirmière de ce prodige, il comprit que ce miracle n'était destiné qu'à lui seul. Le paralytique ne montrait aux autres que la demi-mesure de ses nouvelles capacités : son œil, pour eux, perdait de sa vivacité et ses doigts de leur force.

Ce soir-là, l'infirmière leur annonça la température élevée de son patient, façon de dire à Georges qu'il avait fatigué son père en restant trop longtemps près de lui. Georges accepta le reproche avec un demi-sourire qui cachait son bouleversement. Nul dans la maison ne s'aperçut de l'éclat de son regard, ni de sa nervosité croissante. L'infirmière maugréa d'être ainsi évincée dans son rôle, mais Anna la convainquit qu'elle avait tout à gagner à la présence du jeune homme, qui semblait rendre de l'énergie à son père. A commencer par quelques heures d'un repos bien mérité.

Au début, Georges crut à la folie du gisant.

Ils passèrent de longues heures à échanger, et le mot est faible. Eugène Socrate, par le truchement de ses lettres malhabiles, que Georges épelait avant de lire les mots et finalement des phrases, puis que l'homme confirmait ou non à l'aide de sa paupière sensible, convainquit son fils qu'il était en possession de toute sa tête. A partir de là, les confessions d'Eugène, car l'on pouvait parler de confessions, jaillirent enfin de son corps martyrisé, comme une longue litanie de remords et de souffrance, à coups de craie rageurs.

Le pire de tout, pour Georges, indépendamment des tenants et des aboutissants de l'affaire qui les avait tous détruits, *fut de constater avec horreur que son père n'avait jamais perdu la réalité des choses*. Jamais ! Ensuite, il réalisa que lui-même avait manqué de questionnement au sujet de l'accusation et qu'il avait seulement tenté d'absorber le malheur.

Durant les nuits, Georges reconstitua leurs fastidieux dialogues par écrit, qui le laissèrent pantelant sur sa chaise ou tout à coup prostré, la tête entre les mains, tentant d'assimiler la terrible situation, l'épouvantable drame d'Eugène, répercuté sur sa malheureuse épouse au nom de postulats erronés.

— Mais pourquoi ? Pourquoi ne m'as-tu rien dit plus tôt, père ? disait souvent Georges, des larmes dans les yeux.

— Qu'aurais-je bien pu dire, mon fils, à un petit garçon de dix ans ? Et ensuite à un adolescent qui ne demandait qu'à oublier pour grandir normalement ?

— Et ma mère ? Ma mère qui n'attendait qu'un signe de toi pour revivre ?

— Il fallait qu'elle m'oublie, qu'elle fasse son deuil de moi.

— Comment aurait-elle pu ? Comment as-tu pu imaginer qu'elle t'aimait si peu ?

— C'est justement pour cela que je voulais la libérer

de moi. J'éprouvais tant de honte à ce qu'elle me voie aussi diminué que je me suis effacé derrière un masque.

— Comme tu as tenté de le faire avec ce malheureux pistolet ? lui reprochait douloureusement son fils. Tu n'avais pas le droit de nous faire ça !

— Je savais que mon geste pouvait être pris pour un aveu, mais en partant pour toujours je me faisais oublier du monde et de vous. Rester signifiait porter à jamais ma condamnation inscrite sur mon front. Je ne voulais pas être un mauvais passeport pour vous, mes amours. Ma mort devait vous libérer ! Mais j'ai commis des erreurs, et la pire de toutes a été de tromper ta mère ! De te tromper, toi ! J'ai compris, à la seconde même, mais trop tard hélas ! qu'Elle s'est d'abord tuée parce qu'Elle ne supportait plus de me voir loin d'Elle, pas tant à cause de notre déshonneur. Me croyant inaccessible, Elle ne me dissimulait rien de son chagrin, de son désarroi. Comme Elle m'a aimé, mon petit, comme Elle m'a aimé ! Je veux que tu saches à quel point nous nous aimions ta mère et moi. Et pourtant, c'est comme si je l'avais tuée de mes propres mains. Quand Elle m'a quitté cette nuit-là, désespérée, j'étais à deux doigts de lui avouer ma supercherie, prêt à renoncer à cette folie teintée d'orgueil qui nous sacrifiait tous pour accomplir mon deuxième suicide ! Mais Anna est arrivée, et j'ai repoussé ma confession au lendemain, me préparant mentalement tout le reste de la nuit à nos retrouvailles. Ma première punition a été de survivre à mon malheureux geste, la seconde, de supporter ce remords terrible de ne pas lui avoir parlé, alors que je le pouvais ! Et de rester ensuite cloué dans ce lit comme un arbre mort et subir à longueur d'année les assauts de mes remords, à hurler ma souffrance en silence, privé pour de bon, désormais, de la parole !

— Ce jour-là, dans ta chambre, quand tu m'as souri... disait Georges la gorge sèche... Quelle folie, mon Dieu ! Quelle folie ! Un mot de toi, un seul mot et nous aurions... Mon Dieu !

— Laisse Dieu où il est ! Dieu ne se soucie pas de nous, pauvres mortels ! C'était ma façon de mourir définitivement à vos yeux, pour que vous vous détachiez ! Pour que vous m'oubliiez !

— Et tu as résisté à nos pleurs, à nos prières...

— J'ai triché avec vous tous, j'ai résisté, caché ma souffrance, retenu mes larmes et mimé l'absence sous vos caresses et vos murmures. Oh ! ce jour où tu es parti en pension, mon Georges, si courageux à dissimuler tes larmes à ta mère ! Si beau dans tes vêtements de petit homme, le cheveu discipliné ! Combien de fois me suis-je mordu les lèvres jusqu'au sang, pour ne pas vous prendre dans mes bras et renoncer à mon vœu fou !... J'ai cru avoir le droit de gérer vos vies à partir de mes principes. Je t'en demande infiniment pardon, mon fils. Quelle prétention a été la mienne, depuis ce jour fatal ! J'appelle la mort inutilement depuis vingt années ! Mais je suis tellement empli de haine ! Je ne survis qu'à cause d'elle ! Elle m'étouffe de jour en jour ! Il me faut l'évacuer ! Enfin, tu es revenu vers moi, fils ! Délivre-moi !

Il fallut de longues heures pour que Georges reconstitue le drame. Les doigts qui formaient des lettres sur l'ardoise se fatiguaient vite. Eugène s'énervait, étouffé par cette rage de ne pouvoir dépasser son handicap, galvanisé par la vivacité de ses pensées, dont l'expression, hélas, dépendait de ses muscles atrophiés. Georges le calmait de son mieux, l'obligeant à retrouver son souffle que l'effort acharné d'écrire saccadait, se concentrant lui-même davantage sur les premières lettres d'un mot, afin de soulager le travail de l'infirme. Comme il sentait revenir en lui des milliers de sensations ou de souvenirs qui lui ramollissaient le cœur, il sentait croître l'exaspération de son père. La litanie commencée ne pouvait plus s'arrêter, résultat d'années de mutisme et de haine accumulées. Quand Georges voulait en stopper le débit, Eugène s'agitait et tremblait, voulait poursuivre, envers et contre tout. Des gouttes de sueur lui envahissaient le front, que Georges essuyait avec une tendresse neuve, avant de replonger dans l'esprit de son père, partageant avec lui ses jours de souffrance, retrouvant enfin ce fabuleux héros éclipsé de ses pensées. A travers les mots, Georges reconstituait les scènes qu'il avait laissées s'engloutir dans l'oubli. Les mots de son père le faisaient revivre à Talloires. Il retrouva l'image de sa mère. En plongeant dans la tragédie vécue par sa famille, paradoxalement Georges replongeait dans le bonheur, redécouvrant des sentiments auxquels il avait renoncé.

— Méfie-toi du chiffre 25, mon garçon, dit Eugène de ses doigts tétanisés. Celui-ci est maudit pour nous, même s'il a commencé sous le signe du bonheur. Nous nous sommes mariés ta mère et moi un 25 mai, tu es né un 25 octobre. Ce furent des joies immenses. Mais mes parents ont été tués sur la route un 25 juillet, j'ai été humilié un 25 janvier, désespéré un 25 avril, ta mère s'est donné la mort un 25 novembre. Ce chiffre est maudit. Tout comme cette confrontation l'a été. Depuis... je me consume de haine !

Eugène dut s'arrêter enfin. La respiration courte, accompagnée d'un bruit rauque, alarma Georges qui se leva pour stopper le flux des confidences, mais à grand renfort de lettres saccadées Eugène pria Georges d'aller dans son bureau à la recherche de l'adieu qu'il avait laissé aux siens, ce jour terrible.

— Ta mère avait renoncé à entrer dans cette pièce...

Le laissant se reposer, Georges chercha et découvrit la lettre de son père, dans l'un des tiroirs de son bureau, écrite dans l'heure qui avait suivi le retour du palais de justice. Sa dernière heure vécue avant de saisir le pistolet et d'appuyer sur la gâchette !

Je sais que j'ai tout perdu, rien ne sera plus jamais comme avant. On ne se relève pas d'un tel affront, même si un procès rétablissait la vérité. Je croyais que l'homme était bon, je croyais en la confiance, en la justice. Mon fils, méfie-toi de la vengeance d'une femme humiliée. Je n'ai pas su faire la différence entre la haine d'une petite fille et sa réelle capacité à faire du mal. Marianne était l'élève la plus brillante de ma classe, je ne comprends toujours pas son acharnement à ma perte. La vie n'est pas simple, il suffit parfois d'un petit rouage grippé. Ce rouage a été ces deux autres pestes à sa solde. Le plus terrible à vivre, mon fils, est l'injustice après la trahison. « Ce n'est pas toujours parmi les criminels qu'il faut chercher les gredins, mais souvent parmi ceux qui ne commettent rien », disait Nietzsche. On ne connaît jamais personne. C'est à cet âge-là que les femmes sont bien souvent les plus dangereuses, des monstres. Les garçons pensent à découvrir le monde, les filles à tester leur séduction. Si je le pouvais, je tuerais ces trois monstres de mes mains nues, pas pour ce qu'elles m'ont fait, mais pour ce qu'elles vous ont fait à toi, mon cher enfant, à toi ma tendre Elisabeth. Moi, si pondéré et tolérant, voyez où ma haine m'emporte déjà ! Je sais, mon fils et ma femme, que vous me savez innocent de ce dont on m'accuse. Pardonnez-moi, tous les deux, pour le mal que je vais vous faire, mais seule ma disparition pourra vous libérer de cette infamie.

Georges resta longtemps dans le bureau de son père, assis dans son vieux fauteuil de cuir fauve, à lire et relire les mots écrits dans un dernier souffle. Il imaginait trop bien l'arme que son père avait dû charger, soupeser et approcher de sa poitrine... Il imaginait hélas trop bien la suite : l'explosion et le néant.

Anna était passée par là. Il n'y avait plus trace du drame... à moins que ces taches... ici, sur le bois de l'accoudoir, ou sur le tapis... Georges avait le souffle court en caressant tous les objets environnants d'une main tendre. Il avait sorti d'un tiroir un vieux cadre de bois qui contenait un poème enluminé, dont le support attendait un renfort de colle. Georges avait relu avec émotion le superbe texte de Kipling, *Tu seras un homme mon fils*.

Comment Georges avait-il pu se résoudre à tourner le dos à tout ceci ? Abandonner ce qui le faisait encore vivre, lui ? Son père avait presque réussi avec son fils ce qu'il n'avait réussi avec sa femme. A se faire oublier ! Quelle honte ! Quelle lâcheté ! Georges se frappa le front à plusieurs reprises, laissant librement couler ses larmes. Il avait parcouru le monde, à la recherche d'une beauté qui effacerait la laideur des choses. En vain. « Si tu ne sens pas la beauté en toi, mon fils, jamais tu ne la rencontreras », lui avait dit un jour son père, à l'occasion d'une sortie sur les falaises du roc de Chère qui surplombent le bourg de Talloires.

Quand il revint dans la chambre silencieuse, Anna et l'infirmière arboraient un air inquiet.

— Nous avons appelé son médecin, Georges, ton père ne va pas très bien.

— Le docteur Robin ? s'étonna Georges.

— Non, Constant Robin est à la retraite, son remplaçant est arrivé il y a une dizaine d'années à Annecy.

— Il s'est fatigué de votre longue présence à son chevet, lui reprocha l'infirmière d'un ton bourru.

— Pas plus que lorsqu'il est avec vous, répliqua Georges.

— J'ai vu la craie, elle est bien usée, répondit l'air de rien la brave femme, avant d'entreprendre le rangement de la chambre.

Le médecin arriva rapidement, pour constater un affaiblissement de son patient.

— Il décline, rien de plus ni de moins, fit-il après son examen en descendant les escaliers avec Anna et Georges. Son organisme est en train de lâcher. On ne peut qu'être surpris qu'il ait tenu aussi longtemps. Je lui donne une semaine tout au plus, avant que... Je n'ai jamais vu quelqu'un s'accrocher autant à une telle vie, mon Dieu ! Plus rien pourtant ne le retient ici-bas.

— On se passe de vos commentaires, docteur ! fit Georges les dents serrées, choquant Anna. Que savez-vous des désirs de cet homme, pour les ramener à l'inutile !

Georges passa une partie de la nuit au chevet de son père qui semblait ne plus réagir à rien, et l'autre à traîner dans son bureau, à la recherche de tout ce temps enfui. Au petit matin, il pénétra dans les différentes pièces de chaque étage, comme l'avait fait Eugène, trente-trois ans plus tôt, à la mort de ses parents.

Anna et Adrien s'interrogeaient en silence sur son manège, écoutant ses pas aller et venir sur les vieux planchers, priant pour que le jeune homme retrouve ses marques en ces murs abandonnés, et leur revienne pour de bon.

Ils le reconnurent à peine à l'heure du petit déjeuner. Il avait le teint cireux, les joues creuses, comme aspirées de l'intérieur. Ses yeux avaient une fixité étrange et il fut avare de mots. Il passa ensuite des heures à arpenter le jardin, à se perdre dans la vision d'une campagne automnale, essayant d'imaginer le noir labrador sur ses pas. Les arbres s'étaient dépouillés de leur feuillage, prêts à s'endormir jusqu'aux chaleurs prochaines. Le lac avait repris la teinte grise qui faisait frissonner Elisabeth. Bien sûr, les canards ne reconnaissaient pas le petit garçon qui les avait nourris de pain, mais tentaient des approches intéressées. Georges se détourna de l'eau froide pour regarder la Tournette cernée de nuages vaporeux. Il avait connu autrefois la variété de ses aspects, la beauté de ses formes et ses vues panoramiques plus que splendides...

Quelque chose lui envahissait le cœur, doucement, le faisant respirer à petits coups.

La décision s'ancrait en lui.

Lorsqu'il vint retrouver son père dans la chambre sombre, il découvrit un homme si las qu'il craignit de le voir s'éteindre dans l'heure. Il se pencha alors et déversa dans l'oreille qu'il espérait attentive le résultat de son intense cogitation. Eugène émit un long soupir. La paupière se referma. Quand elle se rouvrit, l'œil fouilla le regard sombre, en décoda la violente détermination. Une larme s'en échappa. Eugène vivait depuis si longtemps dans un monde dépourvu de lois et de règles qu'il n'eut aucun sursaut de moralité. S'il en avait eu un, son fils n'aurait pas pour autant changé sa vision des choses. Rien ne le détournerait d'une décision dont il avait tiré toute sa logique.

Jusqu'à sa délivrance, cette vengeance programmée allait redonner le goût de survivre à l'infirme, et cette survie allait déconcerter ses médecins et ses proches.

Certaines nuits allaient devenir les complices d'une entente secrète et déverseraient un baume réparateur sur les plaies béantes d'Eugène. Peu importait que ce baume fût rouge de sang, puisqu'il le serait de celui de ses bourreaux.

Par cette quête de justice personnelle, Georges existait à nouveau, ne se souciant plus de toutes ses questions inutiles et sans réponse sur son propre devenir dans un monde absurde et désabusé. Il détestait toutes les définitions du hasard, rejetait la science des chiffres et des astres, rejetait Dieu et Satan, admettant seulement que l'homme n'était que ce qu'il se voulait et se faisait.

Tout s'imbriquait parfaitement dans sa tête tandis que son corps s'allégeait.

Un soir de la semaine suivante, Georges rôdait devant la maison des Cottet, au 18 de la rue Jean-Jacques-Rousseau, à Annecy, trop désireux de mettre enfin un visage sur le nom abhorré. Entendant des voix hardies et des rires à peine discrets, il avait ralenti sa marche et baissé la tête, et avait, pour la première fois de sa vie, approché la mère et la fille Cottet. Les propos qu'il entendit l'édifièrent sur les deux femmes. D'autres commentaires, lâchés sans effort par le propriétaire d'un bar voisin, qu'il avait su interroger habilement, lui confirma son sentiment. « La mère ? C'est une garce, et la fille prend le même chemin. »

Ce fut à ce moment que germa une autre idée dans le cerveau de Georges.

S'assurer que les filles Mange et Martin avaient eu à leur tour des filles ne fut pas des plus compliqué. S'assurant d'une absence des Martin, il avait questionné les voisins sur Anne, se faisant passer pour un ami d'enfance. Les voisins sont toujours bavards sur les autres. S'ils avaient paru surpris par la différence d'âge qu'il semblait y avoir entre Anne et ce jeune homme affable, cela ne les avait pas empêchés de répondre avec empressement. D'autres interrogations aux anciens voisins des Mange lui apprirent le reste.

Georges avait décidé de rajouter un codicille au contrat. Il allait s'occuper des trois garces, avant de s'amuser avec leurs filles, tout comme leurs mères s'étaient jouées de son père. La moindre de toutes ses raisons, aurait-il avoué dans un éclat de rire sardonique, aurait été de rééquilibrer l'importance du chiffre 25 dans la vie des Socrate. Mais la principale à ses yeux lui venait du cœur.

L'année qui allait suivre serait l'ébauche de ses représailles, avec des heures de surveillance, d'écoute dans l'ombre, de filatures et de rencontres.

31

Annecy, le 28 novembre 2002, 10 heures

La moue ennuyée, Bruno Bigeat regardait la photo jaunie, donnée par le docteur Robin.

— Vous croyez qu'il faut prendre ces lettres comme une menace ? demanda Annie qui entrait avec deux gobelets de café.

— Tu as eu les renseignements demandés ? l'apostropha Bigeat, agacé.

La jeune fille soupira sur l'intransigeance de BB, adepte d'un travail rapide et soigné. Elle déposa un gobelet devant chacun des deux hommes et fit mine de réciter, les bras derrière le dos :

— Georges Socrate loge bien à Lausanne, s'est fait naturaliser suisse, n'a pas de téléphone fixe mais un portable, et n'est pas souvent chez lui. D'après le voisinage, il voyage beaucoup. Il a eu un poste d'enseignant dans un lycée de la ville, mais n'exerce plus depuis cinq ans. Il circule en Mégane bleu nuit métallisé.

— Cette photo est inexploitable, commenta Bigeat en jetant le cliché sur le bureau.

— Ses voisins s'accordent à dire que c'est un bel homme, bien sous tous rapports, poursuivit la jeune fille.

— Par quelle famille commençons-nous ? interrogea Prince en regardant son aîné.

— J'ai bien envie d'aller interroger la famille Martin, avant de filer sur Grenoble voir leur petite-fille. Sa mère a été la première sur la liste. Si mes craintes sont justifiées, peut-être notre homme va-t-il suivre la même chronologie.

— C'est-à-dire passer à l'acte le 25 janvier prochain ? s'exclama Annie en ouvrant de grands yeux ronds.

— S'il doit passer au deuxième acte, je n'ai pas le sentiment qu'il va attendre aussi longtemps, répondit Bigeat, la tête tournée vers le platane, mais celui-ci, englouti dans la nuit, échappa à son regard. S'il n'y avait ces courriers...

— Peut-être ne fait-il que jouer à leur fiche la trouille, après tout. Ces filles-là ne lui ont rien fait, conclut la jeune policière en haussant les épaules.

— Notre job est d'anticiper et de s'attendre à tout, répondit Prince avec un air un peu suffisant qui fit ricaner Bigeat.

Aux environs de midi, ce jeudi 28 novembre 2002, les deux policiers remontèrent la rue Montorge, après avoir garé leur véhicule au parking Philippeville de Grenoble. Ils traversèrent la place Grenette en longeant la boutique France Loisirs, et s'engagèrent dans la Grand-Rue piétonne illuminée et encombrée de passants. L'air était frais malgré un soleil persistant, la ville avait sorti ses atours de fête, les vitrines arboraient leurs décorations de papier et de lumières scintillantes. Noël arrivait à grands pas. Un dernier coup d'œil à leur plan et les deux hommes filèrent sur leur droite, pour bientôt arriver devant chez Florence.

La jeune fille les attendait en compagnie de Jacques à

qui elle avait demandé d'être présent. Les salutations furent brèves et les deux hommes s'infiltrèrent dans le petit logement, Bigeat reniflant les lieux comme un chien de chasse. L'habitude, en un clin d'œil, lui avait fait faire un premier bilan de la situation. Il n'eut qu'à effleurer le couple pour en détailler la tenue vestimentaire et en tirer d'autres conclusions ; Florence était de ces étudiantes au budget réduit. Son pull de grosse laine marron, trop grand, et son pantalon délavé tombant sur des baskets fatiguées n'arrivaient pourtant pas à vaincre sa séduction naturelle ; le garçon portait parfaitement un pantalon de flanelle grise et un pull-over de marque plutôt sobres, et ses chaussures en daim ne manquaient pas de classe. Le lieutenant bientôt à la retraite ne perdait jamais son temps à paraître plus courtois qu'il n'en était capable, alors que Prince réagissait en homme prêt à s'attirer les sympathies. C'est ce qu'il fit en s'adressant à Florence qu'il jugea d'emblée fort jolie.

— Nous allons récupérer ce fameux courrier, mademoiselle.

Florence n'eut qu'à tendre la main pour s'emparer de la feuille posée sur le bureau.

Tous quatre étaient debout et se faisaient face. Florence regardait Prince qui examinait la lettre, conforme aux deux autres. Bigeat regardait Jacques. Celui-ci supportait sans broncher l'examen, de son œil froid, les mains nonchalamment enfoncées dans les poches de son pantalon. Bigeat aurait aimé voir ses mains, les mains ont toujours quelque chose à raconter. L'homme de terrain se disait qu'il n'aimait pas l'ami de Florence ; à cause de son vague sourire narquois, sans doute.

— Mes grands-parents m'ont enfin révélé des choses que j'ignorais, messieurs, et dont je ne suis pas fière, fit

Florence, la mine tourmentée. Ils ne sont plus très sûrs que l'histoire du professeur Socrate aurait dû se terminer de cette manière. A grand-peine, ils m'ont avoué avoir fait pression sur ma mère, lui affirmant qu'elle n'avait pas intérêt à revenir sur sa déposition après avoir donné sa première version des faits. Mon grand-père était un homme sévère, sensible au qu'en-dira-t-on, prêt à tuer sa fille si elle se parjurait. Et puis, mon arrière-grand-mère m'a dit avoir vu ma mère subir la mauvaise influence d'une amie que j'ai identifiée comme étant Marianne Cottet, qui la laissait en pleurs après ses visites forcées... Sa tentative de suicide a suivi celui de cette pauvre femme... on ne peut plus ne pas juxtaposer les faits... Pour mes grands-parents, il ne fait aucun doute que le trio, dont faisait partie ma mère, n'a pas été honnête, et a été assassiné par la même personne.

— Nous avons vu vos grands-parents ce matin, mademoiselle, répondit Bigeat en secouant la tête, lâchant enfin les yeux de Jacques. Leur conclusion, à l'heure actuelle, ne vaut que pour Marianne Cottet.

— Ce courrier a-t-il aussi été envoyé aux deux autres familles ?

— Aux deux autres filles des victimes, oui, avoua Bigeat après une hésitation.

— A quoi devons-nous nous attendre, lieutenant ?

— Il est trop tôt pour le dire. Pour l'instant nous nous concentrons sur vos fréquentations et votre entourage.

— Vous considérez donc cette lettre comme une menace, et envisagez l'idée que cet homme gravite autour de moi... ? s'alarma Florence, les yeux agrandis tournés vers Jacques. Mais il me faudrait alors me méfier de tous mes amis, des professeurs de la fac, ainsi que de tous les étudiants ? C'est impensable !

Bigeat avait face à lui quelqu'un d'intelligent et posé,

mais il se demandait s'il lui fallait inquiéter davantage la jeune fille. Prince lui souffla la réponse, avec un ton trop attentionné.

— Nous ne sommes jamais assez prudents, mademoiselle. Si nous sommes confrontés à un malade, il est bon de s'entourer des meilleures garanties.

— Inutile de vous inquiéter pourtant, reprit Bigeat, son collègue ayant à peine refermé la bouche. Ces lettres peuvent n'être que le terme d'une vengeance.

— Ne nous dites pas que vous n'avez pas de suspect, messieurs, intervint Jacques jusque-là resté muet. Il ne faut pas être devin pour comprendre que l'assassin de cette femme, à Annecy, venge le professeur Socrate.

Son ton circonspect énerva Bigeat qui se retint pourtant de rien laisser paraître. Tourné vers lui, il le gratifia d'un autre long regard avant de répondre :

— Nous avons su faire la même déduction, monsieur... ?

— Aubert.

— Nous sommes à la recherche du fils Socrate, monsieur Aubert. Mais rien ne l'accuse encore aujourd'hui, même si ce courrier pourrait orienter nos conclusions.

— Il a donc disparu ? s'étonna Jacques, le sourcil impertinent.

— Nous allons le retrouver, affirma Bigeat qui s'accrochait de nouveau au regard froid.

— Alors nous sommes rassurés, fit Jacques en s'approchant de Florence pour lui entourer l'épaule de son bras.

— Que faites-vous dans la vie, monsieur Aubert ?

— VRP chez Sillon, à Villeurbanne.

— Où habitez-vous ?

— Entre ici et Chambéry.

— Où étiez-vous la nuit du 25 ?

— A Chambéry. Mes voisins vous le confirmeront.

— Lieutenant ! protesta Florence, Jacques et moi sommes bientôt fiancés.

— Simple routine, mademoiselle, pardonnez-moi.

Chacun des deux hommes avait conscience d'affronter l'autre. Cela semblait plaire à Jacques, mais Bigeat n'aimait décidément pas ce grand et beau garçon, plus châtain que blond en vérité, qui le toisait d'un regard teinté d'ironie. Florence frottait doucement ses fines mains l'une contre l'autre, l'air ailleurs et navré.

— Penser que ma mère pourrait ne pas s'être suicidée... quelque part me réconforte. En même temps, imaginer son meurtre m'horrifie... Et aussi, penser que toutes les tragédies subies par cet enfant peuvent être fondées sur un affreux mensonge me laisse pétrifiée de honte, à cause de ma mère et de ses parents... Si Eugène Socrate était innocent... Ce que ces trois filles lui ont fait... Mon Dieu, son pauvre petit garçon... On succomberait à moins dans la folie.

— Si le meurtrier de Marianne Cottet est bien le fils Socrate, et je vous parle ainsi car vous en avez émis vous-même la supposition, nous avons affaire à un oiseau encore plus dangereux, qui a attendu des années avant d'agir, chose pour le moins surprenante, et qui nous laisse donc craindre plusieurs réponses à ceci, expliqua Bigeat en montrant du doigt la feuille que Prince tenait toujours entre les siens. Pour lui, son père était innocent. Il le confirmait dans sa lettre d'adieu, dont nous avons copie.

Il se tourna vers Jacques et, la tête levée pour bien enfoncer ses yeux dans les siens, continua en exprimant ses conseils. Il parlait calmement, mais on pouvait percevoir une vague menace dans le ton.

— Nous vous demandons donc grande vigilance, et

si... monsieur Aubert pouvait se porter garant de votre sécurité nocturne, ce serait parfait. Pensez toutefois à réfléchir sur l'apparition de nouveaux visages autour de vous, et ne manquez pas de nous tenir informés de vos moindres doutes. Voici nos téléphones.

A présent, les deux hommes amorçaient la descente de l'immeuble, mais ils stoppèrent au premier palier pour libérer la cage d'escalier à une jeune fille brune qui montait les marches deux à deux. Ils se croisèrent en s'examinant, et Bigeat la suivit des yeux. Quand elle s'approcha de la porte de Florence, il l'interpella en lui faisant signe de venir à eux.

— Vous allez chez Florence Baup ?

— Oui, répondit la jeune fille essoufflée et surprise, regardant les deux hommes avec attention et prudence, pourquoi ?

— Nous sommes de la police, et souhaiterions vous poser quelques questions.

— Qui me dit que vous êtes de la police ? fit-elle en même temps qu'ils sortirent leur carte.

Elle s'avança jusqu'à eux, reconnaissant au fond d'elle qu'elle ne saurait différencier un faux badge de policier d'un vrai. Ils parlaient bas, elle en fit autant.

— Vous êtes venu au sujet de la lettre... enfin, de sa mère ?

— En quelque sorte. Vous les connaissez bien, elle et son ami ?

— Ben oui.

— Ils se fréquentent depuis longtemps ?

— Je n'aime pas vos questions, vous venez de la voir, non ?

— Nous venons de les voir tous les deux.

— Parce que Jacques est là aussi ?

Le désappointement transparut sur la jolie moue constellée de taches de rousseur.

— C'est la présence de Jacques Aubert derrière cette porte qui vous chiffonne ? fit Bigeat d'un ton paternel.

— Ben... hésita la fille avant de poursuivre d'un ton mutin, il faut dire que nous deux... c'est pas tout à fait ça, voilà.

— Pas d'atomes crochus, ou bien c'est autre chose ?

— Hé là ! je ne vais pas taper sur les copains aussi facilement, répliqua la brunette avec effronterie.

— Si je vous interroge sur ses dons artistiques ?

— Jacques ? Artiste ? Pas à ma connaissance.

— Ni peintre, ni musicien ?

— Dites donc, qu'est-ce que vous lui reprochez à Jacques ?

— Rien, rassurez-vous.

— Alors allez poser vos questions à d'autres, répliqua-t-elle en leur tournant le dos pour frapper à la porte de son amie.

En débouchant dans la rue des Clercs, Bigeat ne put s'empêcher de regarder les fenêtres du troisième étage de la façade. Parfois, après son départ, des rideaux bougeaient furtivement, gestes empreints de curiosité, d'inquiétude ou de soulagement. Il s'était presque attendu à surprendre Aubert derrière l'un des vitrages.

— Je trouve que les filles d'aujourd'hui ont du caractère, fit Prince en gobant une poignée de chewing-gums, et je trouve aussi que la fille Baup est bien mignonne et surtout d'aplomb et généreuse. Par contre, toi, ajouta-t-il en resserrant son blouson et en soufflant une fumée blanche de sa bouche, tu n'as pas eu l'air d'apprécier son ami.

— On téléphone à sa boîte. Je veux savoir le maximum

de choses sur ce type dès demain matin, sur ses parents, ses amis, sa voiture, son âge, depuis quand il connaît la gosse, tout !

— Quand tu dis gérer l'environnement des victimes, tu commences par ce qui les touche de vraiment très près, se moqua Prince, mais je n'arrive pas à adhérer à ton principe selon lequel il colle aux basques de ces jeunes filles. Etre si proche de ses victimes l'exposerait trop.

— Peut-être, mais je ne me fie à personne, petit, bougonna Bigeat en se soufflant sur les mains. Je patauge dans l'âme humaine depuis trop longtemps. J'ai bouclé tant de gens à qui l'on aurait donné le bon Dieu sans confession que plus rien ne m'étonne. J'en arrive même à soupçonner les miens, vivement que la retraite me ramène une certaine légèreté. Fais-moi penser aussi à aller emprunter le dernier livre lu par Georges Socrate dans sa bibliothèque. Nous allons avoir besoin d'empreintes, si nous ne le retrouvons pas rapidement.

— Et maintenant ?

— Nous allons revoir la fille Cottet et les Mange. Ils devraient réfléchir à des comportements bizarres ou nouveaux autour d'eux. Préviens-les.

32

Annecy, le 28 novembre 2002, 15 heures

Odile Cottet accueillit la police avec un coup d'œil à sa montre.

— Vous avez du nouveau ? s'enquit-elle nerveusement, oubliant de les saluer.

— C'est nous qui venons en chercher, mademoiselle.

La jeune fille arborait un pantalon moulant et un pull à col roulé noirs, ainsi que d'inhabituels talons plats. Ses yeux démaquillés lui donnaient un air plus enfantin, ses cheveux roux disparaissaient sous un large bandeau doré qui lui envahissait la moitié du front. Elle fit entrer Bigeat et Prince, non sans avoir rapidement évalué leurs tenues passe-partout et fixé le lieutenant Prince dans les yeux.

— Mon fiancé ne va pas tarder, fit-elle en leur proposant un siège de la main. Nous nous inquiétons énormément.

— Il vous faut pourtant garder votre calme, conseilla Bigeat en déclinant d'un geste poli l'invitation à s'asseoir.

Yves Prince, qui était sur le point de se laisser tomber dans un fauteuil, se redressa à temps.

— Garder mon calme ! s'exclama Odile en ouvrant grand ses yeux. Vous en avez de bonnes, lieutenant !

L'assassin de ma mère m'envoie ses vœux et vous voudriez que je garde mon calme ? Si c'est pour avancer de telles foutaises que vous êtes venu, je...

— Monsieur a raison, Odile, calme-toi ! fit une voix derrière eux.

Tous se retournèrent sur Stéphane Marchet dont la haute stature s'encadrait dans la porte du salon, une mallette de cuir à la main. Tout en s'approchant, le jeune homme, qui avait quitté son travail à cause des policiers, les examina d'un regard amène et se débarrassa de sa veste qu'il jeta négligemment sur un canapé auprès de sa serviette. Son entrée avait réchauffé l'atmosphère, son allure décontractée et courtoise plut à Bigeat qui accepta, cette fois, l'invitation de s'installer plus commodément dans un canapé de cuir jaune. Les lieux étaient décorés avec goût, le mobilier semblait coûteux. Faisant fi de l'exaspération de sa fiancée, Stéphane lança la discussion.

— Veuillez excuser Odile pour ses remarques désobligeantes. La mort de sa mère, dans de telles conditions, l'a profondément affectée, et cette lettre énigmatique n'arrange rien.

— Avez-vous tenté de faire le point sur ce que je vous ai demandé ? fit Bigeat en exprimant d'un geste sa compréhension.

Les deux jeunes gens opinèrent de la tête en se regardant.

— C'est un travail délicat, lieutenant, commenta Stéphane. Poser un regard suspicieux sur les amis est tout à fait dérangeant. De plus, remonter jusqu'à quand ? Cette histoire date tout de même de 1980.

— Ça me fiche la trouille, à moi ! explosa Odile qui se contenait depuis un moment. Ça me fait flipper de devoir soupçonner le laveur de vitres, le livreur de pizzas, le nouvel apprenti coiffeur chez truc, le successeur du boucher de la rue chose, etc. ! Les obsèques de ma mère auront enfin lieu samedi, vous allez examiner à la loupe tous ceux qui vont s'y présenter ? Vous croyez qu'il va se pointer, ce fou, et tirer sur moi à bout portant ?

— Odile, je t'en prie ! lui dit fermement Stéphane. Comportons-nous raisonnablement.

— Comme ce dingue, qui se balade depuis des années dans la nature ?

— N'oublie pas que ce dingue, comme tu dis, doit peut-être en grande partie sa folie à ta mère !

— Je ne vois pas de quoi tu parles ! s'écria-t-elle en se levant pour faire un rapide aller et retour entre la fenêtre et le canapé.

Elle lançait des regards noirs à Stéphane qui se renfrognait.

— Tu sais très bien à quoi je fais allusion, fit celui-ci d'une voix dure, et j'aurais espéré que ce serait toi qui en parlerais à ces messieurs !

Il y avait toujours des moments à saisir, à espérer et attendre, ou encore à provoquer. Le tout était de cerner les ambiguïtés, soupeser les mots, en interpréter les accents. Enfin Bigeat pouvait s'engager dans une faille.

— Parler de quoi ? cher monsieur, intervint-il.

Stéphane, après avoir attendu qu'Odile se décide, le fit pour elle, qui le foudroya alors littéralement du regard.

— J'ai un ami, Francis Balme, le seul sans doute qu'Odile vous dénoncerait comme suspect numéro un.

— Pourquoi ne l'a-t-elle pas fait ? s'enquit Yves Prince en haussant les épaules, avant de s'excuser auprès de Bigeat d'un regard navré.

— C'est moi qui l'en ai empêchée jusqu'ici, répliqua Stéphane. Lorsque hier matin, elle m'a appelé au travail pour me faire part du courrier anonyme, je lui ai demandé d'attendre avant de s'embarquer dans des suppositions loufoques. Francis a un alibi pour la nuit du 25 novembre.

Le court silence qui suivit ne fut perturbé que par un profond soupir d'Odile qui calmait ses nerfs en martyrisant ses bagues.

— Francis est un jeune homme que nous avons rencontré en janvier 2001 sur les pistes de ski de Méribel. Nous avons sympathisé et sommes devenus amis. Il habite Lyon, on se rencontre de temps en temps à Grenoble chez mes parents et sur les pistes de ski.

— Age, profession, voiture, adresse ?

— Trente-quatre ans, il enseigne le français dans un collège lyonnais, roule en 307, mais ne me demandez pas le numéro de sa plaque d'immatriculation, je ne connais même pas celui de ma propre voiture. Il a une location place des Terreaux à Lyon.

— Un bellâtre prétentieux qui abuse des citations, se croit au-dessus de tout... se moqua Odile qui admirait ses ongles. Il n'a de tendresse que pour ses fringues.

— C'est un bel homme qui résiste au charme de ma fiancée, messieurs, tout simplement, la coupa Stéphane d'un ton mitigé, en supportant son œil sarcastique. Vous aurez ainsi tout compris. Quant à Marianne, elle n'était pas un prix de vertu, et je vois à vos mines peu étonnées que vous avez eu vent de sa réputation.

Sans regarder Odile mais la devinant en rage, il fit un geste pour l'empêcher de l'interrompre.

— Le jour de nos fiançailles, le 8 septembre dernier, elle avait trouvé malin de réunir quelques-uns de ses amants et de faire, par-dessus le marché, du gringue à Francis. Il y a eu altercation. Marianne, à l'évidence, n'a pas aimé la conversation de Francis puisqu'elle a tenté de le gifler. La fin de la promenade a gâché un peu l'ambiance, même si certains ont dit s'être bien amusés. Francis était à un bout du bateau, elle à un autre, ses amants faisaient gorge chaude.

— Que s'est-il donc passé ? demanda lentement Bigeat après avoir marqué un silence.

— Je n'ai rien pu tirer de Francis, sauf cette phrase étrange : « L'imposture de cette femme est remarquable. J'ai pu apprécier ton amitié, mais toi, ne garde rien de la mienne. » Après, il est resté dans son coin, se désintéressant de nous tous, avec cet air inabordable qui, parfois, le coupe du monde. C'est plus tard dans la soirée, après qu'il a disparu sans un adieu, que j'ai appris le sens de la dispute. Depuis, j'ai du mal à comprendre pourquoi Francis ne m'a jamais avoué qu'il connaissait, du moins de nom, la mère d'Odile, et qu'il la savait associée à cette histoire dont tout Annecy reparle aujourd'hui. Et qu'en plus, il était apparenté aux Socrate.

— Tiens, tiens, commenta Bigeat en regardant longuement Prince, voilà du nouveau. Vous rappelez-vous parfaitement les faits racontés par votre mère ? reprit-il en s'adressant à Odile.

— Lorsque le bateau est passé devant la maison des Socrate, lâcha Odile en s'emparant d'un paquet de cigarettes, Francis lui aurait ordonné de la regarder, l'accusant d'avoir détruit sa famille, quelque chose dans ce goût-là. Elle était furieuse, et lui avait un regard de tueur, acheva la jeune fille en allumant une cigarette sans en proposer à quiconque.

— Le soir même, compléta Stéphane, Marianne était toujours aussi furieuse. Après le départ des invités, nous nous sommes retrouvés tous les trois et elle a accusé Francis d'être un petit intrigant minable qui nous aurait tous abusés pour le plaisir de la ridiculiser.

— Il n'y a rien de plus vrai, non ? asséna Odile.

— Mais elle a aussi rajouté cette phrase odieuse, avant de claquer la porte : « Il aurait voulu que je reconnaisse mon mensonge ! Il n'a jamais entendu parler de prescription, ce petit con ! »

— Phrase des plus ambiguës, s'il en est, commenta Prince à voix basse.

— Parlez-nous de l'alibi de Francis, demanda son collègue en caressant son début de calvitie.

— S'être quittés comme cela... Ne plus voir ce type que j'aime bien me chagrinait. Je l'ai appelé sur son portable à plusieurs reprises. Il me décourageait de vouloir le revoir, mais sans jamais apporter les explications que je souhaitais. Mon dernier appel date justement du 24 novembre, veille de l'assassinat. N'arrivant pas à le joindre, j'ai appelé le collège. Le concierge m'a dit que le professeur Balme était parti accompagner ses élèves pour la semaine à Paris.

— Donc, il n'est pas au courant du drame qui vous frappe ?

— Je le suppose.

— Avez-vous une photo de lui ?

— Quelques-unes, qui datent du 8 septembre, mais elles ne sont pas très nettes.

— Il a toujours l'air de fuir l'objectif, précisa Odile qui s'était levée à la demande muette de Stéphane pour prendre des photos dans un meuble.

Stéphane haussa les épaules.

— Toutes les photos ont été prises à l'avenant par des amateurs. Il n'y a aucune pose, aucun chichi... à part ta mère, bien sûr, et toi-même.

Ignorant la remarque teintée d'ironie, Prince et Bigeat, qui avait sorti ses lunettes, se penchèrent sur les clichés pour découvrir un homme grand, large d'épaules, aux épais cheveux bruns, mais toujours pris de dos, de profil ou à demi caché par d'autres visages.

— Pouvons-nous garder celle-ci ? demanda Bigeat avant de faire disparaître un cliché dans sa poche. En dehors de Balme, pas d'autres comportements ou commentaires à signaler ? Des camelots, des vendeurs insistants ?

— Vous semblez oublier les nombreux amants de Marianne, remarqua Stéphane en imitant les deux hommes qui se levaient.

— Nous ne les oublions pas, monsieur Marchet. Au revoir.

En pénétrant dans leur véhicule, Prince et Bigeat se regardèrent en hochant la tête.

— Pas cool, la môme Cottet, mais Marchet t'a plu, fit Prince, presque affirmatif.

— Ne crois pas pour autant que je fasse l'impasse sur le bonhomme.

— C'est vrai qu'il passait ses nuits sous le même toit que la victime. Il aurait pu se lever en douce pour occire sa future belle-mère.

— Et monter tout ce foutu scénario pour faire accuser un gus qui aurait un meilleur mobile ?

— De toute façon, il n'est pas notre homme, il a vingt-huit ans et ses parents habitent à Grenoble. A présent, je rappelle les Mange en espérant qu'ils seront rentrés. S'ils avaient été chez eux tout à l'heure, on aurait filé directement à Yenne, en revenant de Grenoble !

— Tant pis pour le détour, c'est le boulot. Ça aura permis à la petite de rentrer du lycée. On repasse quand même au bureau, j'ai un coup de fil à donner à Talloires.

Le trajet fut court jusqu'au 15 de la rue des Marquisats où siégeait l'hôtel de police. Bigeat descendit de la voiture en laissant le moteur tourner. Prince resta à l'intérieur. Lorsque le lieutenant revint, après avoir laissé moult consignes à Annie, il avait le front soucieux.

— Des emmerdes ? demanda Prince qui s'était installé au volant.

— D'après le couple de la maison, il n'existe aucun cousin proche ou éloigné de la famille Socrate du nom de Francis Balme.

— Ça sent l'embrouille.

— Deuzio, le père Socrate a rendu l'âme cette nuit !

— Eh bien, nous le tenons, le fils !

— Que tu crois !

— Ne me dis pas que ce type, avec son ardeur ingénieuse à vouloir venger son père, n'assisterait pas à ses obsèques ! Si devoir il assume, il assumera jusqu'au bout !

— Il n'y sera pas, je t'en fiche mon billet !

— On laisse tomber Yenne ?

Bigeat regarda sa montre, puis son équipier.

— On aurait tort, conclut-il.

En arrivant à Yenne, vers 18 heures, Bigeat gara sa voiture dans le bourg. Un passant leur indiqua où habitait la famille Mange, ils partirent à pied. La bise s'était mise à souffler, les deux hommes avaient relevé le col de leur blouson et enfoncé les mains dans leurs poches. Ils furent vite à la bonne adresse et allaient s'engager dans l'impasse quand un véhicule, venant en sens inverse, les obligea à s'écarter. La courte impasse était éclairée par un lampadaire situé dans le bourg, et une lampe qui surplombait la porte de la maison. A une vingtaine de mètres au-delà, un bâtiment fermait les lieux.

Ne se départant jamais de son sens de l'observation, toujours à l'affût d'un indice et fort soupçonneux, Bigeat nota mentalement la marque et la couleur de la voiture qui passait à leur hauteur. Dans la pénombre de l'habitacle, à travers les vitres luisantes, il aperçut un profil sombre surmonté d'un bonnet, des mains gantées sur le volant, et des caisses ou des cartons entassés à l'arrière de la vieille Passat grise.

Ce fut Marie qui leur ouvrit et les fit entrer, un peu impressionnée. Ses grands-parents l'avaient mise au courant de leur entrevue de la veille avec le lieutenant Bigeat, et elle avait eu beau réfléchir, rien, à part la mort de sa mère, n'avait changé dans sa vie ces derniers mois.

Ils étaient tous les cinq installés dans la cuisine où régnait une forte odeur de lardons cuits. Sa grand-mère insista une dernière fois :

— Tu es bien sûre qu'aucun homme ne s'est approché de toi – pas forcément pour te parler ? Tu aurais pu remarquer un nouvel habitué d'un bar... Un nouveau copain dans votre bande, le petit ami d'une camarade ? Réfléchis encore. Un homme apparemment grand, pas mal de sa personne, n'est-ce pas, lieutenant ?

— Vous êtes en train de me faire peur, répondit Marie, la tête baissée. Le seul homme beau que je... murmura-t-elle en rougissant, s'arrêtant net.

— Je préfère que tu aies peur, vois-tu, lâcha madame Mange en soupirant, sans avoir entendu Marie. On se fait tellement de mauvais sang, lieutenant, on est prêts à ne plus l'envoyer au lycée. On va même se méfier du chauffeur de car qui l'emmène tous les jours à Chambéry.

— Que voulais-tu dire, Marie ? demanda Bigeat qui avait remarqué le trouble de la jeune fille.

— Rien, non, rien, dit celle-ci en faisant disparaître ses mains sous la table.

— En fin de compte, reprit Bigeat en fixant le visage

encore rose aux paupières pudiquement baissées, à part votre locataire, vous n'avez personne à nous signaler. On vient de le croiser. C'est bien lui qui circule en Passat ?

— Oui.

Marie avait relevé la tête, choquée.

— Quoi, le locataire ? Vous n'allez quand même pas...

— Non, fillette, intervint Bigeat avec un large sourire, mais notre boulot consiste à ne rien négliger. Considère cela comme la plus simple routine.

— C'est un chic type, fit le grand-père en hochant la tête. Discret. C'est un artiste.

— Récapitulons ce que vous nous avez dit de lui hier : Pierre Michallet, cheveux clairs, la trentaine, peu ou pas souvent rasé, ne reçoit jamais de courrier, peintre, vous règle ses loyers en espèces et d'avance... Savez-vous par hasard où il expose en ce moment ?

— Non ! fit le couple en même temps.

— Il est parti ce soir pour finir de préparer un vernissage à Gap, dit Marie vivement, rougissant à nouveau. Il a emporté une bonne partie de ses toiles. Il revient dans une semaine. Ça marche fort pour lui, il commence à se faire connaître. Il peint des paysages, mais il fait aussi des portraits, il a fait le mien.

33

Annecy, le 29 novembre 2002

Tous les renseignements demandés par Bigeat se télescopèrent dans la matinée de vendredi, le laissant perplexe. Il attendit que Prince termine une longue conversation téléphonique concernant une autre affaire et lui fit un exposé.

— Les gardiens n'arrivent pas à joindre Georges Socrate pour lui annoncer la mort de son père. Ils ont laissé plusieurs messages dans sa boîte vocale. Les obsèques auront lieu demain... Francis Balme est à Paris jusqu'à samedi, ceci nous a été confirmé par le proviseur du collège qui le connaît depuis plusieurs années et n'en dit que du bien : grand, brun, bel homme, trente quatre ans, célibataire, 307 noire... A part cette louche affiliation aux Socrate, il semble clean et c'est le seul qui a un alibi... Quant à Pierre Michallet, il expose effectivement à Gap dans une galerie de peinture. Ses toiles commencent à se vendre. C'est un type sans problème, voiture et téléphone en règle. Il nous reste à contrôler d'où il vient et ce qu'il faisait dans la nuit du 25 novembre, puisqu'il est parti de Gap vers minuit le 24, et n'est revenu à Yenne que le 27 en fin de matinée... On pourrait aller interroger le coco ce week-end... Venons-en enfin à Jacques Aubert, poursuivit Bigeat qui tendit en même temps un fax à Prince. Non seulement la description de son patron correspond à notre gars – trente-quatre ans, grand, blond – mais en plus il vient de nous adresser un fax de son contrat d'embauche, qui remonte à presque deux ans. C'est un garçon apparemment sérieux, qui organise lui-même ses visites. Il roule en Saxo blanche. Il était bien en tournée en Savoie pour son travail, du 24 au 27, avec une liste de clients pointée par son patron. Aubert nous a dit qu'il était revenu le 25 chez lui à Chambéry, mais les voisins ne peuvent confirmer que son arrivée car ensuite ils sont allés rendre visite à une sœur malade. N'oublions pas que Chambéry n'est qu'à une demi-heure d'Annecy, et... que je n'arrive pas à avoir une opinion tranchée sur ce type... Bien ! Nous constatons qu'aucun de tous ces hommes n'a l'âge de notre Georges Socrate. Cela ne nous empêche pas d'aller examiner de près les deux autres, Michallet à cause de la peinture et Balme à cause de cette parenté bidon. Nous savons tout d'eux, ou presque... Mais !...

— ... mais tu crains les fausses identités, fit Yves Prince.

— Exactement.

— Comment pouvons-nous retrouver un homme dont nous ignorons encore l'allure, un inconnu que les trois filles connaissent probablement sans le savoir ? Il y en a des badauds dans une foule, des étudiants dans une fac... ou des livreurs en tout genre, comme le dit la fille Cottet... Il a le temps d'en effectuer des va-et-vient, le bougre, s'il n'a rien d'autre à faire que dépenser l'argent de sa famille.

— Mon instinct me souffle qu'il est encore plus

proche que cela. Je reste scotché à mon idée première, sans forcément en voir encore tous les tenants... Attendons l'enterrement du père Socrate, bien que je doute d'y voir le fils, et le retour de Balme de Paris. Ensuite, nous passerons à la vitesse supérieure. Concernant les empreintes sur les lettres, bien évidemment nous ne trouverons que celles des filles et de ceux à qui elles les auront fait lire, mais pas celles de l'envoyeur. Nous irons chercher le livre chez Socrate, et nous nous inquiéterons de comparer les empreintes de Georges avec celles de tous ceux qui côtoient les trois filles.

— Sous quel motif ?

— Motif d'urgence, petit.

— Tu oublies que les amants de Cottet n'ont pas d'alibi non plus pour cette nuit-là.

— Ils s'étaient ligués comme des mômes pour aller lui faire peur, ces cons ! A quelques minutes près, ils voyaient fuir l'assassin. On les garde tout de même à l'œil.

— Le serveur ?

— Lui aussi.

Le 30 novembre 2002, 15 h 30

Dans l'ombre fraîche d'un pilier de l'église de Talloires, le lieutenant Bigeat se tenait à l'écart, les mains enfouies dans son pardessus doublé au col relevé.

Il ne pouvait s'empêcher, en regardant le cercueil exposé dans l'allée de l'église de Saint-Germain, de penser à l'autre cercueil, descendu dans les entrailles de la terre, le matin même à Annecy. Une coïncidence des plus étranges unissait le même jour, à nouveau, ces deux êtres liés durant leur vie par un acte mauvais. Un combat entre les deux âmes était-il engagé, invisible aux mortels, dont l'issue redonnerait la paix à Eugène Socrate ? Bigeat se défendait de vouloir analyser les faits relatés dans le dossier Socrate, même s'il était persuadé de la perversité de Marianne Cottet. Son travail nécessitait d'abandonner toute affectivité et consistait surtout à traquer le crime. Mais aujourd'hui, même si le lieutenant n'était pas des plus croyants et si l'atmosphère des églises ne favorisait pas en lui des pensées pieuses, il éprouvait de la peine pour l'homme figé dans l'éternité, enfin libéré de ses souffrances quelles qu'elles eussent été. En même temps, un étrange malaise l'envahissait depuis le matin, qu'il craignait de définir. Car lorsqu'il ressentait à la fois les picotements de l'incertitude et de la peur, il savait que les choses lui échappaient, et il avait horreur de cela. L'absence de Georges aux obsèques d'Eugène le troublait, bien qu'il ne se soit pas attendu à voir sa haute stature dans l'église de Talloires. Cette absence même signait le forfait. Quelque chose disait à Bruno Bigeat que le jeune homme avait enterré son père au moment précis où il lui avait annoncé son dernier meurtre. Il imaginait la scène ; l'adieu des deux hommes, les mains du père dans celles du fils, leurs regards soudés à n'en plus finir sur une vie qui se déroulait à toute allure à l'envers, les ramenant l'un et l'autre en ce temps d'avant... Le fils se sacrifiant pour le père... Le fils rétablissant la justice au nom de l'honneur... Rien n'efface jamais rien. Le passé croise à nouveau tôt ou tard le présent. En fin de carrière, Bigeat finissait par s'en convaincre.

Le lieutenant voyait Anna et Adrien se retourner de temps à autre, espérant – ou n'espérant pas – voir arriver leur « petit ». Ces deux-là en savaient plus qu'ils ne voulaient le dire. Bigeat regarda Yves Prince, de l'autre côté de l'église, sur sa droite. Il n'était pas mal en fin de compte, ce môme, il avait du raisonnement. Il avait surtout la chance d'être jeune. Bruno Bigeat soupira. Il en avait un peu assez de ce travail qui avait pris le pas sur sa vie de famille. Il se sentit las soudain. Cette affaire serait la dernière, il le décida. Il partirait ensuite vers un repos bien gagné, en espérant que son épouse et lui trouveraient l'envie de réapprendre à vivre ensemble. Rien n'était gagné, pensa-t-il une nouvelle fois, prenant soudain conscience qu'il s'égarait de son enquête.

Il y avait plus de monde à cet enterrement-là que pour celui de Marianne Cottet, contrairement à ce qu'aurait pu penser Bigeat. Il avait reconnu au premier rang Constant Robin et l'infirmière, qui épaulaient Anna et Adrien. Le couple était en pleurs. Il avait aussi identifié l'ancien proviseur de Socrate, quelques professeurs, des Anneciens connus de vue. Il avait avidement détaillé le moindre individu, conseillant à Prince d'en faire autant.

Les orgues lancèrent leurs notes poignantes. Dans un raclement de chaises et de bancs, les fidèles se levèrent pour écouter la dernière oraison, et enfin le corps fut emporté jusqu'au cimetière. Toujours un peu en retrait, attentif, Bigeat surveillait l'ensemble de la scène. Le ciel était lourd de bas nuages qui n'attendaient qu'un signe du maître des cieux pour se déchirer et inonder la terre. Le sommet des grands pins commençait à frémir sous l'assaut d'un léger vent qui charriait depuis le lac une vague odeur de vase. Bizarrement, Bigeat se sentait assailli par la tristesse, le doute et la peur, comme s'il pressentait la noirceur des heures à venir. Le malaise persistait en lui : il se sentait à côté des faits, en retard sur les événements qui se jouaient à son insu, et cela le rendait nerveux.

Lorsque tout le monde fut sorti du cimetière, après avoir jeté sa poignée de terre sur le cercueil en guise d'ultime adieu à leur ami, les deux policiers durent se rendre à l'évidence : Georges ne viendrait pas.

— Bien, fit Bigeat à Prince en regardant sa montre. On laisse une équipe sur place, au cas où l'envie viendrait au fils de venir en douce se recueillir sur la tombe. Que dirais-tu d'un saut jusqu'à Lyon ? Il me tarde de rencontrer ce soi-disant parent des Socrate.

A 16 h 30, tandis que les lieutenants Bigeat et Prince repartaient de leur bureau en direction de Lyon, l'homme qu'ils devaient y rencontrer garait sa 307 noire à quelques centaines de mètres de là, dans la rue Jean-Jacques-Rousseau, avant de sonner chez les Cottet.

Quand elle ouvrit la porte, Odile marqua le coup.

— Toi ?

— Moi.

— Pourquoi es-tu venu ? lui demanda-t-elle froidement.

Francis jeta un regard par-dessus son épaule avant de revenir sur la figure de l'orpheline qui gardait les traces de son chagrin.

— Je peux entrer ?

— Bien sûr, fit enfin Odile en reculant d'un pas. Pourquoi es-tu venu ? répéta-t-elle sans pouvoir s'empêcher d'être agressive.

— Je te présente tous mes regrets de ne pas avoir été là, ce matin, ainsi que toutes mes condoléances. J'avais oublié mon portable dans ma voiture. Je n'ai appris la nouvelle qu'en arrivant vers midi, de Paris, par le message de Stéphane. Où est-il ?

— On vient de l'appeler. Il s'est absenté un instant.

Odile regardait Francis comme elle ne l'avait jamais fait jusqu'ici, sans aucune arrière-pensée de séduction ou de provocation. L'enterrement de sa mère l'avait bouleversée. Elle se rendait pourtant compte d'un changement notable chez le jeune homme. Il ne portait plus sur le visage ce degré d'arrogance qui l'émoustillait. Face à elle, Francis avait un air grave, presque penaud.

— Je suis désolé pour ce qui est arrivé entre ta mère et moi, ce jour-là, sur le bateau, s'excusa-t-il.

— Tu nous as bernés, Stéphane et moi.

— Non, répondit-il en la regardant avec une gentillesse nouvelle.

— Pourquoi ne jamais nous avoir dit que tu connaissais cette histoire dans laquelle était impliquée ma mère ?

— Pourquoi vous aurais-je parlé d'une affaire qui ne vous concernait ni l'un ni l'autre et que tu ne connaissais peut-être pas toi-même ? Les histoires des parents ne doivent pas être un poids pour leurs enfants.

Odile réalisait à peine qu'elle se trouvait en face de celui qu'elle avait osé accuser... Un petit frisson la parcourut.

— Es-tu véritablement un parent des Socrate ?

— J'ai menti à ta mère. Je ne suis qu'un ami du fils Socrate. Nous avons fait toutes nos études ensemble. Il m'avait raconté.

— Tu connaissais sa maison ?

— Il m'avait montré des photos.

— Je t'ai accusé du meurtre de ma mère, avoua Odile.

— ... Je suis là, cela ne te suffit pas ?

La douceur que Francis affichait, aussi bien dans ses mots que dans le geste qu'il eut de lui prendre les mains, émut la jeune fille.

— Pardonne-moi, fit-elle en baissant les yeux, mais cette dispute sur le bateau...

— Non, toi, pardonne-moi. Je n'aurais jamais dû agir de cette manière... même si Georges Socrate est mon ami.

— La police le recherche. Son père a été enterré cet après-midi.

— Ah !

— Ton ami est le suspect numéro un. Il pourrait avoir tué les deux amies de ma mère qui étaient ses témoins.

— Ah !

La tête baissée, Francis avivait la curiosité d'Odile qui ne l'avait jamais senti aussi désemparé. Il n'avait plus rien du bel inaccessible.

— Je souhaiterais aller sur la tombe de ta mère. Indique-moi l'endroit.

— A cette heure-ci ? Mais la nuit tombe.

— Je lui dois bien une visite. Si tu veux venir, je t'emmène, nous serons revenus avant Stéphane.

34

Le 30 novembre 2002, 19 h 15

Circuler dans le vieux Lyon, un samedi soir, nécessite des nerfs solides. En utilisant leur gyrophare, Bigeat et Prince gagnèrent quelques feux et parvinrent enfin jusqu'à l'Opéra, place des Terreaux.

Au bas de l'immeuble, Prince s'inquiéta d'avoir fait tout le trajet pour rien.

— Si tu connaissais aujourd'hui le nombre d'heures de planque et de kilomètres inutiles que tu vas effectuer au cours de ta carrière, petit, se moqua Bigeat, tu songerais déjà à changer de métier. A cette heure-ci on a des chances de le trouver, sinon on l'attendra. Cherche son nom sur la plaque, ça m'évitera de sortir mes lunettes, et c'est toi qui te colles à l'interrogatoire.

— Balme, troisième étage.

Les deux policiers entamèrent la montée des étages en négligeant l'ascenseur. En arrivant sur le palier, Prince se repéra et appuya sur la sonnette de cuivre avant de croiser les mains devant lui, ignorant charitablement l'essoufflement de son collègue. Ils n'attendirent pas longtemps. Des voix leur parvinrent, et puis un éclat de rire tout proche. La porte s'ouvrit sur un individu chauve à lunettes, en costume cravate gris, qui fut surpris de se trouver nez à nez avec une plaque de police. De toute évidence, il attendait quelqu'un d'autre et son rire lui resta dans la gorge.

— Nous aimerions parler à Francis Balme, avança Prince en remettant son badge dans sa poche.

— Francis ! clama l'homme à lunettes, c'est pour toi !

Un individu, qui correspondait mieux à la personne que les deux hommes s'attendaient à rencontrer à cette adresse, apparut au bout d'un long couloir, une serviette enroulée autour de sa taille élancée, les mains levées au plafond, enduites de farine. Un pull marine assombrissait son regard dans un visage lisse. La mine étonnée, Francis Balme s'avança ainsi jusqu'à ses visiteurs importuns.

— Police d'Annecy, se présenta sobrement Yves Prince.

— Ah ! fit le grand brun en pâlissant quelque peu. Vous êtes porteurs de mauvaises nouvelles ?

— Vous êtes bien Francis Balme, professeur de français au collège Molière, ami de Stéphane Marchet et Odile Cottet ?

— Hé là ! c'est bien mon nom, ma profession aussi, mais de qui parlez-vous ? Ces noms ne me disent rien, s'emballa l'homme qui tenait toujours ses mains enfarinées relevées en un geste précieux, tandis que son ami restait à ses côtés, interloqué.

— Vous avez effectué avec eux une balade sur le lac d'Annecy, le 8 septembre de cette année, à l'occasion de leurs fiançailles.

— Vous vous trompez d'adresse, fit l'homme qui respirait soudain mieux. Pas de... quels noms avez-vous dits ?

— Marchet et Cottet, répéta Prince en regardant Bigeat.

— Pas de Marchet ou Cottet parmi mes connaissances, affirma Francis Balme.

— Ni de Socrate dans votre famille ?

— Je m'en souviendrais, si des cousins ou neveux portaient un tel nom.

— Et vous allez aussi me dire que le 25 novembre dernier vous étiez à Paris ?

— Bien sûr ! J'y accompagnais mes élèves, comme chaque année à la même période. Précisez-moi le but de votre visite, je vous prie.

— Pouvons-nous entrer, monsieur ? demanda poliment Prince. Parler d'un meurtre sur un palier est gênant.

— Un meurtre ? fit en sursautant le brun qui tout à coup songea à sa réputation dans l'immeuble. Entrez, entrez, bien sûr !

La lourde porte fut refermée précipitamment. Les deux Lyonnais se tinrent côte à côte, plus attentifs encore. Prince frotta ses mains l'une contre l'autre avant de poursuivre.

— Nous enquêtons sur un meurtre qui s'est produit le 25 novembre, auquel pourrait être associé un certain Francis Balme. L'homme en question correspond à votre description.

Les deux amis se regardèrent, avec un peu d'effroi dans les yeux.

— Enfin, messieurs, c'est de la spéculation... de... de... de la connerie pure. Que me chantez-vous là ?

— Il va falloir nous convaincre, monsieur.

— Alors, vous n'avez qu'à appeler mes trente-cinq élèves, les trois autres professeurs qui m'accompagnaient, dont ce monsieur-là, fit-il d'un geste large, et aussi le réceptionniste de l'hôtel, le contrôleur du train, les petites nanas qui nous accueillaient dans les musées, les salles de spectacle, les...

— Affirmatif, le coupa l'homme à lunettes, le visage très sérieux tout à coup. Mon ami n'a aucune crainte à avoir de ce côté-là. A moins de s'être téléporté, je ne vois pas comment il aurait pu faire un saut de Paris à Annecy, ce soir-là, avec la cuite qu'il se tenait.

— Voyons, Marc ! fit Balme d'un ton embarrassé.

— Il vaut mieux passer pour un soûlard d'un soir que pour un criminel. Tout le monde dans sa vie a connu un chagrin d'amour, les lieutenants de police tout autant que les professeurs de collège.

Les deux lieutenants dévalèrent les marches de l'immeuble pour débouler sur la place froide et ventée de l'Opéra.

— Chagrin d'amour, tu parles, lâcha Bigeat, le souffle court.

— Ben quoi, BB, tu crois que les chagrins d'amour des pédés sont différents des autres ? Ne nous inquiétons pas pour lui, ce Balme-là va vite retrouver le sourire.

— Grâce au chauve à lunettes ?

— Ouais.

Toujours en courant, ils regagnèrent leur véhicule et s'y engouffrèrent.

— Putain ! râla Bigeat en composant un numéro sur son portable. Notre faux Balme serait donc notre homme ? Non pas un parent des Socrate, mais le fils même ? Tout colle ! Merde, Cottet ne répond pas ! s'énerva-t-il en composant un autre numéro, l'œil vissé sur son calepin. Allô ! Marchet ? Bigeat ! Nous sortons de chez Francis Balme ! Ce n'est pas le vôtre ! Votre prétendu ami s'est servi d'une autre identité ! J'essaie en vain de joindre votre fiancée.

— Je n'y arrive pas non plus, lieutenant ! répondit Stéphane, la voix inquiète. Son portable est en stand-by. J'ai eu droit à un faux coup de fil qui m'appelait au travail ! Quand je suis revenu, Odile n'était plus là ! Elle n'a pris que son manteau.

— Nous faisons rechercher une 307 noire et envoyons une équipe sur place ! Nom de Dieu ! explosa Bigeat après avoir raccroché, on se fait manipuler comme des bleus !

Le 30 novembre, 22 h 45

— Les voisins n'ont rien remarqué de spécial. A cette heure, vous savez, un samedi, ça circule dans le quartier. Et puis, il a commencé à pleuvoir...

Personne n'avait pu donner le moindre indice concernant la disparition d'Odile. Stéphane, sous le choc de la révélation des policiers, et horrifié à l'idée d'imaginer une suite sanglante à ce que l'on supposait être un enlèvement, resta prostré dans l'appartement, au cas où la jeune fille appellerait. La police était sur la brèche et BB de plus en plus nerveux. Il tentait en vain de joindre Florence Baup, Prince faisait de même avec les Mange, dont la ligne était occupée.

La vue du dossier jaune à rabats verts, posé au sommet d'une des piles qui encombraient son bureau, stoppa les noires réflexions de Bigeat. Quelque chose, qu'il définissait comme son instinct et qu'il laissait toujours le guider à travers sa confusion, le poussa à rouvrir le dossier Socrate, à tourner les pages pour survoler une nouvelle fois l'affaire. Un café à la main – il en était au moins au dixième de la journée, « de quoi se foutre la santé en l'air », rumina-t-il –, il se pencha sur les feuillets dactylographiés, appréhendant cette nuit à venir.

— Où es-tu, mon salaud ? Qu'est-ce que tu mijotes ? murmura-t-il, tandis qu'Yves réussissait enfin à joindre ses interlocuteurs.

— ... Non, non, juste de la prudence... Avec des amies, dites-vous ? En voiture ? Bon... Bien... Tâchez de la contacter et insistez pour qu'elle ne quitte pas le groupe, quoi qu'il arrive... Nous restons en contact. Bonsoir.

Ecoutant d'une oreille distraite les propos de son collègue, Bigeat avait lentement tourné les feuilles du dossier jusqu'à la fin. Puis il recommença en sens inverse, lisant de bas en haut, découvrant les faits sous un autre angle.

— La gosse est sortie à Chambéry, avec un groupe d'amies, et je... qu'est-ce qui t'arrive ? Hé ! insista Prince en s'approchant.

Bruno Bigeat avait la bouche grande ouverte et devenait livide.

— Nom de Dieu ! explosa-t-il en frappant le bureau de son poing. On fonce à Yenne ! Regarde-moi ça ! L'enfoiré nous a bien eus !

Prince se pencha, hésita, relut et se releva, lui aussi ahuri.

— Il avait tout prévu !

— Tout s'accélère ! rugit Bigeat en se levant d'un bond. Téléphone à nos collègues de Gap pour le neutraliser.

— S'il est à Gap !

— Tu as raison d'en douter, petit ! Nous avons affaire à un sacré tordu !

A Grenoble, à la même seconde, Christine se débattait avec sa conscience.

Depuis sa rencontre avec la police sur le palier de Florence, la jeune fille hésitait entre se sentir inquiète ou confiante pour son amie. Les questions étranges et pleines de sous-entendus des deux hommes l'avaient mise en alerte. Florence avait eu beau lui expliquer que tout le monde était suspect dans une enquête, à commencer par l'entourage, Christine ne pouvait se départir d'un doute grandissant. Si la police s'interrogeait au sujet de Jacques, cela devait être dans un but précis. Elle s'en voulait aujourd'hui d'avoir joué les amies offensées, d'autant plus qu'entre elle et le jeune homme, le mot amitié n'aurait jamais de définition précise. Il n'y avait rien à faire : plus elle le connaissait, plus Jacques lui inspirait de sentiments contradictoires. Elle aurait aussi pu faire abstraction de leur dernier échange, qui datait de quelques heures, si elle n'avait pas rencontré ces deux policiers l'avant-veille.

A 19 heures, elle avait appelé Florence sur son portable, surprise de ne pas la trouver à son appartement, comme cela avait été convenu entre elles. N'obtenant pas de réponse, elle avait appelé Jacques. Que lui avait dit précisément le jeune homme ? Si elle devait en informer la police, autant être des plus précises.

— Vous êtes en voiture ? Où allez-vous ?

— En week-end.

— Mais tu ne devais rentrer que demain ! Florence et moi avions prévu de sortir.

— Les choses évoluent, ma fille. Laisse-la tranquille, elle a besoin de changer d'air.

— Passe-la-moi.

— Je ne peux pas, elle s'est endormie.

— Mais où allez-vous, bon sang !

— Tu ne peux pas nous lâcher un peu ? Je l'emmène chez moi, elle te rappellera elle-même.

Après avoir longuement réfléchi et échafaudé de nombreux plans, Christine s'était résolue à retourner sur le campus de Saint-Martin-d'Hères pour récupérer dans sa chambre le double des clés de Florence. Un peu plus tard, une fois dans l'appartement de son amie, elle s'était sentie un peu sotte et sans-gêne, mais avait privilégié son premier sentiment. Voir la trousse de toilette de Florence dans la salle de bains l'avait intriguée. Elle n'imaginait pas son amie renoncer à se brosser les dents un seul soir de sa vie. Perplexe, elle avait tourné sur elle-même dans le minuscule appartement, à la recherche d'une raison supplémentaire de s'inquiéter. S'inquiéter ! De quoi ? De qui ? Elle avait souri de ses suspicions à la Holmes, tandis que les réflexions de Florence sur les apparences lui revenaient. Son regard s'était arrêté sur la mallette de Jacques, dont le contenu l'avait intriguée tout à coup. « Ne pas se fier aux apparences. Si cela valait dans un sens, cela valait dans un autre. » La valise était devenue suspecte. Au moyen d'un tournevis récupéré dans un tiroir elle était venue à bout de la serrure, se forçant à croire qu'elle agissait pour le bien de son amie. Le déclic la surprit. Elle hésita une infime seconde avant de soulever le couvercle. Elle fut presque déçue de découvrir des échantillons de vis et de boulons, des brochures et des mailings, un carnet d'adresses, une souche de rendez-vous et de commandes. A quoi s'était-elle donc attendue ?

Malgré tout, se laissant guider par son instinct, elle s'était décidée à appeler la police. Ne sachant à qui s'adresser, elle avait composé le numéro de la police grenobloise mais s'était sentie soudain ridicule, et avait raccroché avant d'avoir un agent en ligne.

Depuis, elle n'arrêtait pas de s'interroger sur le bien-fondé de ses pressentiments.

Samedi, 23 h 20

Bigeat regarda gravement les grands-parents de Marie avant de leur asséner la vérité.

— Vous avez loué votre grange à Georges Socrate !

Le cri de madame Mange mourut dans sa gorge. Elle tomba sur sa chaise sans que son mari fasse un geste vers elle, trop ébranlé lui-même.

— Mais... réfuta-t-il, la voix soudain rauque, allons donc, ce jeune homme s'appelle Pierre Michallet !

— De son deuxième prénom Pierre, et du nom de sa mère, Elisabeth Michallet, articula Bigeat. Il est urgent que nous retrouvions Marie !

— Elle a dit qu'elle rentrerait avant minuit, s'affola monsieur Mange tandis que sa femme appuyait un mouchoir sur sa bouche. On a appelé plusieurs parents, personne n'arrive à les joindre sur leur portable. A quoi ils peuvent donc bien servir ces outils, bon sang, si on les éteint !

— Je ne supporterais pas un second malheur ! ça non ! balbutia sa femme en se relevant péniblement.

— Savez-vous où ces jeunes filles sont allées ?

— Non. L'une d'elles voulait arroser son permis de conduire. Elles ont préféré aller boire à Chambéry, peut-être aussi voir un film au cinéma.

— En attendant, montrez-nous le logement de cet homme, monsieur.

Vide ! Tout ce qu'il y avait de plus vide. L'appartement était débarrassé de ses moindres objets, de toutes ses caisses et tableaux. Le matelas aussi avait disparu. Le couple était atterré.

— Il avait tout prévu, fit Prince tout bas à Bigeat, dépité. Michallet et Balme, un seul et même homme ?

— J'en ai bien l'impression !

— Bien joué ! Que faire à présent ?

— Attendre Marie ! Trouver Florence. Rappelle-la, tandis que je téléphone à Gap.

Le couple réintégra sa maison, étouffé par l'angoisse. Peu soucieux de la fine pluie qui s'infiltrait dans leurs cols relevés, les deux policiers restèrent à l'extérieur pour passer leur coup de fil et raccrochèrent presque en même temps.

— Résultats identiques aux nôtres, à Gap ! L'oiseau s'est envolé, avec ses toiles, abandonnant le vernissage.

— Florence Baup est à l'Alpe-d'Huez pour le week-end, avec Aubert, fit Prince rassuré. Il a voulu lui changer les idées.

— C'est elle qui t'a répondu ?

— C'est lui. Elle dormait, après avoir pris un somnifère.

— ... Mmh...

— Lieutenants ! les interrompit monsieur Mange, la voix tremblante, depuis sa porte. Toutes les filles sont rentrées, sauf Marie ! A 21 heures, Michallet... enfin... ce salaud !... les a croisées en ville. Il a proposé de la ramener ! Les filles, qui le connaissent comme tout le monde ici, confirment que c'était bien le peintre !

— A 21 heures ! Merde ! Il en tient deux ! fulmina Bigeat en se frappant la main gauche d'un coup de poing.

— Quel est son plan ?

— Tu ne devines pas ? s'emporta Bigeat en courant à sa voiture. Appelle toutes nos équipes, qu'elles se tiennent prêtes. On va le cerner, ce fumier !

— Tu le crois où ?

— Nom d'un chien ! Si je le savais ! Raisonnons, bon Dieu ! Il se joue de nous. Raisonnons ! Pas la Suisse, trop loin… Quelque chose me pousse à foncer à Talloires ! En même temps… c'est trop facile !

Tout en parlant, Bigeat s'était emparé du téléphone du véhicule et appelait la voiture en planque au cimetière de Talloires.

— Les gars ! abandonnez le cimetière ! Allez poursuivre votre surveillance directement chez les Socrate ! Oui ! Discrètement pour l'instant. Ouvrez l'œil et rapportez-moi le moindre mouvement !

35

Deux heures plus tôt… à 21 h 20

La Mégane bleu nuit métallisé roulait doucement sur le chemin de Talloires. Georges Socrate jeta un coup d'œil dans le rétroviseur pour s'assurer que tout allait bien à l'arrière, sur la banquette et sur la route. Il imaginait l'effervescence au sein de la police. Même si le lieutenant Bigeat était un fin limier, la situation globale lui échappait encore. Georges eut un sourire sans joie. Ce qu'il était en train de faire ne lui procurait aucune jubilation. Il concluait juste un pacte et il lui restait peu de temps.

Il ralentit à un embranchement, s'engouffra dans un chemin de terre boueux, éteignit ses feux et cacha son véhicule contre une haie touffue. Il fallait s'assurer que la police ne gardait pas les lieux. Il contrôla une nouvelle fois que ses victimes avaient leur compte et quitta sa voiture. Il ne vit rien à proximité de la maison, mais il poussa jusqu'au cimetière où Bigeat aurait pu laisser quelques hommes en faction. A travers les branchages dépouillés et dégoulinants d'eau, Georges vit la voiture banalisée, à cent mètres de l'entrée du cimetière. Il recula et se fondit dans l'ombre, ses chaussures émettant de légers bruits de succion sur le sol détrempé.

La nuit s'annonçait froide. L'atmosphère, mouillée, frileuse et noire, se prêtait au crime. Même l'air était chargé d'un vague relent de vase ou de remugle.

Le trajet restant fut court pour arriver jusqu'à proximité de la maison familiale. Il s'assura que le vieux couple avait réintégré sa maison pour la nuit. Il imagina Adrien et Anna effondrés, seuls aujourd'hui, et en grand souci pour lui. Dans le noir, il effectua les voyages nécessaires pour transporter silencieusement ses fardeaux de son véhicule garé tout près jusqu'au salon de lecture. Une fois qu'il eut exécuté sa besogne, il referma les portes, et partit garer la voiture à plus d'un kilomètre de là, dans la cache qu'il avait utilisée ces deux dernières années.

Enfin de retour sur les lieux, il alluma un lampadaire à la lumière discrète et se posta devant les filles endormies allongées côte à côte sur le tapis persan. Il écouta leur respiration et commença sur elles un travail de bandit. Il leur ligota les mains et les chevilles, puis les bâillonna. Ce dernier ouvrage accompli, il regarda sa montre. En attendant que les filles recouvrent leurs esprits, il décida d'aller retrouver la nuit.

Georges se coula à l'extérieur par la porte-fenêtre du salon, s'assura que la maison d'Adrien et Anna était toujours plongée dans l'obscurité, et s'approcha du lac.

Dans les ténèbres, les ombres fraîches à peine mouvantes et bruissantes sous la pluie fine tempéraient la fièvre qui battait à ses tempes. La forte odeur des thuyas se mêlait à celle des eaux du lac, de la terre trempée et de l'herbe rase. Il les respira avidement comme pour s'en repaître une dernière fois. Face à l'onde noire, enveloppé dans l'épais silence seulement troublé par un doux clapotis, la pensée vive lui déchira l'esprit de sa solitude définitive. Eugène parti, Eugène effacé du monde, Georges était le dernier Socrate, désormais, à fouler ces lieux, dernier d'une famille d'hommes honnêtes et loyaux. L'injustice subie par son père, digne descendant de cette lignée, ne pouvait se contenter de trois meurtres. Pourtant, lui, redresseur de torts, ne récolterait au bout du compte que l'exclusion des hommes. Mille pensées allaient et venaient sous son front brûlant qu'il offrait aux gouttelettes froides. Elisabeth et Eugène n'existaient encore que par sa seule pensée. Lui-même, n'avait-il pas une existence vouée elle aussi à la disparition ? Mourir n'était donc qu'exister grâce à d'autres individus qui, en disparaissant à leur tour, feraient disparaître jusqu'à sa dernière ombre d'existence... Même les photos, gestes ou sourires volés au temps et relégués dans quelques tiroirs à souvenirs ne représenteraient bientôt plus rien que des visages inconnus repartis dans le néant. La mort était ce néant. La mort rendait la vie absurde, lui ôtant tout sens.

Georges se sentit soudainement dans un état étrange. Les bruits se dissociaient tout autour de lui, comme pour le ramener à l'urgence de l'instant. Etait donc venu le temps des adieux à ce sol, pour lequel son père lui avait avoué un amour inexplicable, un attrait mystérieux.

Les vaguelettes clapotaient doucement, musique merveilleuse qui avait bercé son enfance. Mais elles lui avaient aussi ravi sa mère. A se souvenir de ce moment maudit, Georges sentit une douleur l'étouffer soudain, curieusement aussi forte que celle qui l'avait emporté, ce jour-là, jusqu'aux portes de la folie. Etait-ce parce qu'il allait bientôt inscrire le mot FIN sur le grand livre, et qu'il revivait les instants tragiques de sa vie ? La respiration sourde, les poings crispés dans les poches de son pantalon, il avança encore, prêt à tomber dans le lac. Un vertige le prit quand il imagina le corps d'Elisabeth bleui de froid, englouti dans les profondeurs du lac avant d'en être extrait comme un vulgaire paquet de chair inutile. Il n'avait pas été là pour l'empêcher de commettre l'irréparable. Quel était donc ce sentiment, mélange de haine et de dégoût, de désespoir et d'inutilité, qui alourdissait son cœur alors qu'il avait accompli son devoir ? Etait-ce parce qu'il n'en avait pas encore terminé avec les rejetons de ces monstres ? Pourquoi attendre ? Un second vertige l'envahit, il s'accroupit sur l'herbe trempée pour ne pas tomber à l'eau. Perdait-il la tête avant d'en avoir fini ? Il tenta de se relever, mais une douleur au niveau de ce cœur éperdu lui fit porter la main à sa poitrine. A l'endroit précis où, à l'aide d'une fourchette, il avait tenté de détruire sa vie pour aller rejoindre sa mère. Le docteur Robin, venu lui annoncer l'épouvantable nouvelle, et le directeur de l'école avaient regardé avec émotion l'enfant de douze ans résister à la nausée avant de se ruer hors du bureau. Les deux hommes s'étaient précipités derrière lui, appelant du renfort auprès des surveillants d'étude. Comme un forcené, Georges avait traversé le réfectoire pour raccourcir son trajet jusqu'aux chambres, s'emparant d'un couvert sur une table et le serrant dans son poing, passeport pour la mort. On l'avait retrouvé ensanglanté, la poitrine affreusement lacérée au niveau du cœur par l'outil aux dents d'acier. Constant Robin avait eu toutes les peines du monde à arracher l'arme des mains de Georges avant qu'il ne sombre dans le coma.

Georges reprit ses sens et se releva, frotta ses mains l'une contre l'autre pour les nettoyer, et puis effaça la pluie qui roulait sur son visage comme des larmes.

Le temps lui était compté.

Il revint à la maison, ferma la porte-fenêtre après les volets, et tira les lourds rideaux de brocart avant de rallumer le lampadaire. Il faisait froid dans la maison. Triste aussi, à cause de ces pièces vides devenues inutiles. Les corps ligotés ne bougeaient toujours pas. Il installa chacune de ses victimes dans un fauteuil puis vint s'asseoir au piano. Découvrant le clavier, il entreprit de jouer une sonate légère.

Samedi, 23 h 20

Au moment où Prince s'inquiétait de savoir comment, et surtout où, aller cerner le fumier en cavale, le téléphone de Bigeat sonna.

— BB ! fit Max, un policier resté à Annecy. Un appel d'une copine de la fille Baup, une certaine Christine. Il paraît que tu l'as vue avant-hier, dans l'escalier de l'immeuble de son amie.

— Je me souviens très bien. Et alors ?

— Elle s'inquiète pour elle.

— Et alors ? Accouche !

— Florence Baup serait partie avec son fiancé, alors qu'elle avait rendez-vous avec elle à 18 heures ! Il paraît que c'est pas son habitude de rater ses rendez-vous sans prévenir. Elle a constaté qu'elle était partie sans sa trousse de toilette, pas son genre non plus pour une longue absence. Ça ne nécessite peut-être pas...

— Si ! ça nécessite, Max ! Dans la merde où nous sommes tout est à prendre en compte ! On sait que Baup est partie avec son fiancé, mais répète-moi mot pour mot ce que t'a dit sa copine !... Chez lui ?... Il a bien dit chez lui ?

Les deux amis attachèrent leur ceinture, Prince au

volant tandis que Bigeat s'activait pour joindre leurs collègues de Chambéry.

— Allô ! Allô ! Paul ! Il y a urgence ! Fonce au 5, rue Verger, dans le vieux Chambéry... Un gars qui risque bien de commettre le pire !... Saxo blanche... Attends ! A tout hasard... aussi une 307 noire et une vieille Passat grise... Je t'expliquerai ! Nous arrivons !

Samedi, 23 h 40

Après avoir donné les numéros des plaques d'immatriculation, le lieutenant Bigeat, de plus en plus fébrile, commença à se ronger les ongles comme il le faisait toujours lorsque les choses lui échappaient et le rendaient dingue. Il tambourinait sur la portière pour endiguer la panique qui montait en lui par vagues successives. L'échec l'avait toujours terrorisé. Prince conduisait vite sur la chaussée glissante, les mâchoires crispées, coupait tous les virages et avait actionné la sirène. Les essuie-glaces balayaient une pluie de plus en plus forte. Aucun ne parlait, conscient de leur énorme temps de retard sur le tueur, un vicieux. Quand son téléphone sonna, Bigeat s'en empara à deux mains.

— ... Quoi ? Les trois ?... Foncez, bien sûr ! Je reste à l'écoute !... Ils sont sur place, fit-il en se tournant vers Prince. Ils entrent de force ! Les trois voitures sont garées à cinquante mètres de l'appartement ! Côte à côte ! Il nous nargue, le salaud ! L'Alpe-d'Huez ? Tu parles ! On ne me l'avait encore jamais fait, ce coup-là ! Quatre identités pour un seul homme !... Allô, oui, Paul ! Je t'écoute ! Vide ?... Merde !... Sûr ?... A plus tard, mon vieux ! Et merci ! lança Bigeat en raccrochant. Demi-tour, Prince ! Demi-tour ! Direction Talloires ! Chez lui, à Talloires, bon Dieu ! Pas à Chambéry, ni à Lyon, ni à Yenne ! Il n'y a toujours eu qu'un seul endroit pour ce type ! Fonce, petit ! Fonce !

Bigeat se frappa le front à plusieurs reprises de son poing fermé, avant de s'agripper au téléphone du véhicule.

— Vide ! Appartement vide, ragea-t-il, les voisins ont assisté en début de semaine au déménagement... Allô ! Où êtes-vous, les gars ?... Rien de suspect ? Certain ?... Vous êtes rentrés dans le parc ?... Rien ? Réveillez les gardiens ! Nous arrivons !

A peine avait-il raccroché le micro que son portable sonna. Bigeat regarda sa montre : minuit !

— Je pense que vous me cherchez, fit une voix tranquille.

Le sang de Bigeat ne fit qu'un tour !

— Socrate ! Nom de Dieu !

— Bravo, lieutenant, vous êtes perspicace.

— Socrate ! Où sont...

— Je vous ai laissé trois colis.

Le cœur étreint, Bigeat pria pour ne pas perdre son self-control.

— Arrête tes salades ! Quels colis ? fit-il d'une voix qu'il essayait de rendre neutre.

— Vous savez très bien à quoi je fais allusion.

— Que leur as-tu fait, espèce de...

— Restez poli, je vous prie, lieutenant.

— Où sont-elles ?

— Où l'affaire devait-elle se terminer, selon vous ?

— Georges ! Petit, ne...

— Je ne suis pas votre « petit », lieutenant, reprenez-vous.

— Si tu as touché à un seul de leurs cheveux, je te jure que... !

— Ne perdez pas votre temps à me menacer, lieutenant. Tout est fini.

— Que leur as-tu fait, espèce de fou ?

Bigeat avait l'impression que le cœur lui manquait. Il tentait désespérément de saisir le degré d'agressivité ou d'énervement dans la voix de l'assassin, mais s'apercevait en transpirant que c'était lui qui disjonctait.

— Fou ? s'étonna lentement Georges Socrate. A-t-on besoin d'être fou pour agir comme je l'ai fait ?

— Comment qualifier celui qui tue pour le plaisir ?

— Nous n'avons pas la même conception de la folie et du plaisir, lieutenant. Je n'ai pas tué par passion.

— Pourquoi l'as-tu fait, Georges ?

Le lieutenant Bigeat avait l'angoissant sentiment de ne faire que retarder la terrible réalité. Espérer l'impossible...

— « Chaque homme trouve en sa raison l'idée du devoir », disait Kant. J'ai juste rééquilibré les choses.

— En faisant payer des...

— Des imposteurs !

— Et des innocents ! Que fais-tu de la justice, Georges ?

— Quelle justice, lieutenant ? La vôtre ou la mienne ? Je crée les valeurs de mon propre monde. Je n'ai subi aucune contrainte, j'assume mes actes en cassant la fatalité.

— Que leur as-tu fait, Georges ? Dis-moi qu'elles sont saines et sauves.

— Elles vous attendent.

— Où ? Bon Dieu, où ?

— Où tout devait se finir.

Quelque chose... un écho pour Bigeat, intensifiait les derniers mots de Socrate. Une sorte de coup de gong aux vibrations infinies et prémonitoires... Bigeat repensa à Sartre, fugace idée, avant d'implorer :

— Georges ! Georges !... Allô ! Allô ! Oh ! Sainte Vierge ! Prince ! Je n'ose imaginer ce qui nous attend !

La nausée s'emparait de Bigeat. Il avait perdu la partie ! Il se saisit du micro et alerta toutes ses équipes. Aux agents planqués autour de la propriété, il ordonna d'agir prestement. Puis il se mit à respirer à petits coups, pour se préparer à vivre le pire. Il s'était trompé. L'assassin, peu pressé et méthodique, avait passé la vitesse supérieure avant lui.

Lorsque les deux hommes arrivèrent, cinq véhicules de police encombraient l'allée, la propriété était illuminée, des voix nasillardes surgissaient des micros, des gyrophares projetaient leur lumière syncopée dans la nuit sinistre, des voisins arrivaient, inquiets et curieux. Toute cette agitation fit mal à Bigeat qui aurait donné deux ans de sa vie pour être déjà au lendemain.

36

Une heure et demie plus tôt...

Peu à peu ses doigts se réchauffaient, s'assouplissaient. La musique emplissait la pièce et le cœur de Georges, qui se laissait emporter entre sons et souvenirs, les yeux clos. Il savait que les jeunes filles allaient bientôt se réveiller, terrifiées. Il allégea le poids de ses doigts sur les touches et rouvrit les yeux, attentif aux réactions de ses otages.

Florence fut la première à sortir des brumes du chloroforme. Les yeux immensément ouverts, encore incertaine, hébétée, elle découvrit avec horreur ses liens, regarda la silhouette – vaguement familière ! Oh ! mon Dieu ! – que la lumière atteignait à peine, et puis tournant la tête elle découvrit qu'elle n'était pas la seule à constituer ce qui ressemblait à un tribunal improvisé. D'un seul coup, elle comprit et eut envie de hurler. Marie, à son tour, émergeait. Odile aussi. Les deux jeunes filles eurent le même sursaut en découvrant leurs entraves, la même peur se diffusant au galop dans leurs veines, d'abord mêlée de perplexité et d'incompréhension, et soudain de terreur. Recouvrant la totalité de leurs esprits, elles émirent chacune un cri de panique qui buta contre leur bâillon. Elles s'affolèrent, suffoquèrent, se mirent debout mais durent se rasseoir pour ne pas trébucher à cause des liens qui enserraient leurs chevilles. Elles s'agitèrent encore, pour finalement adopter l'attitude de l'autre fille qui préservait ses forces, qui fixait l'homme d'un regard élargi et apeuré, mais conservait une raideur combative, comme en attente du coup final. Car cet homme... encore à l'abri de la fausse obscurité... sur le point de se démasquer... Cet homme... Mon Dieu, faites que... !

Lorsque la musique cessa, le silence s'abattit comme une menace sur les corps tendus. L'homme se leva enfin et pénétra dans le halo de lumière. Instantanément, à travers sa panique, Florence sut que son dernier espoir s'envolait, qu'il devenait vain d'espérer encore s'être trompée. L'horreur l'envahissait à mesure que s'assemblaient dans son esprit, à la vitesse de l'éclair, les éléments d'un puzzle terrifiant. Comme le sien, l'esprit des autres jeunes filles, terrorisées et fascinées à la fois, se figea... loin du danger, loin de ce fou... car n'était-il pas fou celui qui avait été capable de les tromper d'une manière aussi diabolique, aussi honteuse, afin de les avoir à sa merci pour les exécuter, elles aussi, bien qu'innocentes des péchés de leurs mères ?

Georges s'adossa au piano, regarda les trois paires d'yeux qui diffusaient de la terreur à l'état pur, et esquissa un léger sourire dans lequel les filles crurent lire le pire.

— Je ne vous ferai rien, fit-il d'une voix qu'elles se refusèrent à trouver rassurante. Je vous jure de ne pas vous faire le moindre mal, insista-t-il. S'il fut un temps où je l'ai pensé, un nouveau temps est venu, non pas de me justifier, car rien ne saurait à vos yeux justifier mes actes, mais de recréer une situation.

Georges parlait tranquillement, comme s'ils s'étaient

tous retrouvés pour une soirée amicale. Son regard passait de l'une à l'autre des jeunes filles, qui ne le lâchaient pas de leurs pupilles dilatées par la peur, s'attardant plus particulièrement sur Florence. Il prit des feuillets posés sur le piano, les lissa d'un geste presque doux, avant de les reposer et de poursuivre, d'une voix toujours sans passion :

— S'il vous prenait l'envie de comprendre, du moins de savoir, ceci pourra vous y aider. C'est le résumé du calvaire de mon père.

Odile eut un geste brusque, tenta de se relever, retomba dans le fauteuil. Des larmes coulaient sur ses joues. Son mouvement eut pour conséquence de raviver la terreur de Marie, qui se mit à sangloter. Georges regarda Florence, d'un regard où la tristesse se mêlait à une espèce de fatalisme.

— Arrêtez de gigoter, reprit-il en croisant ses bras sur sa poitrine. La police sera là dans moins d'une heure, vous pourrez leur rapporter mes derniers faits et gestes, je vous l'assure. Je vous laisse ce bâillon sur la bouche pour que vous m'écoutiez, tout simplement.

Ses mots eurent pour effet de calmer Odile et Marie.

— Je me suis fait aimer de vous, d'une certaine manière, pour vous amener à une situation extrême, comme celle qu'a connue mon père : la trahison. Vous êtes ici, à cet instant présent, parce que vous m'avez fait confiance. Mon père avait confiance en sa meilleure élève, qui lui a tendu un piège abominable. Vous pourrez imaginer la torture engendrée par un tel acte, d'autant plus que celui-ci en a provoqué d'autres en chaîne.

Tout en parlant, Georges s'était approché d'Odile.

— Tu t'étonnes de la couleur de mes cheveux ? Les shampooings colorants font des merveilles. Non, je ne vous supprimerai pas. Les miens n'en seraient pas davantage vengés. Je voulais que vous imaginiez une part de la souffrance de mes parents, dont la confiance a été abusée. La jeunesse n'excuse rien, reprit-il d'une voix un peu plus forte, le vice ne s'apprend pas, il est en nous. Mon père avait foi en l'homme et en la justice, ma mère faisait partie de ces personnages raffinés comme il n'y en a plus. Mes parents ne demandaient qu'à être heureux. Ta mère, par vice, les a tués, secondée par deux petits caporaux à sa solde.

Il se tourna alors vers Florence, la dévisagea longuement, tendu comme s'il luttait pour se tenir éloigné d'elle.

— Je t'ai dit que ma mère était morte d'un cancer, dit-il enfin, car la douleur lui a rongé le cœur aussi fatalement que ce monstrueux crabe.

Un long silence s'installa, seulement troublé par la respiration haletante des trois filles. Georges ne quittait toujours pas des yeux ceux de Florence emplis de larmes.

— Quant à moi, depuis longtemps, j'ai dit adieu à ma jeunesse, adieu à ma légèreté, à mes matins d'insouciance et de joie. Mais il m'a fallu attendre jusqu'à ce soir pour me trouver enfin digne de mon père. Même si, pour cela, t'ayant à peine trouvée, Florence, je t'avais déjà perdue, expliqua-t-il avec une infinie douceur.

Et puis, il vint devant Marie et s'accroupit :

— Avant de succomber au piège de la trahison, mon père me disait que les femmes étaient faites pour être aimées. Si Florence m'a fait découvrir l'amour, toi, petite Marie, tu m'as attendri et réconcilié avec l'âme féminine.

Il se releva et recula jusqu'à la limite du halo de lumière.

— La police ne va plus tarder.

Florence se mit à parler vivement à travers l'étoffe. Georges la regarda secouer la tête en tous sens, ébaucha un geste mais ne s'avança point. Au contraire, il recula encore dans l'ombre jusqu'à s'y fondre totalement.

Toutes avaient vu la souffrance contenue dans son regard.

37

— Le suicide est dans la logique de sa conduite, avançait Bruno Bigeat à Yves Prince, en compulsant le livre de Sartre toujours posé sur le même guéridon. Il a tué les imposteurs, a rendu justice et a fait rentrer les choses dans l'ordre. Et puis il est parti dignement, sans remords... du moins c'est l'attitude qu'il affichait, celle d'un héros de fiction, pas de notre monde.

— Comme dans ces tragédies anciennes, où les jeux sont faits sous le signe de la fatalité ?

— Et où les personnages, aux prises avec un conflit intérieur, doivent faire un choix et sacrifier une part d'eux-mêmes.

— Pourquoi cette dernière mise en scène ? s'étonna encore Prince.

— Peut-être lui permettait-elle, d'une certaine manière, de se justifier... ou bien faisait-elle partie de son plan initial, plus sanglant que celui-ci... Il sera revenu à la raison.

Après des heures de tension, Bigeat se sentait léger comme il ne l'avait été depuis longtemps. Retrouver les filles saines et sauves l'avait exempté de remords. Yves Prince ne disait mot, analysant les effets de cette première enquête sur un moral qui ne ferait que s'endurcir au fil des années.

Des portes claquaient, des voix fusaient. Trois hommes s'approchaient.

— On a retrouvé la Mégane, à un kilomètre d'ici environ.

— Et nous, nous avons cette enveloppe, signée de sa main, pour son notaire. Il lègue la maison aux gardiens.

— On va ramener les filles chez elles, reprit le troisième policier.

— Bien, répondit Bruno Bigeat qui leur emboîta le pas.

Florence, Odile et Marie se tenaient dans la grande salle à manger, en compagnie d'Anna et Adrien, bouleversés. Elles ne disaient mot, encore sous le choc, entourées de la sollicitude tremblante et des reniflements d'Anna qui leur servait des boissons chaudes.

Odile avait perdu sa superbe habituelle et semblait digérer l'événement comme une sanction. Marie avait été la plus affectée de toutes, vulnérable par son jeune âge. Elle avait sangloté longtemps dans les bras de Florence qui, les yeux secs à présent, ne cessait de trembler à l'idée qu'elle avait frémi sous les mains qui avaient tué sa mère, à l'idée que l'assassin avait probablement envisagé de se débarrasser d'elle aussi... à l'idée démentielle qu'elle aimait Jacques Aubert...

Epilogue

On était en mars 2003, un de ces matins printaniers qui incitent la nature à activer sa sève pour se parer de couleurs, qui diffusent dans l'air la joie de renaître aux longs et beaux jours.

En ouvrant sa boîte aux lettres, Florence découvrit un courrier léger, posté de Rome. Christine était avec elle, les deux amies ayant décidé de passer l'après-midi à réviser ensemble pour leurs derniers examens. La brune effleura l'enveloppe d'un œil curieux et interrogea son amie du regard. Florence avait pâli, lui semblait-il.

— Qu'est-ce qui t'arrive ? On dirait que ce courrier te brûle les doigts, lui dit-elle lorsqu'elles furent entrées dans l'appartement.

— C'est tout comme... murmura Florence en déposant l'objet sur la table devant elle.

— Pourquoi en retarder l'ouverture ? Tu t'attends à quoi ?

Le silence de Florence l'alerta.

— Non ! souffla-t-elle, ne me dis pas que...

— Je ne dis rien, répondit Florence à voix basse.

— Ne disant rien, tu en dis plus encore, s'emporta Christine. C'est lui, n'est-ce pas ?

— Je ne sais pas.

— Mais tu le devines !

Florence reprit l'enveloppe et la déposa sur un meuble, par-dessus d'autres papiers.

— Tu es folle, insista Christine, les sourcils froncés.

— Ne te monte pas la tête !

— Tu es folle. Il y a des choses impossibles !

— ... Je sais...

— Tu devrais prévenir ce lieutenant !

— Révisons, répondit Florence en ignorant l'agitation de son amie.

Les deux filles étudièrent durant des heures. Parfois, le regard lourd de reproche et d'inquiétude de Christine se posait sur Florence, mais rien ne perturba leur travail, jusqu'à ce que deux autres étudiantes viennent les chercher pour aller s'aérer l'esprit en ville. Florence semblait avoir oublié la lettre.

Mais le soir même, elle la manipula pensivement et longuement entre ses doigts, l'approchant parfois de son visage pour en sentir le contenu.

Des élans contradictoires se bousculaient en elle, qui l'empêchaient d'en déchirer les bords, mais qui faisaient aussi qu'elle ne pouvait se résoudre à rayer radicalement Jacques Aubert de ses souvenirs, même si tout aurait dû la pousser en ce sens – en premier lieu la raison ; le mot « impossible » étant le seul adapté aux circonstances.

Tout s'était emmêlé, en cette nuit du 30 novembre : stupéfaction, incrédulité, horreur, dégoût, rage... La douleur, ensuite, et puis une profonde amertume qui l'accueillait, depuis, à chacun de ses réveils, et qu'elle combattait en dissociant les faits. Elle se voulait double, comme lui. Elle comprenait tant de choses à présent, tant de choses qui la bouleversaient plus qu'elle ne les condamnait.

Mais le sacrifice de Georges la sacrifiait à son tour, la

faisant se recroqueviller dans l'infernale spirale de l'irréalisable.

Elle reposa le courrier, consciente que les recherches du lieutenant Bigeat n'avaient jamais cessé, que ce dernier donnerait cher pour mettre la main sur le jeune homme, et, pour commencer, sur cette lettre.

Durant une longue semaine, retenue par des sursauts de conscience, elle s'en interdit la lecture, surprenant Christine qui lorgnait à chacune de ses visites la pile de papiers.

Un dimanche soir, enfin, Florence décacheta l'enveloppe.

A la fin de sa lecture, elle se leva et alla à la fenêtre, l'ouvrit et resta un long moment à laisser la brise tiédir son front palpitant.

Et puis son regard empli de larmes s'éleva pour aller se perdre dans un ciel étoilé, s'égarant dans un rêve où les enfants ne subiraient pas le destin de leur père, où les hommes s'aimeraient sans déshonneur, sans haine et sans vengeance. Le rêve d'un monde impossible.

CE ROMAN VOUS A PLU,
VOUS AIMEREZ AUSSI
DU MÊME AUTEUR...

L'Enfant traqué

Lorsque l'amie de Bastien le quitte, celui-ci se réfugie chez sa tante, dans un petit village de l'Isère, fermement décidé à ne plus se soucier de rien ni de personne. Mais un soir, rompant son désir de solitude, un gamin, Lucas, fait irruption dans sa vie, lui racontant une bien étrange histoire.

L'enfant s'est enfui de la maison voisine où sa mère est restée prisonnière d'un homme de main de son beau-père. Il possède un carnet suffisamment compromettant pour dénoncer ce truand notoire, mais refuse de faire intervenir la police.

Bastien, peu à peu, se laisse convaincre et séduire par ce petit garçon désarmant de faiblesse et de force mêlées. Commence alors une course-poursuite implacable à travers le Dauphiné, où l'homme et l'enfant, devenus alliés, vont affronter un ennemi dangereux et sournois.. jusqu'à l'impossible issue.

Le Chemin de Jean

En Dauphiné, dans la petite ville de La Mure, l'histoire de Jean, tourmenté par son destin...

Recueilli par sa grand-mère et son arrière-grand-père, Jean, sept ans, délaissé par ses parents, croit pouvoir vivre des moments heureux. Mais sa grand-tante, Marthe, dotée d'un redoutable sixième sens, sait que ce temps de douceur est compté. Elle pressent que des arrivées nouvelles et des rencontres vont conduire Jean sur un chemin semé d'embûches...

Il est difficile de résister au plaisir d'une telle lecture tant Brigitte Varel nous emmène loin, au gré de son imagination, combinant dans *Le Chemin de Jean* un savant dosage d'émotion et de mystère.

L'Enfant du Trièves

Dans le Dauphiné, la traque incessante d'un homme pour venger sa femme et retrouver la trace d'un enfant.

Leur bonheur était à portée de main. Claire, enceinte de neuf mois, concrétisait son amour pour son mari Antoine. Pourquoi le destin en a-t-il décidé autrement ?

Un matin tranquille, semblable à tous les autres, Claire est prise en otage par deux voyous. Elle est retrouvée morte dans un véhicule jeté au fond d'un ravin... Antoine plonge alors dans l'enfer de la haine et du remords. Il faudra cinq années et l'amour patient de Catherine, sa nouvelle compagne, pour qu'Antoine ait le courage d'affronter à nouveau la vie. Un jour, le hasard le met face à l'un des ravisseurs de Claire. A l'agonie, l'homme lui fait un aveu terrible : son épouse aurait accouché avant l'accident et l'enfant serait vivant...

A partir d'une trame simple, Brigitte Varel fait naître tension, trouble et angoisse. Un excellent suspense, qui captive et bouleverse.

Pour retrouver l'auteur sur Internet :
www.brigittevarel.com

PRODUCTION JEANNINE BALLAND

Romans « Terres de France »

Jean Anglade
Un parrain de cendre
Le Jardin de Mercure
Y a pas d'bon Dieu
La Soupe à la fourchette
Un lit d'aubépine
La Maîtresse au piquet
Le Saintier
Le Grillon vert
La Fille aux orages
Un souper de neige
Les Puysatiers
Dans le secret des roseaux
La Rose et le Lilas
Sylvie Anne
Mélie de Sept-Vents
Le Secret des chênes
La Couze
Ciel d'orage sur Donzenac
Jean-Jacques Antier
Autant en apporte la mer
Marie-Paul Armand
La Poussière des corons
La Courée
tome I *La Courée*
tome II *Louise*
tome III *Benoît*
La Maîtresse d'école
La Cense aux alouettes
Nouvelles du Nord
L'Enfance perdue
Un bouquet de dentelle
Au bonheur du matin
Victor Bastien
Retour au Letsing
Françoise Bourdon
La Forge au Loup
La Cour aux paons
Le Bois de lune
Annie Bruel
La Colline des contrebandiers
Le Mas des oliviers
Les Géants de pierre
Marie-Marseille
Jean du Casteloun
Michel Caffier
Le Hameau des mirabelliers
La Péniche Saint-Nicolas
Les Enfants du Flot
Jean-Pierre Chabrol
La Banquise
Alice Collignon
Un parfum de cuir
Didier Cornaille
Les Labours d'hiver
Les Terres abandonnées
La Croix de Fourche
Etrangers à la terre
L'Héritage de Ludovic Grollier
L'Alambic
Georges Coulonges
Les Terres gelées
La Fête des écoles
La Madelon de l'an 40
L'Enfant sous les étoiles
Les Flammes de la Liberté
Ma communale avait raison
Les blés deviennent paille
L'Eté du grand bonheur
Des amants de porcelaine
Le Pays des tomates plates
La Terre et le Moulin
Les Sabots de Paris
Yves Courrière
Les Aubarède
Anne Courtillé
Les Dames de Clermont
Florine
Dieu le veult
Les Messieurs de Clermont
L'Arbre des dames
Le Secret du chat-huant
Annie Degroote
La Kermesse du diable
Le Cœur en Flandre
L'Oubliée de Salperwick
Les Filles du Houtland
Le Moulin de la Dérobade
Les Silences du maître drapier

Alain Dubos
Les Seigneurs de la haute lande
La Palombe noire
La Sève et la Cendre
Le Secret du docteur Lescat
Marie-Bernadette Dupuy
L'Orpheline du bois des Loups
Elise Fischer
Trois Reines pour une couronne
Les Alliances de cristal
Laurence Fritsch
La Faïencière de Saint-Jean
Alain Gandy
Adieu capitaine
Un sombre été à Chaluzac
L'Enigme de Ravejouls
Les Frères Delgayroux
Les Corneilles de Toulonjac
L'Affaire Combes
Les Polonaises de Cransac
Le Nœud d'anguilles
Gérard Georges
La Promesse d'un jour d'été
Michel Hérubel
La Maison Gelder
La Falaise bleue
Tempête sur Ouessant
Le Démon des brumes
Denis Humbert
La Malvialle
Un si joli village
La Rouvraie
La Dent du loup
L'Arbre à poules
Les Demi-Frères
La Dernière Vague
Yves Jacob
Marie sans terre
Hervé Jaouen
Que ma terre demeure
Jean-Pierre Leclerc
Les Années de pierre
La Rouge Batelière
Louis-Jacques Liandier
Les Gens de Bois-sur-Lyre
Les Racines de l'espérance
Jean-Paul Malaval
Le Domaine de Rocheveyre
Les Vignerons de Chantegrêle
Jours de colère à Malpertuis
Quai des Chartrons
Les Compagnons de Maletaverne
Dominique Marny
A l'ombre des amandiers
La Rose des Vents
Louis Muron
Le Chant des canuts
Henry Noullet
La Falourde
La Destalounade
Bonencontre
Le Destin de Bérengère Fayol
Le Mensonge d'Adeline
L'Evadé de Salvetat
Michel Peyramaure
Un château rose en Corrèze
Frédéric Pons
Les Troupeaux du diable
Les Soleils de l'Adour
Jean Siccardi
Le Bois des Malines
Les Roses rouges de décembre
Le Bâtisseur de chapelles
Le Moulin de Siagne
Jean-Michel Thibaux
La Bastide blanche
Le Secret de Magali
La Fille de la garrigue
Le Roman de Cléopâtre
La Colère du mistral
L'Homme qui habillait les mariées
La Gasparine
L'Or des collines
Jean-Max Tixier
Le Crime des Hautes Terres
La Fiancée du santonnier
Brigitte Varel
Un village pourtant si tranquille
Les Yeux de Manon
Emma
L'Enfant traqué
Le Chemin de Jean
L'Enfant du Trièves
Colette Vlérick
La Fille du goémonier
Le Brodeur de Pont-l'Abbé
La Marée du soir
Le Blé noir

Collection « Sud Lointain »

Jean-Jacques Antier
Le Rendez-vous de Marie-Galante
Marie-Galante, La Liberté ou la Mort
Erwan Bergot
Sud lointain
tome I *Le Courrier de Saigon*
tome II *La Rivière des parfums*
tome III *Le Maître de Bao-Tan*
Jean Bertolino
Chaman
Paul Couturiau
Le Paravent de soie rouge
Le Paravent déchiré
Alain Dubos
Acadie, terre promise
Retour en Acadie
Hervé Jaouen
L'Adieu au Connemara
Dominique Marny
Du côté de Pondichéry
Les Nuits du Caire
Juliette Morillot
Les Orchidées rouges de Shanghai
Bernard Simonay
Les Tigres de Tasmanie
Jean-Michel Thibaux
La Fille de Panamá
Tempête sur Panamá

Romans

Erwan Bergot
Les Marches vers la gloire
Rendez-vous à Vera-Cruz
Mourir au Laos
Alain Gandy
Quand la Légion écrivait sa légende
Hubert Huertas
Nous jouerons quand même ensemble
La Passagère de la « Struma »
Michel Peyramaure
Le Roman de Catherine de Médicis
Les Tambours sauvages
Pacifique Sud
Louisiana

Impression réalisée sur CAMERON par

BUSSIÈRE CAMEDAN IMPRIMERIES

GROUPE CPI

à Saint-Amand-Montrond (Cher)
en septembre 2003

N° d'édition : 7105. — N° d'impression : 034072/1.
Dépôt légal : septembre 2003.

Imprimé en France